लखनऊ अरे तौबा!

युवान बुक्स

अनबाउंड स्क्रिप्ट का उपक्रम

लखनऊ अरे तौबा : आलोक मिश्रा

प्रथम संस्करण : अक्टूबर, 2024

ISBN : 978-81-976645-7-1

प्रकाशक : अनबाउंड स्क्रिप्ट
2/41, अंसारी रोड,
दरियागंज, दिल्ली - 110002
वेबसाइट : www.unboundscript.com
ई-मेल : books@unboundscript.com
फोन : 011-35807601

LUCKNOW AREY TAUBA

By Alok Mishra

मुद्रक : यश प्रिंटोग्राफ़िक्स, नोएडा, उत्तर प्रदेश

मूल्य : ₹ 249 /-

लखनऊ अरे तौबा!

आलोक मिश्रा

युवान बुक्स

मार्च का पहला हफ्ता ख़त्म होने को था। ठंड उतर चुकी थी। गरम कपड़ों को फिनायल की सफ़ेद गोलियों की खुराक के साथ अगले आठ महीनों के लिए ट्रंक में बंद किया जा रहा था।

शाम के पाँच बज रहे थे। सूरज को अपनी रौशनी समेटते देख, चाँद अपना दीया जलाने की तैयारी में था। नौकरी-पेशा लोग घरों को लौटने लगे थे। घूमने-टहलने वाले लखनऊ के जोनल पार्क की तरफ बढ़ रहे थे। कुछ टहलते हुए स्वास्थ्य-लाभ ले रहे थे, तो कुछ दर्शन-लाभ। एक कोने में बैठे कुछ लौंडे चाईनीज़ स्पीकर में कैद कुमार सानू से "दिल चीर के देख तेरा ही नाम होगा" गवा रहे थे। वहीं दूसरी ओर बैठा एक लड़का अपनी गर्लफ्रेंड की आँखों में ऐसे देख रहा था, जैसे अगर वह बोल दे कि 'दिखाओ' तो ये हनुमान सच में अपना दिल चीर के दिखा देगा। शोर-शराबों की ख़ामोशी इतनी गहरी थी कि न दिल के जुड़ने की आवाज़ आ रही थी और न टूटने की, न वफ़ा की, न बेवफ़ाई की।

वहीं पेड़ के नीचे बैठे एक कपल को किसी की एक जोड़ी आँखें घूर रही थीं। यह कपल पिछले कुछ दिनों से यहाँ अक्सर आता था। लड़की पार्क में घुसने से पहले अपने माँग का सिंदूर पोंछ देती थी फ़िर भी हल्का सिंदूरी रंग साफ़ देखा जा सकता था। ज़ाहिर है, मिलने वाला शख्स उसका पति नहीं था।

अगले दिन अखबार के एक छोटे-से कॉलम पर उसके मौत की ख़बर थी। रात को घर लौटते वक्त किसी ने गला रेतकर उसकी हत्या कर दी थी। पिछले छः महीनों में ये तीसरा मर्डर था, जिसमें विक्टिम को गला रेतकर मारा गया था।

2

हुसैनाबाद का घंटाघर रात के नौ बजा रहा था। टावर के बाहर रोड पर खड़े एक अधेड़ आदमी ने सामने से आती टैक्सी देखकर अपना हाथ हिलाया। टैक्सी उससे ठीक चार कदम पहले आकर रुक गयी। टैक्सी में बज रहे गाने की घुटी हुई आवाज़ बंद खिड़कियों से बाहर आ रही थी।

जब मैं आई सुहाग वाली रात रे
उसने चुम्मा से किया सुरुवात रे
ओ हो हो हो...
चूम करके
हा..जब मैं आई सुहाग वाली रात रे..
उसने चुम्मा से किया सुरुवात रे..

हेडलाइट की तेज़ पीली रौशनी से उस अधेड़ की आँखें चौंधिया गयीं। हाथ का ओट लेकर उस शख्स ने ड्राइविंग सीट पर बैठे व्यक्ति को पहचानने की कोशिश की। उस जाने-पहचाने चेहरे वाले व्यक्ति का नाम शरद था। उम्र 30-31 साल, स्लिम फिट, 6 फीट हाइट और आकर्षक दिखने वाले चेहरे पर बेतरतीब उग आयी दाढ़ी। गाना बंद करते हुए शरद ने उस आदमी की तरफ देखा। वह आदमी आकर गाड़ी की पिछली सीट पर सवार हुआ और शायराना अंदाज़ में बोला।

"फ़िर वही अमीनाबाद..."

इस शायराना मिज़ाज शख्स का नाम रहमान सिद्दीकी था। लखनऊ के कुछ इलाकों में इनकी अच्छी पकड़ थी, इसलिए पॉलिटिक्स में हाथ आज़मा रहे थे। इस वजह से आवाज़ में थोड़ी नरमी आ गयी थी। वह खानदानी रईस थे और खुद को नवाबों के ख़ानदान का बताते थे।

"नवाब साहब, बाहर ही छोड़ूँगा। बाज़ार में भीड़ होगी," शरद गाड़ी आगे बढ़ाता हुआ बोला।

"तुम्हारी मर्ज़ी है भई। टुंडे के कबाब खाने हों तो चलो अमीनाबाद के मझधार में।"

"नवाब साहब पेट पूजा के चक्कर में न जाने कितने महादेव नाराज़ हो जायेंगे। पहले उनका चढ़ावा तो पहुँच जाए।" पीछे बैठे आदमी को रीयर-व्यू मिरर में देखते हुए शरद ने बोला तो वह अपनी हँसी रोक नहीं पाए।

अमीनाबाद का बाज़ार उतार पर था। लोग निकलने लगे थे। वहाँ पहुँचकर शरद ने साइड में टैक्सी रोकी।

"मैंने जो कहा था उसके बारे में कुछ सोचा?"

"नवाब साहब, मैं नहीं कर पाऊँगा। ख़ुद भी ये सब छोड़ रहा हूँ।"

"अंतिम फैसला है?"

"जी।"

"ठीक है। मेरी तरफ़ से सौदा खुला हुआ है। कभी मन करे तो...! खैर! कितना हुआ?" नवाब साहब ने पूछा।

"6 हज़ार और 120 रुपए," मीटर में फ़्लैश हो रहे 120 रुपये को देखते हुए शरद ने कहा।

बिना कुछ कहे नवाब साहब ने अपने पर्स से 6200 रुपये निकालकर शरद के हवाले किया। बदले में शरद ने उनके हाथ में एक पुड़िया थमा दी। ये 6 हज़ार उस पुड़िया के थे। बाकि 120 रुपए टैक्सी का भाड़ा और बचे 80 रुपए, नवाब साहब को नवाब साहब कहने के लिए।

"थोड़ा ढंग के गाने बजाया करो। कोई गज़ल-वज़ल ही लगा लिया करो," रूखे मिज़ाज से बोलते हुए नवाब साहब टैक्सी से उतरे और अपने और टुंडे के कबाब के बीच की दूरी कम करने लगे। हालाँकि शरद मार्केट के बाहर ही था लेकिन वहाँ भी अच्छा खासा जाम लग चुका था। वहाँ से छूटते ही शरद ने अपनी गाड़ी चारबाग़ स्टेशन की तरफ दौड़ा दी। एक हाथ के इशारे पर टैक्सी वहाँ रुकी और नवाब साहब जैसा एक दूसरा शख्स अन्दर दाखिल हुआ।

"अवध चौराहा।" शरद ने मीटर डाउन करके टैक्सी उधर मोड़ ली।

अवध चौराहा पहुँचकर टैक्सी एक किनारे रुकी। जहाँ पहले से 2-4 टैक्सी, टेम्पू और ई-रिक्शा वाले खड़े थे। इस बार मीटर का बिल 110 रुपया था। उस शख़्स ने 6110 रुपया ही रसीद दिया और पुड़िया लेकर चलता बना।

इस मुग़ालते में मत रहिएगा कि लखनऊ में सभी नवाब ही होते हैं। यहाँ नवाबी उसी के अन्दर मिलेगी जिसकी उर्दू में नुक्ता होगा।

अमूमन अवध चौराहे पर इस समय भी ठीक-ठाक व्यस्तता होती है पर आज थोड़ी कम थी। रोज़ शरद यहीं टैक्सी दूसरे ड्राईवर को हैण्डओवर करता था, जो आज तय समय से लेट था। शरद ने कॉल लगाया।

"भाई 20 मिनट में पहुँच रहा हूँ।" शरद के बोलने से पहले ही वह बोल उठा।

"ठीक है। जल्दी आजा।"

शरद ने गाड़ी की दराज़ में पड़े पैकेट से एक सिगरेट और माचिस निकाली। गाड़ी का शीशा नीचे करके सिगरेट सुलगायी। आराम करने के मिजाज़ से आँख बंद करते हुए लम्बा कश लिया और धुआँ उड़ाते हुए शरीर को सीट पर ढीला छोड़ दिया।

शरद, पूरा नाम शरद कुमार सिंह। इनके मरहूम वालिद लखनऊ विश्वविद्यालय में संस्कृत के प्रोफ़ेसर रहे। वालिद इनसे लखनऊ छुड़वाना चाहते थे लेकिन शरद बाबू पर उस समय उनके पहले प्यार 'ज़ोया' का ख़ुमार चढ़ा हुआ था। ये वो दौर था जब ये ज़ोया के साथ अमीनाबाद बाज़ार में निकलते तो दुकानदार इनके नाम की हाज़िरी लगाते थे। जिस दुकान पर बैठ जाते वहाँ से लुटकर ही उठते। शरद बाबू के प्यार में सब्र था। इन्हें इंतजार करता देख हुसैनाबाद, घंटाघर की सूइयाँ भी अपनी रफ़्तार थाम लेती थीं। ज़ोया अगर गोमती में पैर डाल देती तो डर के मारे गोमती ख़ुद-बख़ुद सिमटने लगती थी कि शरद की मौज़ूदगी में कोई गुस्ताखी न हो जाये।

जब मस्जिद की अज़ान पर इनके पाँव रुकने लगे तो इनके पिताजी ने इनकी माताजी के सर पर हाथ रखकर कसम खायी कि वो इन्हें ज़ोया और लखनऊ से दूर करके ही दम लेंगे। और जोश-जोश में शरद बाबू ने पिता जी के ही सर पर हाथ रख कर कसम उठा ली कि वह और ज़ोया कभी अलग नहीं होंगे। इसके ठीक एक महीने बाद ज़ोया ही छोड़ के चली गयी। पहले माँ गुज़रीं और फिर पिता।

अब शरद बाबू लखनऊ से तो दफ़ा न हो सके पर जब इश्क में चढ़ी उधारी वसूलने लोग घर तक आने लगे तो बड़े भाई ने घर से बाहर ज़रूर कर दिया। तेलीबाग़ में एक किराये का मकान लेकर शरद टैक्सी चलाने लगा पर इससे मिलने वाला पैसा पर्याप्त नहीं था। न खुद के लिए न कर्ज़ा चुकाने के लिए। एक दिन टैक्सी में अक्सर ही बैठने वाले एक नरम दिल ने इनका हाल पूछा तो इन्होंने हाल-ए-दिल का इज़हार कर दिया। पीछे बैठे हज़रत ने बताया कि "पैसा कमाने के लिए जिगरा बड़ा होना चाहिए, रिस्क लेना पड़ता है पर आजकल कौन रिस्क लेना चाहता है ! देश में गरीबी ऐसे ही थोड़ी न है।"

रिस्क की बात पर शरद मचल उठा। हस्तिनापुर राजमहल में युधिष्ठिर के हाथों फ़ेका गया पासा ही शरद की अब तक की जिंदगी का भाग्य था। जिसके दाँव पर वह माँ, बाप, भाई, ज़ोया, घर सब कुछ हार चुका था।

पीछे बैठे हज़रत ने कृष्ण बनते हुए शकुनी का पासा फेंका।

"ड्रग्स बेचोगे?"

शरद ने साफ़ मना कर दिया। उन हज़रत ने फिर पूछा...

"पैसा चाहिए?"

अब शरद मना न कर सका। उन हज़रत का नाम था अरुणेश सिंह। समय बदलने लगा। बीड़ी की जगह सिगरेट ने ले ली।

अंतिम कश लेकर शरद ने सिगरेट के बचे हुए फ़िल्टर को बाहर फेंक दिया। तभी पीछे से एक आवाज़ सुनाई दी। झाँककर देखा तो पता चला कि एक औरत, टैक्सी वाले से झगड़ रही है। टैक्सी वाले का नाम नसीर था।

शरद और नसीर दोनों एक ही आदमी की टैक्सी चलाते थे। मामला जानने के लिए शरद टैक्सी से बाहर आया।

“तुम बीच रास्ते में किसी को कैसे उतार सकते हो! नहीं जाना था तो पहले बोलते न?” उस औरत ने नसीर को डाँटते हुए बोला।

“अरे मैडम, मुझे क्या पता था की टट्टी लग जाएगी,” नसीर ने सफाई दी।

“नहीं, तुमने मुझे अभी क्या बोला...! टायर पंचर हुआ है उतरना पड़ेगा। और अभी बोल रहे हो कि तुम्हें.....” इज्ज़तदार महिला ने संटेंस को अधूरा छोड़ते हुए दाँत पीस लिए। उसे चुप होता देख नसीर ने गाड़ी आगे बढ़ा दी। हाथ में बैग थामे महिला टैक्सी के लिए इधर-उधर देखने लगी। शरद गाड़ी से लग कर खड़ा था और सारा माज़रा देख रहा था। उस औरत ने आसपास के टैक्सी वालों से चलने के लिए पूछा, लेकिन कोई जाने को तैयार नहीं हुआ। उसकी नज़र शरद पर पड़ी, और वह उसकी ओर बढ़ने लगी।

महिला को अपनी तरफ आता देख शरद सतर्क हो गया और गाड़ी छोड़, सीधा खड़ा हो गया। उस महिला ने ऑफ व्हाइट जारजट की साड़ी को मैचिंग डीप क्लिवेज़ ब्लाउज़ के साथ पहना हुआ था। और उसके ऊपर रेड कलर की पतली-सी जैकेट, जो हल्की ठंड को रोकने में कारगर थी। हाथ का पर्स, जैकेट और हल्की लिपिस्टिक से मैच कर रहा था। पैर का सैंडिल, साड़ी से ढंका था और चाल गोमती के बहाव जैसी थी।

“आगरा चलोगे?” तमीज़ बदलते हुए महिला ने शरद से पूछा।

“आगरा...?”

“हाँ! चलोगे?”

“मैं!..अभी तो किसी और की शिफ्ट है, उसे गाड़ी सौंपनी है। और इतना दूर शहर से बाहर कहाँ कोई...!”

“मेरा पहुँचना जरूरी है। अगर पैसे की बात है तो किराए के अलावा भी मैं तुम्हे अच्छा ख़ासा पैसा दे दूँगी।” कह कर वह महिला जवाब, के लिए शरद का मुहँ ताकने लगी। शरद को असमंजस में देख वह महिला आवाज़ में थोड़ी कशिश लाते हुए फिर बोली...

“प्लीज़! थोड़ा अर्जेंट है।”

शरद पैसे के लिए बेशक टाल जाता, लेकिन खूबसूरत महिला की दरख़ास्त टाल कर उसे रुसवा करना वाज़िब न लगा। अतः मुस्कुराते हुए पिछली गेट का दरवाज़ा खोलकर बोला,

“बैठिये!”

महिला अन्दर बैठ गयी। शरद भी आकार ड्राइविंग सीट पर बैठा। सीट बेल्ट लगाकर गाड़ी स्टार्ट करते हुए पूछा,

“आगरा में कहाँ?”

“यमुना कॉलोनी...मैप लगा लो, ” महिला ने अपना जैकेट उतार कर बगल में रखते हुए कहा।

शरद ने गाड़ी को ‘आगरा-लखनऊ एक्सप्रेस वे’ की तरफ मोड़ दिया। रात जवान होने लगी थी। स्ट्रीट लाइट्स की पीली रौशनी में नहाई लखनऊ की सड़कों पर शरद की टैक्सी दौड़ने लगी। आगरा-लखनऊ एक्सप्रेस-वे वहाँ से 4-5 किलोमीटर ही रहा होगा लेकिन वहाँ तक पहुँचने में तक़रीबन 30-40 मिनट का समय लगा।

घड़ी की सुई 12 के ऊपर पहुँची और टैक्सी एक्सप्रेस-वे के। वह महिला सीट के बायीं तरफ लेग क्रॉस करके बैठी खिड़की से बाहर झाँक रही थी। थोड़े देर बाद पैर को सैंडिल से आज़ाद किया और अपने बैग से एक किताब निकालने लगी। बैग में किताब के अलावा कुछ कैश, फ़ोन और Glock-42 पिस्तौल पड़ी हुई थी, आत्मा रक्षा के लिए। वह किताब पढ़ने लगी। थोड़ी देर बाद पढ़ते हुए उनकी आँखें बार-बार नींद से बंद होने लगी थीं। नींद से आजिज़ आकर महिला ने आँख मूंद ली। हाथ की एक उँगली अभी भी गोद में पड़ी किताब के पन्नों के बीच फँसी थी। जैसे-जैसे रात गहरी हो रही थी, एक्सप्रेस-वे शांत हो रहा था। रास्ते से नज़र चुराकर शरद ने रीयर-व्यू मिरर से पीछे बैठी महिला को देखना चाहा पर साइड में बैठे होने की वजह से देख नहीं पाया। सामने रास्ता खाली देखकर शरद एक पल के लिए पीछे की तरफ़ मुड़ा पर कुछ और पल ठहर गया। ठंडे दूध-सा सफ़ेद,

मासूम-सा चेहरा मीर की शायरी का मोहताज़-ए-बयाँ हो रहा था। खुली गर्दन से काँधे का पल्लू फ़िसल रहा था कि तभी हैन्ड बैग में रखा फ़ोन बज उठा। शरद का ध्यान रास्ते पर आया। कुछ सेकंड बाद वह महिला उठी और आई लाइनर बचाते हुए आँखों को हल्का-सा मला फिर अपने पल्लू को सही किया। उसने अपने पर्स से मोबाइल निकाला और लगभग अंतिम घंटी पर फ़ोन उठा लिया।

"क्यों कॉल कर रहे हो? अब क्या है?"

"..........."

"ट्वेंटी फर्स्ट सेंचुरी की औरत हूँ मैं। अपना सही गलत जानती हूँ। और तुम इस गलतफ़हमी में मत रहना कि तुम मुझे अपने हिसाब से कंट्रोल कर पाओगे।" कह कर महिला ने फ़ोन काटा। शरद एक तरफ़ा बातें सुन रहा था।

गोद में रखी किताब के बीच में एक पन्ने का कोना मोड़ कर बैग में डाल दिया गया। वह परेशान थी लेकिन चेहरे के भाव सख्त थे। उसे थोड़ी-सी बेचैनी महसूस हो रही थी, इसलिए खिड़की का शीशा नीचे किया, एक लम्बी साँस ली और बाहर सन्नाटे में झाँकने लगी। बेचैनी में उसका एक पैर तेजी से कार की फ़र्श पर थाप दे रहा था। वह रेस्टलेस हो रही थी।

"म्यूजिक प्लेयर चलता है?" मूड बदलने के मिजाज़ से महिला ने पूछा।

"जी," कहते हुए शरद ने PLAY का बटन टीप दिया। अंतिम बार गाना जहाँ बंद हुआ था वहीं से बजना शुरू हुआ।

रात दिया बूता के पीया क्या-क्या किया
रात दिया बूता के पीया क्या-क्या किया
डाका डाल दिया पहली मुलाकात में

....

यह सुनकर महिला खिलखिलाकर हँसी। उसे हँसता देख शर्म के मारे शरद भी हँसा और गाना बंद कर दिया।

"दरअसल, प्रकाश बिहार से है न, वह रात की शिफ्ट करता है तो यही सब गाने...हा हा हा" सेंटेंस अधूरा छोड़ते हुए शरद ने सफाई दी।

"ब्लू टूथ ऑन करो, मैं अपना फ़ोन कनेक्ट करती हूँ," कहते हुए वो सीट के बीच में आ गयी।

शरद ने ब्लू टूथ ऑन किया। फ़ोन कनेक्ट हुआ और धीमी आवाज़ में अरिजीत सिंह बिना सावन के मोहब्बत बरसाने लगा।

"तुम्हारा नाम क्या है?"

"जी, शरद!"

"आरोही।"

"आरोही..." शरद रीयर व्यू मिरर से उसे देखते हुए उसका नाम बुदबुदाया।

"टैक्सी कब से चला रहे हो?"

"यही कोई 4-5 साल।"

"ओके।"

न चाहते हुए भी शरद की नज़र मिरर के थ्रू बार-बार आरोही पर चली जाती।

बहुत देर से आरोही का गला सूख रहा था। जब से वह घर से निकली थी अजीब-सी बेचैन थी। मौसम में ठंडक थी पर आरोही को पसीना हो रहा था।

पसीने की एक बूंद बालों के बीच से टघरती हुई कान के बगल से गुज़री और सुराही नुमा गले पर एक नमकीन रेखा बनाती हुई सीने में समा गयी। शरद की नज़र को इस बार आरोही की आँखों ने पकड़ ली और जवाब में मुस्कुरा दिया। शरद झेंप गया। किसी का देखना आरोही के लिए नयी बात नहीं थी। हर गुज़रती नज़र वह अपने साथ ले जाती। आँखों से नियत परोसने वाले न जाने कितनी इंतजारी काट रहे थे, सिवाय इन के पति रजनीश के, जिनकी किस्मत पर हर वह शख्स लानत भेजता था जो आरोही से रू-ब-रू होता था।

"आगे कोई दूकान आये तो रोकना। पानी लेना है।"

"मै'म हम एक्सप्रेस-वे पर हैं। थोड़ा टाइम लगेगा।"

"कितना?"

"आधा-एक घंटा। पानी चाहिए तो मेरे पास है।"

"ठीक है।" थोड़ा झिझकते हुए आरोही ने कहा।

एक हाथ से स्टेयरिंग संभालते हुए शरद ने दूसरे हाथ से पानी की बोतल पीछे बढ़ायी।

"थैंक यू!" आरोही पानी की अंतिम बूंद तक पी गयी।

टैक्सी अपने रफ़्तार में दौड़ती रही। मौसम ठंडा होने के बावजूद भी आरोही को गर्मी लग रही थी। उसने शरद से एसी का टेम्प्रेचर और घटाने को कहा। शरद को ठंड लग रही थी। जब भी वह लाइट्स की पोल के पास से गुज़रते, रौशनी आरोही के चेहरे पर पड़ती थी। उसके मोम जैसे चेहरे पर पसीना अभी भी पिघल रहा था। उसे सफ़ोकेटेड फ़ील हो रहा था। आरोही ने मिरर भी नीचे कर दी। फिर भी उसे चैन नहीं मिला।

"थोड़ी देर के लिए गाड़ी साइड में रोकोगे?"

"क्या हुआ मै'म? आप ठीक हैं?"

"बहुत देर तक मैं गाड़ी में नहीं बैठ पाती, शायद इसलिए सफ़ोकेशन हो रहा है।" आरोही ने कहा तो शरद का ध्यान खुली खिड़की की तरफ गया, जहाँ से हवा अन्दर आ रही थी।

"एक्सप्रेस-वे पर तो रुकना सेफ नहीं होगा। आगे कोई सर्विस लेन दिखता है तो गाड़ी नीचे ले लेता हूँ।"

थोड़ी ही दूर पर एक सर्विस लेन थी। शरद ने गाड़ी नीचे उतारी। रात के 2 बज रहे थे। सड़क सुनसान थी। थोड़ी दूरी पर लगे एक स्ट्रीट लाइट की बहुत हल्की रौशनी अन्दर आ रही थी। पास की बस्ती से शादियों में गाये जाने वाले गीत की धीमी आवाज़ भी पहुँच रही थी। आरोही गेट खोलकर बाहर आ गयी और मुहँ खोलकर जोर से साँस लेने लगी, जैसे मेनुअली हवा से ऑक्सीजन छांट रही हो।

"आप ठीक हैं ?" शरद ने ड्राइविंग सीट पर बैठे हुए ही पूछा।

"बेटर नाउ!" आरोही ने मुस्कुराते हुए कहा। शरद के लिए ये सब थोड़ा अजीब था। वह यहाँ से जल्दी निकलना चाहता था, पर कहना मुनासिब न लगा। टैक्सी चालू थी। अन्दर की लाइट और हेडलाइट्स दोनों रौशनी की कमी पूरी कर रहीं थी। शरद ने मोबाइल निकाल कर ऑन किया। सोर्स का मसेज़ स्क्रीन पर फ़्लैश हुआ।

"अंतिम 3kg बचा है। कल शाम को ले जाओ। उसके बाद सब बंद।"

"ठीक है," शरद ने रिप्लाई भेजकर दोनों मैसेज डिलीट कर दिए, फ़िर एक उड़ती नज़र से आरोही की ओर देखा, वो नादारद थी। अचानक उसकी नज़र पीछे कार ट्रंक के ट्रांसपैरेंट मिरर के तरफ गयी। आरोही गाड़ी से दुर जा रही थी। शरद टैक्सी का दरवाज़ा खोलकर फटाक से बाहर आ गया और कुछ कदम आरोही की ओर बढ़ाते हुए पूछा...

"अरे मैम! कहाँ जा रही हैं आप?"

जवाब में आरोही चलती हुई ही पीछे की तरफ़ मुड़ी और हाथ हवा में लहराते हुए कानी उँगली दिखाई। शरद समझ गया।

टैक्सी के अन्दर से दराज़ खोल कर सिगरेट का पैकेट और माचिस निकाली। अंतिम बची सिगरेट को होठों से दबाते हुए, एक कुशल स्मोकर की तरफ माचिस की तिल्ली जलाई और सिगरेट के दूसरे सिरे को नज़र-ए-आतिश किया। बैक लाइट की लाल रौशनी आरोही तक पहुँच रही थी। लिहाजन शरद ने बैक लाइट बंद कर दी। उसके दूर जाने से ब्लूटूथ डिस्कनेक्ट हुआ और गाना बंद हो गया। वह बोनट से लगकर खड़ा हुआ, सिगरेट धुआँ करने लगा।

ब्लूटूथ फिर से कनेक्ट हुआ। आरोही करीब आ रही थी। ऑडियो प्लेयर पर अरिजीत का अगला गाना बजने लगा:

फ़िर ले आया दिल मजबूर क्या कीजे
रास न आया दूर रहना क्या कीजे
दिल कह रहा उसे मुकम्मल कर भी आओ
वो जो अधूरी सी रात बाकी है

.....

आरोही, शरद के बगल में खड़ी हो गयी। शरद ने एक लम्बा कश लिया और फटाफट सिगरेट बुझाने के लिए निचे फेंकने वाला ही था कि आरोही ने कहा...

"अरे! क्या कर रहे हो?"

शरद रुक गया। उसे कुछ समझ में नहीं आया।

"स्मोक करने वालों की जली हुई सिगरेट को बुझाने का कारण बनना किसी बद्दुआ से कम नहीं है। पी लो। इस बात पर शरद मुस्कुराये बिना नहीं रह सका। औपचारिकता के लिए शरद ने आरोही से पूछा...

"आप तो नहीं...पीती होंगी?"

"वैसे तो डॉक्टर ने मना किया है..." सामने अँधेरे की ओर ताकते हुए आरोही ने अपनी नाज़ुक उँगलियों की कैंची बनाकर शरद से सिगरेट की माँग की। शरद ने थोड़ी असहजता के साथ सिगरेट उसमें फँसा दी। दोनों की उँगलियाँ आपस में छू गयीं। अचानक से दोनों के बीच में एक तालमेल बन गया। आरोही सिगरेट का एक कश धुआँ करती और शरद की तरफ बढ़ा देती। शरद भी एक दम खींचकर आरोही को दे देता। जूठी सिगरेट की रौशनी में दोनों खड़े थे। गला हुआ आधा चाँद टुकुर-टुकुर देख रहा था। अंतिम कश रह गया था। शरद की उँगलियों से सिगरेट लेते हुए आरोही ने उसकी आँखों में देख लिया। दोनों की नज़रें जम गयीं। दोनों करीब थे, और करीब हो गए। अब लम्बे कद के शरद को आरोही के होठों के लिए झुकना था। आखरी कश जल चुकी थी। आग उँगलियों तक पहुँची। हाथ झटकती हुई आरोही दूर हुई। सिगरेट की बुझती बट गाड़ी में जा गिरी। आरोही ने गाड़ी में दाख़िल होते हुए कहा...

"चलते हैं।"

ऑडियो प्लेयर में बज रहा गाना अपनी अंतिम लाइनें दोहरा रहा था।

किस्मत को है ये मंज़ूर क्या कीजे
मिलते रहे हम बदस्तूर क्या कीजे
दिल कह रहा है उससे मुसलसल कर भी आओ
वो जो रुकी सी राह बाकी है
वो जो रुकी सी सांस बाकी है -2

बिन कुछ कहे शरद आज्ञाकारी बालक की तरफ़ तुरंत अन्दर बैठा और सर्विस लेन से गाड़ी एक बार फ़िर एक्सप्रेस वे पर चढ़ा दी।

3 बजने वाले थे। आरोही की पलकें भारी थीं। थोड़ी देर पहले उसे पसीना हो रहा था पर अब अचानक से ठंड लगने लगी। आरोही को खिड़की बंद करता देख शरद ने भी अपने पास वाली खिड़की बंद कर दी। आरोही ने जैकेट वापस पहना और ब्लू टूथ ऑफ कर दिया। गाना बंद हो गया।

वो शरद के ठीक पीछे, सीट के किनारे बैठी थी। शरद के लिए अब उसे ठीक से देखना मुश्किल था। न ही वह पीछे झाँककर देख सकता था और न ही रीयर व्यू मिरर से साफ़ दिख रहा था। दिन भर का जगा शरद, थक चुका था। उसे सोये हुए करीब 19-20 घंटे हो चुके थे। पानी भी ख़त्म था। आरोही भी सो चुकी थी, इसलिए कोई बात करने वाला भी नहीं था। शरद की आँखों में नींद थी। आडियो प्लेयर चलाकर वह आरोही को परेशान नहीं करना चाहता था। इसलिए उसने ईयरफ़ोन को अपने फ़ोन से कनेक्ट किया और गाने सुनने लगा। टैक्सी अपने गंतव्य की तरफ बढ़े जा रही थी।

सुबह के 5:30 के करीब बज रहे थे। टैक्सी यमुना नगर में पहुँच चुकी थी। लेकिन यमुना नगर में कहाँ? ये शरद को नहीं पता था। रोड के किनारे ही एक सामान्य से ढाबे के पास उसने टैक्सी रोकी। शरद ने सीट बेल्ट खोलते हुए पीछे आरोही को देखा। आरोही सो रही थी। शरद ने एक दो दफा बड़े सलीके से उसे आवाज़ दी। वापसी की सवारी इस समय मिलना मुश्किल था। सूरज निकलने तक कैसे भी इंतज़ार करना ही था, इसलिए शरद गाड़ी से बाहर निकल आया।

सुबह-सुबह घूमने टहलने वाले लोगों का हुजूम सुबह की चाय का आनंद ले रहा था। एक तरफ़ अदरक वाली चाय उबल रही थी और गरमा-गर्म पकौड़े तले जा रहे थे। शरद फ्रेश हुआ और हाथ मुहँ धोकर, ढाबे के अन्दर न जाकर बाहर ही लगी कुर्सी पर बैठ गया ताकि वहाँ से गाड़ी की तरफ देख सके। ढाबे वाला कहे अनुसार चाय और ब्रेड के दो पकोड़े दे गया। नाश्ता ख़त्म करने के बाद शरद ने बगल के पान-पट्टी की दुकान से मालबोरो सिगरेट की एक नई पैकेट ख़रीदी और तलब मिटाता हुआ कार की तरफ बढ़ गया। आरोही अभी भी सो रही थी। शरद बाहर ही खड़ा सिगरेट ख़त्म करने लगा।

6 बज चुके थे। धूप ज़मीन पकड़ने लगी थी। शरद ने ड्राइविंग सीट का दरवाज़ा खोलकर आरोही को आवाज़ लगायी...

"मै'म.....मै'म...."

"मै'म हम पहुँच चुके हैं।"

गहरी नींद में सोयी आरोही ने कोई जवाब नहीं दिया।

"आरोही जी!....आरोही जी…!" इस बार शरद ने नाम लेकर पुकारा पर आरोही सोयी रही। बार-बार बोलना शरद को सही नहीं लग रहा था इसलिए उसने अहिस्ता से दरवाज़ा बंद किया और वहीं कुर्सी पर बैठकर इंतज़ार करने लगा।

आधा घंटा और बीत गया। थके हुए शरद के लिए अब इंतज़ार करना मुश्किल हो रहा था। उसने टैक्सी के अन्दर जाकर ऑडियो प्लेयर को ऑन किया, जिसमें प्रकाश के भोजपुरी कलेक्शन का एक गाना बजने लगा। शरद ने वोल्यूम थोड़ी तेज़ कर दी। पूरा गाना ख़त्म हो गया पर घोड़े बेच कर सोती आरोही पर असर नहीं हुआ।

"अरे आरोही जी, उठ जाइये, सुबह हो गयी है।" बजते गाने के बीच अपनी आवाज़ तेज़ करता हुआ शरद बाहर निकला। आरोही बायीं तरफ बैठी थी। शरद ने उधर का गेट खोला लेकिन सोती हुई आरोही पर नज़र पड़ते ही वह स्तब्ध रह गया! अब न ही उसका कोई काम अकाज हो रहा था और न ही उसे देर। इतने में उसका फ़ोन बजा। फ़ोन टैक्सी के ओनर का था। झट से शरद ने फ़ोन उठाया।

"नमस्ते पाण्डेय जी!" गाड़ी से दूर जाता हुआ शरद बोला।

"अरे कहाँ हो भाई? ये प्रकाश बता रहा था की उसे कल गाड़ी ही नहीं मिली। तुमने रात को उसे दी क्यों नहीं?"

"पाण्डेय जी मैं आगरा आया हुआ हूँ, एक बड़ी पार्टी मिल गयी थी।"

"ठीक है लेकिन बता तो दिया करो। फ़ोन भी तुम्हारा नहीं लग रहा था।"

"हाँ वो....ऑफ हो गया था। खैर मैं लौट ही रहा हूँ। शाम को मिलता हूँ पाण्डेय जी।"

"ठीक है, " कहकर पाण्डेय जी ने फ़ोन रख दिया।

शरद वापस गाड़ी की तरफ आया और आरोही को जगाने के लिए बाँह पकड़ कर हिलाया। आरोही दाहिनी तरफ सीट पर गिर गयी। वो लाश बन चुकी थी!

एक क्षण के लिए शरद की नसों में दौड़ता खून बर्फ़ हो गया। मुहँ खुला और आँखें फैलती चली गयीं। अगले ही पल जमा खून गर्म हुआ और दोगनी रफ़्तार से एक भय को लिए माथे तक जा पहुँचा। धड़कनें अप्रत्यासित रूप से तेज़ हो गयीं। जैसे किसी भठ्ठी में झोंक दिया गया हो। वह पसीने से तर हो रहा था और शरीर काँप रहा था। शरद ने अपने आप को साधने की कोशिश की। उसके अन्दर के लखनऊ की हकीमी जागी। वह आरोही का हाथ थामते हुए उसकी नाड़ी देखने लगा। नाड़ी रुक चुकी थी। आरोही का सफ़ेद चेहरा, और सफ़ेद पड़ चुका था। उसने टैक्सी का दरवाज़ा बंद किया और अपने आप को सँभालते हुए ढाबे के सामने कुर्सी तक पहुँचा और खुद को स्थिर करने की कोशिश की।

शरद के दिमाग में पुलिस को सूचित करने का ख्याल आया लेकिन दिल ने साथ नहीं दिया। इश्क की कर्ज़दारी के दौरना जब कुछ कर्ज़दार पुलिस तक जा पहुँचे थे तब इन मामाओं से शरद का पाला पड़ा था। उस दिन ही शरद समझ गया था कि जब ये किसी को आड़े हाथ लेते हैं तो आप भले ही कितने बड़े तुर्रम खां हों, ये रुआब और गुंडई सब झाड़ देते हैं। लखनऊ पुलिस के पान में कत्था कनपुरिया और ज़ुबान पर गाली बनारसी होती है। ज़ुबान से पहले ये हाथ चलाते हैं और कब कंटाप धर देंगे ये पता भी नहीं चलेगा। खबर ये भी थी की ड्रग्स वाले मामले में ये नज़र पर था। अब भला एक टैक्सी वाले से बेहतर पुलिस का काईंयापना कौन जान सकता है।

शरद को समझ नहीं आ रहा था कि वह क्या करे। दिल बैठा जा रहा था। वह चलता हुआ टैक्सी के पास आया और ड्राइविंग सीट पर विराजमान

हुआ। दाहिने तरफ़ लुढकी हुई आरोही को शरद ने सीधा किया और टैक्सी स्टार्ट की।

"एक्सक्यूज़ मी!" कोई शीशे पर नॉक करता हुआ बोला। अपने आप को नार्मल करते हुए शरद ने शीशा नीचे किया।

"जी?"

"देखो न, सुबह-सुबह मेरी गाड़ी पंचर हो गयी है। पास में एक दूकान तो है लेकिन बंद है।"

"माफ़ कीजियेगा, मेरे पास भी सेटिंग का सामान नहीं है।"

"अरे नहीं-नहीं, बस लिफ्ट चाहिए मुझे।"

"टैक्सी बुक्ड है। मैं आपकी कोई मदद नहीं कर पाऊँगा," कहते हुए शरद शीशा वापस ऊपर चढ़ाने लगा तो उस आदमी ने उस पर हाथ रख कर रोकते हुए कहा।

"जो सबसे पहली पंचर की दूकान खुली मिलेगी, वहीं उतर जाऊँगा।"

"आप समझते क्यों नहीं। सवारी के रहते आपको कैसे बिठा लूँ। ऊपर से फीमेल हैं।" इस बार झल्लाते हुए शरद ने कहा।

"एक बार मैडम से पूछ लो! मैं खुद बात कर लेता हूँ," कहता हुआ वह आदमी पिछली खिड़की पर नॉक करने लगा, "हेल्लो मैम! एक्सक्यूज़ मी।"

शरद तुरंत दरवाज़ा खोलता हुआ बाहर आया, जैसे उसकी चोरी पकड़ी जाने वाली हो।

"क्या कर रहे हैं आप? अजीब पागल आदमी हो यार। गाड़ी से दूर हटो," शरद ने इस बार डाँटते हुए कहा तो ढाबे की तरफ से एक-दो लोगों ने इस ओर देखा।

"भाई क्यों गुस्सा हो रहा है? इंसानियत नाम की भी चीज़ होती है?" वह अपनी गाड़ी की तरफ इशारा करते हुए बोला, "मेरी बीवी बैठी हुई है, उसके फ़ादर सीरियस हैं। भगवान न करें कुछ हो गया तो ज़िन्दगी भर कोसेगी मुझे।" इस बार वह आदमी झल्लाता हुआ बोला। कार में बैठी उसकी बीवी

और बच्चे इस ओर आस लगाये देख रहे थे। अचनाक से शरद की नज़र उसकी कार के सामने की नेम प्लेट पर अटक गयी, जिस पर लाल और नीले कलर में 'पुलिस' लिखा हुआ था। शरद का खून सूख गया।

"कमाल है यार प्यार से बोलो तो लोग समझते ही नहीं फिर बाद में कहते हैं कि पुलिस वाले ज़बरदस्ती करते हैं। दुनियाभर की मुसीबत से लोगों को हम बचाएं और हमारे ऊपर कोई मुसीबत आ जाये तो... ।" पुलिसिया रौब में आते हुए वह कह ही रहा था कि शरद ने उसकी बात नरमी के साथ काटी,

"आप समझिये तो, इनकी तबियत ख़राब है।"

"अरे मर थोड़ी गयी हैं? क्या हुआ है इनको?" फिर दरवाज़े की तरफ आते हुए पुलिस वाला बोला, "क्या हुआ है आपको, मै'म? हेल्लो! "

स्थिति संदेहास्पद बनती देख शरद की सिट्टी-पिट्टी गुम हो गयी। वो भाँप गया कि पुलिस वाला उसे ऐसे तो नहीं जाने देगा।

"अच्छा! ठीक है सर आप इधर आइये। बैठिये, पर प्लीज़ इन्हें कोई दिक्कत न हो नहीं तो मेरी नौकरी चली जाएगी।"

"पुलिस दिक्कत ख़त्म करती है, पैदा नहीं करती।" कहते हुए पुलिस वाला फ्रंट सीट पर बैठ गया और अपनी बीवी को इशारों में जल्दी आने को कहा। शरद अपनी सीट पर आया।

ढाबे पर चहल-पहल बढ़ने लगी थी। एक किनारे ढाबे में काम करने वाला बर्तन धोते हुए गाना गा रहा था।

राह में उनसे मुलाक़ात हो गयी
जिससे डरते थे वही बात हो गयी
अहा हा हा हा हाsss
अहा हा हा हा हा...

शरद ने टैक्सी स्टार्ट की और चौराहे की तरफ़ बढ़ा दी।

पुलिस वाले ने चोर नज़रों से एक-दो दफ़ा आरोही की तरफ नज़र डाली।

“क्या हुआ है, इनकी तबियत को?” शरद की तरफ झुकते हुए उसने धीमे से पूछा।

“कुछ नहीं, बस थकान है। शादी-वादी में, पता ही है आपको।”

उसके बाद पुलिस वाले ने कुछ नहीं बोला। 3-4 किलोमीटर बाद हाईवे के किनारे एक पंचर बनाने वाले की दुकान दिख गयी। पुलिस वाला उतर गया और जाते-जाते एक नज़र फिर आरोही की तरफ डाल गया।

“थैंक्स!” कहते हुए पुलिस वाले ने अपनी जेब से 100 का एक नोट निकाल कर उसकी तरफ बढ़ाया।

“अरे नहीं-नहीं, ठीक है।” शरद ने टैक्सी आगे बढ़ाई।

थोड़े ही देर बाद टैक्सी ‘एक्सप्रेस-वे’ पर आ गयी। शरद का दिमाग बिल्कुल खाली था। उसे कुछ समझ में नहीं आ रहा था कि आरोही की लाश के साथ क्या करेगा। बेचैनी बढ़ती जा रही थी। शरद को एक बार फिर अपनी बॉडी काँपती हुई महसूस हुई। उँगलियाँ स्टेयरिंग छोड़ रही थीं। हथेलियों में पसीना आ रहा था। तब तक इसकी नज़र सर्विस लेन की तरफ़ गयी। शरद ने टैक्सी वहाँ से नीचे उतार दी। नीचे की रोड से बायीं तरफ़ एक और रोड जाती थी। उसने टैक्सी उधर ही मोड़ दी। वह रास्ता सुनसान था, दोनों तरफ जंगल थे। थोड़ा और अन्दर जाने के बाद शरद ने टैक्सी रोकी। दूर-दूर तक कोई दिखाई नहीं दे रहा था। वह कार से बाहर आया और गहरे घने जंगल की तरफ देखा। शरद के दिमाग में कुछ चल रहा था। लेकिन उसे अंजाम देने की हिम्मत अभी उसके अन्दर नहीं थी पर टैक्सी के बोनट के अन्दर ज़रूर थी। शरद की थकी आँखों में नींद का बोझ बहुत भारी था। इस बोझ को हल्का करना था। अभी कुछ घंटों तक खुद को चौकन्ना भी रखना था। उसने आस-पास देखते हुए गाड़ी का बोनट खोला और उसके अन्दर से स्टील की एक छोटी-सी डिबिया निकाली। डिबिया के अन्दर वही सफ़ेद पुड़िया थी। उसमें से एक पुड़िया निकालने के बाद शरद ने वह स्टील की डिब्बी वापस वहीं रखी और बोनट बंद कर दिया। शरद ने टैक्सी में रखी एक हार्ड कवर डायरी निकाली जिस पर वह गाड़ी से सम्बंधित हिसाब लिखता था। डायरी

को बोनट के ऊपर रखा और पुड़िया के अन्दर का पाउडर उस पर खाली किया। पर्स से अपना एटीएम कार्ड निकालकर थोड़े देर तक उसे घिसता रहा फ़िर उसे बराबर हिस्सों में बाँटते हुआ चार सफ़ेद रेखाएं बनायीं। जेब से एक बीस का नोट निकालकर उसे रोल किया और नाक के पास लगाता हुआ एक के बाद एक चारों रेखाएं सुड़क गया। शरद को कुछ अजीब-सा लगने लगा था। नाक मलते हुए उसने डायरी,एटीएम और रोल्ड नोट को फ्रंट सीट के सामने वाली दराज़ में डाल दिया। बेचैनी और नींद दोनों जाती रही।

आदमी कभी परेशान होकर नशा करना शुरू करता है, इसलिए जब भी परेशान होता है तो नशा करता है।

शरद अब किसी और के वश में था- शायद पहले से ज़्यादा सजग, सावधान और हिम्मती। वह आरोही की लाश को निकालकर जंगल की तरफ ले ही जा रहा था कि उसे किसी और गाड़ी के आने की आवाज़ सुनाई दी। शरद वापस लाश के साथ गाड़ी की तरफ पहुँचा। और आरोही को पिछली सीट पर डालते हुए उसका बाल-वाल सही किया और वापस इस तरीके से बैठा दिया जैसे वह बैठे हुए ही सो रही हो। खुद ड्राइविंग सीट पर बैठते हुए गाड़ी चालू की तब तक बगल में एक जीप आकर रुकी। जीप पर वन विभाग लिखा था, जिसमें दो ऑफिसर सवार थे। उनमें से एक ने झांकता हुआ पूछा...

“क्या हुआ? यहाँ क्यों रुके हो?”

“साथ में कौन है?” दूसरे ऑफिसर ने भी साथ में ही पूछ लिया।

“अरे सर वो दूर से आ रहे हैं न। मैम को उल्टी वगैरा होने लगी थी इसलिए रुकने को बोला इन्होंने।”

“अच्छा! अब तबियत ठीक है आपकी?” आरोही की तरफ देखते हुए पहले ऑफिसर ने पूछा।

“आं....? अच्छा!” शरद ने आरोही की तरफ देखते हुए कहा जैसे आरोही उससे कुछ कह रही हो, और वापस ऑफिसर्स की तरफ मुड़ते हुए उसने पूरे कॉन्फिडेंस के साथ कहा, “बोल रही हैं अभी ठीक है। थोड़ी कमज़ोरी है बस।”

"जाना किधर है?"

"एक्सप्रेस-वे। इधर ही है न?"

"हाँ! ये सीधे जाओ।"

"थैंक यू, सर!" मुस्कुराते हुए शरद ने कहा और चलने को तैयार हुआ। गाड़ी वापस एक्सप्रेस-वे की तरफ मोड़ दी।

शरद के लिए अब एक और मुसीबत पैदा हो गयी थी। वह लाश को यहाँ नहीं छोड़ सकता था। यहाँ क्या, वह अब कहीं भी नहीं छोड़ सकता था। लाश के साथ उसकी पहचान दो बार हो चुकी थी। एक बार यमुना नगर में पुलिस वाले के द्वारा और दूसरा इन फ़ॉरेस्ट ऑफिसर्स के द्वारा। जाने-अनजाने में शरद खुद के कब्र की मिट्टी निकाले जा रहा था। अगर आरोही के मिसिंग होने की रिपोर्ट उसके घर वालों ने लिखवाई तो शरद का पकड़ा जाना लगभग तय था। कोई हल न सूझने पर वह बुरी तरह से परेशान, गाड़ी को लिए एक्सप्रेस-वे पर चढ़ गया। टैक्सी तेज़ी से लखनऊ की तरफ वापस बढ़ रही थी लेकिन शरद पहुँचना नहीं चाहता था। पकड़े जाने का डर उसके दिमाग पर हावी हो रहा था। शुरू में ही अगर वह पुलिस के पास चला गया होता तो मुसीबत शायद इतनी बड़ी नहीं होती। और अब ड्रग्स लेकर इसने वह रास्ता भी मुश्किल कर लिया था। आरोही वाले मामले से अगर निकल भी जाता तो जो माल इसने सूंघ रखा था, जिसके शक पर पुलिस की नज़र शरद पर पहले से थी, इसकी वजह से NDPC (Narcotic drugs & Psychotropic Substances) एक्ट के तहत 10 से 20 साल तक की सज़ा और 1 से 2 लाख तक का जुर्माना तय था।

पिछली सीट पर पड़े आरोही के लाल पर्स, में रखा फोन बजा। ड्राइविंग करते हुए ही शरद ने एक हाथ पीछे ले जाकर पर्स अपनी गोद में खींच लिया। उसने फ़ोन निकालने के लिए पर्स खोला तो अन्दर उसे बंदूक भी दिखी। उसके होश उड़ गए। खैर उसने फ़ोन निकाला। स्क्रीन पर फ़्लैश हो रहा नाम 'रजनीश' था। कॉल पूरे रिंग के बाद खुद-बखुद कट गया। स्क्रीन पर इसके अलावा एक दूसरे नंबर से सुबह 5:40 से 6:30 के बीच चार मिसकॉल और कुछ मसेजेज़ थे। शरद ने व्हाट्स अप ग्रुप का मैसेज ओपन किया।

"BAD BITCHES"

Neha collage-

"Why aren't you picking my call Bitch? kab tak aayegi?"

दूसरा मैसेज़ नंबर पर आया था।

"Welcome to my city darling. Can't wait to see you.
We gonna have so much fun baby."

तभी रजनीश के नंबर से भी तुरंत मैसेज़ आया।

"तुम ठीक से पहुँच गयी? प्लीज कॉल उठाओ आरो।
और हाँ, कल मुझे रेलवे के फंक्शन में जाना पड़ सकता है।
सैमी को अकेला नहीं छोड़ना चाहता। कल तक आ जाओगी?"

शरद के दिमाग में 'घर' शब्द घर कर गया। उसके डूबते दिमाग को एक तिनका दिखा था और वह तिनका था आरोही का घर। अगर आरोही की लाश उसके घर वालों को मिले तो उसे नेचुरल डेथ मानकर बात पुलिस तक पहुँचेगी ही नहीं। शरद ने आरोही के फ़ोन से रजनीश सिंह को मैसेज़ किया।

"Meri tabiyat theek nahin hai. wapas aarahi hun."

थोड़ी देर बाद रजनीश ने फिर फ़ोन किया। इस बार कुछ सोचते हुए शरद ने कॉल उठाया लेकिन बिना बोलो कुछ सेकंड बाद कॉल कट कर दिया और रजनीश को एक मैसेज़ डाला।

"Yahan network sahi nahi hai."

रजनीश का रिप्लाई आया।

"Kya hua tumnhe? zyade kharab hai?"

शरद ने आरोही के फोन से उत्तर दिया।

"Thodi si uneasiness hai. You don't worry."

रजनीश ने प्रति-उत्तर दिया।

"Theek hai. Mai Sammy ko school chhod ke.
Station nikal jaunga."

रजनीश की बातचीत से तो ये जाहिर था कि घर में उसके, आरोही और सैमी के अलावा कोई नहीं रहता है, वरना रजनीश मैसेज़ में ख़ुद के बाहर जाने के बाद सैमी के अकेले रहने की बात नहीं करता। अब किसी भी तरीके से शरद को आरोही की लाश उसके घर में रखनी थी, वो भी सैमी और रजनीश के घर वापस आने से पहले। शरद ने एक अनुमान लगाया, उसके पास अधिक से अधिक 5-6 घंटे थे। शरद, आरोही की पर्स में किसी तरह का ID कार्ड ढूँढने लगा। उसके हाथ आरोही का आधार कार्ड लगा, जिसके पीछे उसका एड्रेस छपा था।

Sector M-II,
Singh Nivas, House No. 3113
Aashiyana Colony, Kanpur Road,
Lucknow - 226012(UP)

शरद ने टैक्सी को राणा प्रताप के घोड़े की रफ़्तार दी। समय की सूई 8 पार कर रही थी। आदमी ज़िन्दगी में सबसे तेज़ दो ही समय भागता है, जब उसे किसी से पीछा छुड़ाना हो या किसी का पीछा करना हो। शरद को दोनों ही करना था। उसे आरोही से पीछा छुड़ाना था और समय का पीछा करना था।

12 बजते-बजते टैक्सी लखनऊ-कानपूर रोड पर थी। बायीं तरफ़ आशियाना कॉलोनी, सेक्स्टर M-II था। शरद ने टैक्सी मुख्य मार्ग से उतारकर कॉलोनी की कच्ची सड़क पर लगा दी, जिसके पास वाला घर बंद था। लोगों का वहाँ से गुज़रना कम था। टैक्सी से उतरकर शरद कॉलोनी में चला गया और सिंह निवास ढूँढते हुए आसपास के माहौल का जायज़ा लेने लगा। बड़े लोगों की कॉलोनी में घर के बाहर शांति और अन्दर उपद्रव होता है। जल्द ही सिंह निवास मिल गया। दो मंज़िला बंगलोनुमा घर था। शरद ने आसपास के घरों को देखा। कोई नहीं दिख रहा था। इक्का-दुक्का लोग सामने के रोड से जाते हुए दिख जाते थे। शरद वापस टैक्सी के पास आया और आरोही की पर्स से घर की चाभी निकालकर ऊपर के जेब में डाल लिया। टैक्सी धीरे-धीरे चलाता हुआ घर के सामने आ पहुँच। शरद ने आसपास

नज़र डाली पर कोई दिखाई न दिया। सामने की रोड पर से गुज़रते लोगों का बेशक इधर कोई ध्यान नहीं था। ऊपर की जेब से चाभी निकालता हुआ शरद गेट के पास पहुँचा, गेट से अन्दर हाथ डाल कर कुण्डी खोली। शरद को वहाँ किसी के होने का डर लगा पर उसके पास ऑप्शन और मौका भी बस यही एक मात्र था। वह चुपचाप अन्दर दाखिल हुआ। सामने बैठक का दरवाजा था, जिससे सटा हुआ बेडरूम था। शरद ने एक के बाद एक रिंग में फँसी तीनों चाबियाँ चेक कर ली पर उनमे से कोई भी उसमे फिट तक न हुई। अंततः कुण्डी पकड़ कर शरद ने नीचे किया तो पाया की दरवाज़ा पहले से ही खुला हुआ था। हर खुलते दरवाज़े के साथ शरद का बँधा डर भी खुल रहा था। घर में किसी के होने की आहाट अब तक नहीं मिली थी पर एहसास ज़रूर हो रहा था। बैठक से होते हुए शारद बेडरूम के दरवाज़े के पास पहुँचा और धीरे से उसे खोलते हुए अन्दर झाँका। अन्दर कोई नहीं था। इससे पहले की कोई कहीं से आ जाये, शरद टैक्सी के पास आया। अगल-बगल एक निगाह दौड़ाई और किसी को न पाकर आरोही को उसके छोटे से बैग सहित गोद में उठा लिया। शरद, आरोही को लिए बेडरूम में पहुँचा और आरोही की लाश को बेड पर रखा। बगल में ही डेस्क पर उसका पर्स और चाभी निकालकर रखा और लाश ख़राब न हो इसलिए AC ऑन करके तेज़ी मगर अहिस्तगी के साथ बाहर जाने लगा। शरद बहार आया और गोली की रफ़्तार से टैक्सी में बैठ कर फ़रार हो गया।

3

दोपहर के 1 बज रहे थे। अरुणेश सिंह चाय की दुकान पर एक आदमी के साथ बैठे हिसाब-किताब के बारे में बात कर रहे थे। तभी जेब में पड़ा उनका फ़ोन बज उठा:

चलो बुलावा आया है
मांता ने बुलाया है
जय माता दी
चलो बुलावा...

अरुणेश ने बातचीत को बीच में रोकते हुए फ़ोन उठाया।

"हाँ क्या है?"

".............."

"क्या? क्या बक रही हो?" अरुणेश को अपने सुने पर विश्वास नहीं हुआ इसलिए दुबारा पूछा।

"............." उधर से वही बात दुबारा दोहरा दी गयी।

"मेरी बात ध्यान से सुनो! कुछ करना मत। कोई सामान, कुछ भी नहीं छूना। मैं आ रहा हूँ।"

आनन-फानन में अरुणेश सिंह अपने घर, सिंह निवास पहुँचे। बैठक में बैठी उनकी बीवी सुष्मिता उनके आने का ही इंतजार कर रही थी। अरुणेश को देखते ही उसने रूम के बंद दरवाज़े की तरफ इशारा किया। दरवाज़ा खोलकर दोनों अन्दर दाख़िल हुए। AC ने कमरे को एकदम ठंडा कर रखा था। बेड पर आरोही की लाश पड़ी हुई थी। अरुणेश ने उसके हाथों की नब्ज़ जाँची फिर आँखों की पुतलियाँ देखीं।

"ये तो मर चुकी है।"

"मर चुकी है?" घबराई हुई सुष्मिता के मुँह से निकला। हालाँकि इसका अंदाज़ा तो उसे पहले ही लग चुका था। लेकिन जब अरुणेश ने कन्फर्म किया तो घबराहट में वह रोने लग गयीं।

"पुलिस को कॉल करते हैं। बाहर चलो।"

अरुणेश ने दरवाज़ा बंद कर दिया। दोनों बाहर बैठक में आ गये। अरुणेश ने आशियाना पुलिस स्टेशन में कॉल लगाया।

सिंह निवास से आशियाना थाने की दूरी करीब 1 किलोमीटर थी। पुलिस को वहाँ पहुँचने में मुश्किल से 10 मिनट लगे। इंस्पेक्टर गौरव गुप्ता कुछ पुलिस वालों के साथ वहाँ पहुँचे। अरुणेश गेट पर खड़ा बेचैनी से उनके आने का इंतजार कर रहा था। पुलिस अरुणेश के साथ अन्दर के तरफ बढ़ी।

"मरने वाली आपकी कौन है?" इस्पेक्टर ने पूछा।

"छोटे भाई की बीवी है।" बैठक की तरफ इशारा करते हुए अरुणेश ने कहा।

"और भाई कहाँ है आपका?"

"लखनऊ सिटी स्टेशन...स्टेशन मास्टर है।"

"उन्हें कॉल नहीं किया?"

"नहीं, पहला कॉल आपको ही किया।"

"मतलब उन्हें अभी इसकी जानकारी नहीं है?"

"नहीं।"

"कॉल करो और बुलाओ उन्हें फ़ौरन। मौत के बारे में अभी कुछ मत बताना।" बैठक में दाखिल होते हुए इन्स्पेक्टर ने कहा और एक नज़र वहाँ सुबकती हुई सुष्मिता पर डाली फ़िर एक सवालिया नज़र अरुणेश पर।

"ये सामने!" अरुणेश ने दरवाज़े की तरफ़ इशारा किया। एक हवलदार ने दरवाज़ा खोला। ऐसी की हवा बैठक तक फ़ैल गयी।

"ऐसी किसने चलाया है?" कमरे में घुसते हुए इस्पेक्टर ने पूछा।

"पहले से चालू था।" अरुणेश ने रजनीश का नंबर डायल करते हुए कहा।

"मौसम तो ऐसी वाला नहीं है आज।" लाश को देखते हुए इन्स्पेक्टर बुदबुदाया।

इधर अरुणेश ने रजनीश को कॉल किया।

"हेल्लो!" रजनीश ने फ़ोन उठा लिया था।

".....घर आओ, पुलिस आयी है।" अरुणेश कमरे के कोने की तरफ़ होता हुआ धीरे से बोला।

"पुलिस क्यों?"

"यहीं आओ, पता चल जायेगा। अर्जेंट है।"

रजनीश ने गुस्से में कॉल कट कर दिया।

परेशान अरुणेश चुपचाप अपनी बीवी के बगल में आकर बैठ गया। उसका सुबकना अब बंद हो चुका था। उसे देखकर ये कह पाना मुश्किल था की वह क्यों रो रही है। आरोही के मर जाने की वजह से या उसकी वजह से हुई इस मुसीबत से।

इंस्पेक्ट हर चीज़ को बड़ी बारीकी से देख रहा था। कमरे के इंटीरियर से ये साफ़ ज़ाहिर हो रहा था कि ये कमरा किसी बच्चे का है। इंस्पेक्टर गौरव कमरे से बाहर आता हुआ दरवाजे पर खड़े पुलिस वाले से बोला...

"दरवज़ा बंद कर दो एंड मेक श्योर की कोई भी अन्दर न जाये, नॉट इवन यू।" कहकर इंस्पेक्टर दूसरे पुलिस वाले की तरफ मुड़ा "नरेश, फ़ॉरेंसिक वालों को कॉल करो।"

दरवाज़ा बंद करके पुलिस वाला वहीं खड़ा हो गया। दूसरा कॉल मिलाते हुए बैठक से बाहर चला गया। इंस्पेक्टर मिस्टर एंड मिसेज़ सिंह के पास पहुँचा और बगल में पड़ी स्टूल उनके सामने रखा और आगे की तरफ़ झुककर बैठ गया।

"मुझे इसके लिए...," कमरे की तरफ हाथ से इंस्पेक्टर ने इशारा किया, "....खेद है!" थोड़ा रुक कर इंस्पेक्टर ने फिर बोलना शुरू किया, "पर आप लोगों को मुझे अभी पूरी बात बतानी पड़ेगी। लाश कब देखी? ये कमरा किसका है? इनका कमरा कौन-सा है? और जो भी संभावित बात आप लोग बता सकें।"

इंस्पेक्टर के इशारे पर एक पुलिस वाले ने रिकॉर्डर ऑन करके टेबल पर रख दिया।

अरुणेश और सुष्मिता ने एक दूसरे का चेहरा देखा। इंस्पेक्टर लगातार उन्हें देखते हुए उनके बोलने का इंतज़ार कर रहा था।

"मैं अपने एक रेगुलर क्लाइंट के साथ चाय की दुकान पर बैठा बातें कर रहा था कि मुझे सुष्मिता का कॉल आया।"

"एक मिनट! आपने लाश पहले नहीं देखी?" इंस्पेक्टर ने अरुणेश को रोकते हुए कहा।

"नहीं! सुष्मिता ने देखा।"

"फ़िर पहले आप बताइए। कब देखा?" इंस्पेक्टर ने सुष्मिता की तरफ इशारा करते हुए पूछा। वह घबरा गयी। ऐसा लगा जैसे किसी सोशल एंग्जाईटी वाले को सरेआम महफ़िल में मंच पर बुलाकर माइक थमा दिया गया हो। इंस्पेक्टर इनकी घबराहट भांफ गया। उसने उन्हें सहज करने की कोशिश की।

"देखिये आपको घबराने की बिल्कुल ज़रूरत नहीं है। सच्चाई जो भी है, आप साफ़-साफ़ बताएं।"

अरुणेश ने अपना एक हाथ सुष्मिता की पीठ पर रखते हुए उसे सांत्वना दी। एक गहरी साँस छोड़ते हुए सुष्मिता ने बताना शुरू किया।

"मैं...मैं खाना खाने के बाद छत पर टहलने गयी थी। शायद 11:00 -11:30 बज रहे होंगे तब। हल्की धूप थी। मैं वहीं चेयर पर बैठकर एक मैंगज़ीन पढ़ने लगी। जब धूप तेज़ हुई तो मुझे याद आया कि कपड़े धोने हैं। रूम में कपड़े लेने गयी तो देखा आरोही बेड पर लेटी हुई थी।"

"ये तो बच्चे का कमरा लग रहा है!" इंस्पेक्टर बीच में बोल पड़ा।

"हाँ, हमारे बेटे का है। स्कूल गया हुआ है," अरुणेश ने जवाब दिया।

"इनका कमरा कहाँ है?"

"ऊपर...ये लोग ऊपर रहते हैं।"

"अच्छा! फिर आगे क्या हुआ?"

"आरोही बोलने पर भी कुछ नहीं बोलीं तो मैंने धीरे से झंझोड़ा...मतलब यहाँ कंधे के पास पकड़ के। जब कोई रिस्पॉन्स नहीं आया तो मुझे शक हुआ। फ़िर मैंने थोड़ा और तेज़ी से हिलाया, लेकिन तब भी नहीं उठी तो मैं डर गयी और इन्हें कॉल किया।" सुष्मिता फ़िर सुबकने लगी।

इंस्पेक्टर ने अब अरुणेश की तरफ रुख किया।

"आपने आने के बाद क्या-क्या देखा?"

"जी, ये बैठक में बैठी रो रही थी। फ़िर हम दोनों कमरे में गए। आरोही का चेहरा पीला पड़ चुका था। उसके बाद मैंने आपको कॉल किया।"

"आपने पहले डॉक्टर को कॉल क्यों नहीं किया?"

"क्योंकि वो कुछ घंटे पहले ही मर चुकी थी।"

"आप डॉक्टर हैं?" इंस्पेक्टर ने रुख़ कड़ा किया।

"हूँ तो नहीं लेकिन था। मैं एक्स सर्जन हूँ। पास आउट फ्रॉम लखनऊ यूनिवर्सिटी।"

"भाई को कॉल क्यों नहीं किया?"

"हमारे आपसी संबंध ठीक नहीं हैं। वह भड़ाकू स्वाभाव का है। वह जल्दी ही गाली गलौज और मार पीट पर उतर आता है।"

"आपस में क्यों नहीं बनती?"

"आरोही, सुष्मिता को शुरू से ही नापसंद करती थी। अभी पिछले साल..."

"तो मैं कौन सा उन्हें पसंद करती थी।" सुबकती हुई सुष्मिता अपनी अस्मिता पर बात आते ही बोल उठी, जिससे इनके बीच का आपसी तनाव साफ़ जाहिर था। उसने बोलना ज़ारी रखा, "होली में सबके सामने मुझे बार-बार बोल रही थी की 'तुम्हारा मोटापा इतना क्यों बढ़ रहा है?"

"अरे! कहाँ की बात कहाँ ले आयी।" अरुणेश ने सुष्मिता की बात काटते हुए कहा।

"एक मिनट, इन्हें बताने दीजिये।" इंस्पेक्टर अपना लहज़ा फिर थोड़ा कड़ा करता हुआ बोला, "हाँ, फ़िर क्या हुआ?"

"आरोही ने कहा कि नाम तो सुष्मिता है फिर बॉडी हलवाई वाली क्यों है? फ़िर मैंने भी गुस्से में कुछ बोल दिया तो उन्हें बुरा लग गया। इनके भाई जी फिर इनसे लड़ने चले आये थे।"

“अरे छोड़ों न वो सब। घर का उलाहना लेकर बैठ गयी।” डांटने के अंदाज़ में अरुणेश ने सुष्मिता से बोला।

“क्या कहा था आपने...?” इंस्पेक्ट ने सुष्मिता की तरफ देखते हुए पूछा लेकिन वह कुछ न बोली तो इंस्पेक्टर ने अपनी आवाज़ फिर कसी, “क्या कहा था?”

“यही कि ‘कम से कम मैं....मैं शादीशुदा मर्दों को तो नहीं फँसाती,” सुष्मिता एक झटके में बोल गयी। इंस्पेक्टर ने सवालिया नज़रों से अरुणेश को देखा।

“उसने दो साल पहले तलाक लेकर इस लड़की से शादी की थी।”

“दोनों के बीच उम्र का कितना अंतर है?”

“करीब 12-15 साल।”

इंस्पेक्टर अपने मन में ही कुछ समीकरण जोड़ते हुए खड़ा हुआ। थोड़ी देर यूँ ही चुप रहा फ़िर नरेश से पूछा।

“और कितना देर भई?”

“सर कॉल कर दिया था। आने ही वाले होंगे।”

“पूछो कहाँ तक पहुँचे।” कहकर इंस्पेक्ट वापस मिस्टर एंड मिसेज़ सिंह की तरफ मुड़ा, “अच्छा! इससे पहले आप लोगों ने अंतिम बार इन्हें कब देखा था?”

“मैं जब मेन रोड से कॉलोनी की तरफ मुड़ रहा था तब आरोही को वहीं खड़ा देखा था। शायद ऑटो वगैरा के लिए...” अरुणेश ने सेंटेंस अधूरा छोड़ा।

“जा कहाँ रही थीं? और दिखने में परेशान या बेचैन कुछ लग रही थीं?”

“नहीं, बल्कि नहीं, काफ़ी मूड में थीं। अब कहाँ जा रही थीं, ये तो भैया को ही पता होगा।”

“और मिसेज़ सिंह आपने कब देखा था?”

“परसों सुबह जब दूध वाला आया था।”

“अच्छा। आप लोग फिलहाल बैठक से बाहर नहीं जायेंगे। वाशरूम वगैरा जाना हुआ तो पाण्डेय साथ रहेगा। फ़ोन दे दो और कोऑपरेट करिए।”

“क्यों? हमपे तो शक नहीं है आपको?” घबराते हुए अरुणेश ने पूछा। सुष्मिता भी इंस्पेक्टर का मुहँ ताकने लगी।

“फॉर्मैलटीज़ हैं। वैसे ये मर्डर केस है। कोऑपरेट कीजिये, बेहतर होगा। और हाँ, आपके बच्चे का स्कूल कौन-सा है बता दीजिये, हम बुलवा देंगे।”

कहकर इंस्पेक्टर बाहर ओसारे में आया। एक पुलिस वाला दरवाज़े के बाहर खड़ा था और पाण्डेय मिस्टर एंड मिसेज़ सिंह के साथ था। बाकी के दो हवलदार इंस्पेक्ट के इशारे पर उसके पीछे-पीछे ही बाहर आ गये।

“सुनो!” दोनों हवलदार चौकन्ने हो गए, “लाश के पैरों में सैंडल है लेकिन फर्श पर उसके प्रिंट्स नहीं हैं। इसके अलावा दो अलग-अलग जूतों के निशान स्पष्ट हैं। एक संभवतः अरुणेश के पैरों का होगा, पर दूसरा किसका है, ये एक गुत्थी है।”

“उसकी बीवी की!” नरेश बोला।

“नहीं, फर्श देखा? बिल्कुल साफ़ है। और वो निशान लेडीज शूज या चप्पल के नहीं हैं।”

“मतलब कोई बाहर से आया था!” दूसरे हवलदार ने शंका ज़ाहिर की।

“बिल्कुल।”

“अफ़ेयर?” नरेश ने रोमांचित होते हुए कहा।

“हो सकता है! खुबसूरत थी, जवान थी।” इंस्पेक्ट गौरव ने कहा।

“और मिसेज़ सिंह के हिसाब से घमंडी भी,” दूसरा हवलदार फ़िर बोला।

"देखो, ये जब वापस लौटी तो मरी हुई थी। तभी इसके सैंडल के निशान फर्श पर नहीं हैं। जो साथ में आया होगा वह लाश उठाकर बेड तक ले गया होगा। वह जो भी था, पहली बार आया था। इसीलिए उसे घर के बारे में सही से पता नहीं था। ऊपर का लॉक ओपन करवाओ, देखते हैं क्या मिलता है।"

"ठीक है सर।" नरेश बोला।

"अच्छा सुनो, तुम दोनों बाहर जाओ और आस-पास वालों से पूछताछ करो, किसी ने कुछ देखा हो तो। बाकी आसपास कोई सीसीटीवी है की नहीं, पता करो।"

दोनों हवलदार चले गए। इंस्पेक्टर ने ओसारे के बगल से जाती हुई गैलरी की तरफ देखा, जो सीढ़ियों तक ले जाती थीं। इंस्पेक्ट गली से होता हुआ दूसरे फ्लोर पर पहुँचा, वहाँ दरवाज़े पर ताला लटक रहा था, जिसकी एक चाभी आरोही के बैग में थी और ऊपर की तरफ़ जाती हुई सीढ़ी छत पर खुलती थी।

करीब 20 मिनट बाद फ़ॉरेंसिक विभाग वाले पहुँचे और उसके ठीक पीछे रजनीश सिंह। घर के बाहर दो-दो वैन खड़ी देखकर उनका मन घबराया। जिस मनसा से वह पहुँचे थे, स्थिति उससे कुछ हट कर प्रतीत हो रही थी। मेन गेट का दोनों पल्ला दो तरफ था। आस-पास के घर वाले अपनी बालकनी या छत से सिंह निवास पर नज़र गड़ाए अपनी जिज्ञासा को बुद्ध कर रहे थे।

रजनीश लगभग सीढ़ियाँ फाँदता हुआ ओसारे में पहुँचा। बैठकखाने का दरवाज़ा खुला हुआ था। उनकी नज़र रजनीश पर पड़ी तो सहानुभूति में सब खड़े हो गये। रजनीश के पाँव ठिठके तो उसे देखने वाला हर शख्स स्थिर हो गया। थोड़ी देर में डॉक्टर ने उसे मृत घोषित कर दिया और डेड बॉडी को बाकी जाँच के लिए ले जाने की तैयारी करने लगे। फ़ॉरेंसिक वालों ने भी अपना काम शुरू किया और हर पहलू की बारीकी से जाँच करने लगे। रजनीश वहाँ दाखिल हुआ।

"क्या हुआ है?" इंस्पेक्टर और अरुणेश पर बारी-बारी से नज़र डालते हुए रजनीश ने पूछा।

"भईया वो......," अरुणेश के 'वो' के बाद का ठहराव कुछ ज़्यादा ही लम्बा था।

"सैमी को कुछ हुआ है?" रजनीश ने अपना शक ज़ाहिर किया। अरुणेश को समझ में नहीं आ रहा था कि ये बात रजनीश को कैसे बताये। वह अच्छी तरह जनता था कि रजनीश आरोही से कितना प्यार करता है।

"आपकी बीवी इस कमरे में मृत पायी गयी हैं।" कमरे की तरफ इशारा करता हुआ अचानक इंस्पेक्टर गौरव बोल पड़ा।

रजनीश सुन्न हो गया। उसे अपने कान पर विश्वास ही नहीं हुआ।

"क्या...क्या कहा?"

भावनाओं का सम्मान करते हुए इंस्पेक्टर ने इस बार कुछ नहीं बोला। सब खामोश रहे। आवाज़ तो रजनीश के कान में तभी पहुँच गयी थी, पर उसे समझने में वक़्त ज़रूर लगा। वह इंस्पेक्टर के इशारे वाले कमरे की तरफ़ भागा। गेट पर फ़ॉरेंसिक विभाग के एक ऑफिसर ने रोक लिया। अन्दर कुछ फॉरेंसिक वाले एवीडेंस जुटाने में व्यस्त थे। उन्होंने एक नज़र रजनीश पर डाली और वापस अपने काम में व्यस्त हो गए। रजनीश ने ज़बरदस्ती अन्दर जाने की कोशिश, तो वहाँ खड़े पुलिस वाले को भी हाथ लगाना पड़ा। मजबूरन रजनीश रोता हुआ वहीं नीचे बैठ गया। अरुणेश, रजनीश के पास पहुँचा और उसे ढाढस बँधाने के लिए कंधे पर हाथ रखा। कंधे पर रखे हाथ ने आग में केरोसिन का काम किया। रजनीश धधकता हुआ उठा और अरुणेश का कॉलर पकड़ कर चिल्लाने लगा।

"ये तूने ही किया है न!" दीवार पर अरुणेश को टाँगते हुए वह बोला, "तुझे हमेशा मुझसे दिक़्क़त रही है। साले तुझे भी जिंदा नहीं छोड़ूँगा।" रजनीश अब हिंसक हो रहा था।

इंस्पेक्टर गौरव, पाण्डेय और दरवाजे पर खड़ा हवलदार तीनों ने मिलकर उन दोनों को अलग किया। पाण्डेय ने रजनीश को जकड़ा हुआ था। वह अलग होने के बाद भी आँखें निकालकर चिल्लाता रहा।

"इन्हीं लोगों ने मारा हैं, इन सालों को पकड़ों। माधरचोद देख मैं........ मैं..." बोलते-बोलते रजनीश रोने लगा और वाक्य अधूरा छूट गया। इंस्पेक्टर के इशारे पर बाकी के दोनों पूलिस वालों ने उसे पकड़ा।

"तुम इस समय अपने होश में नहीं हो, लेकिन मौत का असली कारण पता करने के लिए हमें अपना काम करने दो। इस प्रकार की कोई भी हरकत या काम में दखलन्दाज़ी न सिर्फ़ केस को पेंचीदा करेगी बल्कि तुम्हारी मुसीबतें भी बढ़ जाएँगी।" समझाने के लहजे में इंस्पेक्टर ने वार्निंग भी दे डाली।

फॉरेंसिक वालों ने वहाँ अपना काम ख़त्म किया और लाश को पोस्टमार्टम के लिए केजीएमसी ले जाने की तैयारी होने लगी। रजनीश अब शांत पड़ चुका था। उसके लिए सारी चीजें अब बेफ़र्क हो रही थीं। उस कमरे को कुछ दिनों के लिए सील कर दिया गया।

"पाण्डेय, इन सब का स्टेटमेंट दर्ज कर।" इंस्पेक्ट ने कहा और दो हवलदारों को भी वहीं रुकने का निर्देश दिया। लाश को एम्बुलेंस में चढ़ाया गया। एम्बुलेंस के छूटते ही मिनी स्कूल वैन वहाँ आकर रुकी। दो लड़कों के उतरने के बाद बस आगे बढ़ गयी। उनमें से एक लड़के का नाम था समीर उर्फ़ सैमी जोकि रजनीश सिंह का लड़का था। और दूसरे का नाम निनाद, जो की अरुणेश सिंह का लड़का था। समीर को देखने के बाद रजनीश एक बार फिर फूट पड़ा और उसे गले से लगाकर रोने लगा। निनाद पास में खड़ा देख रहा था। समीर थोड़ी देर चुपचाप गले से लगा रहा। रजनीश रोता रहा। थोड़ी देर बाद समीर ने धीरे से बोला।

"डैड मुझे पॉटी लगी है जाऊँ?"

रजनीश ने उसका चेहरा एकदम सामान्य देखा, तो लगा जैसे उसे सदमा लग गया हो।

"रजनीश उसे अलग करता हुआ बोला और गेट के पास सीढ़ी पर ही बैठ गया। मानो उसका दुःख बाँटने वाला कोई बचा ही न हो। सुष्मिता भी निनाद को लेकर अन्दर चली गयी। अरुणेश वहीं थोड़ी दूर पर खड़ा रहा। एक पुलिस वाला निनाद के रूम के बाहर था और दूसरा यहीं बारामदे में, ताकि अगर अरुणेश और रजनीश के बीच में दोबारा भिड़ंत हो तो बीच बचाओ कर सके।

इंस्पेक्टर भी घर के बाहर अपनी जीप के पास खड़ा हो गया और नरेश को फ़ोन लगाया।

"हेल्लो सर।" फ़ोन उठते ही नरेश ने कहा।

"कुछ मिला?"

"सर कुछ नहीं, बहुत कुछ मिला है।"

"आई विटनेस?"

"उससे भी बड़ा कुछ हाथ लगा है।"

"बेहेंचोद बता न।"

"सर, घर के सामने एक तिराहा है।"

"हाँ!" इंस्पेक्टर ने सामने देखते हुए कहा।

"वहाँ एक पोल है जिसके ऊपर सीसीटीवी कैमरा है।"

"ये रिकॉर्ड कहाँ होता है? तुम लोग कहाँ हो।"

"सर तिराहे से सीधे, पूरब की तरफ़ करीब 10 मीटर दूर है। कॉलोनी का ऑफिस है। वहीं आइये, हम भी वही हैं।"

"मैं पहुँच रहा हूँ," कहकर इंस्पेक्टर ने फ़ोन कट किया। "तुम यहीं रहना," जाने से पहले हवलदार को इंस्पेक्टर चौकन्ना कर गया।

समीर ऊपर से वापस लौट कर आया।

"पापा, चाभियाँ देना?"

घुटनों में सर झुकाए रजनीश ने बिना उठे ही ऊपर की जेब से दूसरी चाभी निकाली और उसकी ओर कर दी। समीर ने चाभी ली और वापस गैलरी से होता हुआ ऊपर चला गया। रजनीश वहीं बैठा रहा। हॉस्पिटल भी नहीं गया।

इधर इंस्पेक्ट आशियाना कॉलोनी के सेक्टर M-II वाले ऑफिस में पहुँचे। नरेश एक अन्य हवलदार के साथ वहाँ पहले से मौजूद था। सीसीटीवी

फुटेज प्ले किया गया। शरद के पहले मुआयना करने से लेकर दुबारा आकर लाश रखने तक की सारी करतूत उसमे रिकॉर्ड थी। हालाँकि किसी का चेहरा स्पष्ट दिखाई नहीं दे रहा था लेकिन टैक्सी नंबर और उसके पीछे 'जय माता दी टैक्सी एंड ऑटो सर्विस' के नाम का चिपका स्टीकर उस तक पहुँचने के लिए काफ़ी से भी ज्यादा था।

"ध्यान से सुनो, ये बात न्यूज़ मीडिया और सोशल मिडिया तक पहुँचने से पहले कातिल को पकड़ना पड़ेगा। पहले पता करो कि ये कम्पनी कहाँ है और जैसे ही पता चले सिविल ड्रेस में वहाँ जाकर उसके मैनेजर से बात करना की इस नंबर की गाड़ी कौन चलाता है। एक आदमी मैनेज़र के पास ही छोड़ देना जब तक ये पकड़ा न जाये। उसे कानों-कान खबर नहीं होनी चाहिए वरना बच निकलेगा।"

"ओके सर," दोनों ने एक स्वर में कहा।

"चलो जाओ।" इन्पेक्टर गौरव ने कहा और खुद वहाँ से सीसीटीवी फुटेज लेकर रवाना हुए। नरेश दूसरे हवलदार के साथ काम पर लग गया।

शाम के 6 बज रहे थे। इंस्पेक्टर गौरव गुप्ता आशियाना थाने में बैठे किसी फाइल के पन्ने पलट रहे थे, तभी टेबल पर रखा उनका फ़ोन बज उठा।

"हाँ नरेश, क्या ख़बर?" फ़ोन उठाते हुए इंस्पेक्टर ने कहा।

"सर उसके घर का पता, नंबर और फोटो सब मिल गया है।"

"वेलडन। मुझे व्हाट्सअप करो।"

इंस्पेक्टर कुर्सी से उठ खड़ा हुआ। बेल्ट टाइट की, सर पर टोपी रखी और केबिन से निकलते हुए तेज़ी से हॉल में आये।

"बजरंगी जी!"

"जी सर।" अपने टेबल पर बैठे बजरंगी जी तत्काल उठ खड़े हुए।

"जीप निकालिए, एक अरेस्ट के लिए जाना है। आठ से 10 लोगों को साथ ले लो।" द्दढ आवाज़ में इंस्पेक्टर गौरव ने कहा। बजरंगी बिजली की गति से काम में लगा और अगले दो मिनट बाद गाड़ी स्टेशन से छूट चुकी थी।

4

तेलीबाग, कुम्हार मंडी में आज की शाम भी बाकी शामों जैसी ही थी। लेकिन आज की शाम शरद की किस्मत में शामत लाने वाली थी। दो मंजिले पुराने घर का ढाँचा देखकर ही मालूम होता था कि इसका आविष्कार किरायदारों के लिए हुआ है। उसके नीचे काली, पीली टैक्सी खड़ी थी। दूसरे मंजिल के एक रूम में शरद बिस्तर पर औंधे मुहँ उन्हीं कपड़ों में पड़ा था, जो कल पहन कर निकला था। रूम में सारा सामान अस्त-व्यस्त था। दीवार की चमक न जाने कब की मटमैली हो चुकी थी। दरवाज़े के बगल में एक खिड़की थी, जिसमें शायद ही कभी पल्ले लगे होंगे। बाहर पोल पर लगी पीली लाइट, खिड़की की मुर्चाई लोहे को छूती हुई अन्दर कमरे में आ रही थी।

पाप उस मिठाई की तरह होता है जिसे सबसे ऊँची ताख में भी रखने पर चीटियाँ लग जाती हैं।

आहिस्ता-आहिस्ता पुलिस वालों के पाँव ऊपर के कमरे की तरफ बढ़ रहे थे। इंस्पेक्टर गौरव खुद टीम को लीड कर रहा था। खिड़की से इंस्पेक्टर ने कमरे में झाँका और स्थिति का जायज़ा लिया और फिर हाथ से इशारा किया। पीछे से मकान मालिक निकल कर आया। डर का भाव उसके चेहरे पर साफ़ दिख रहा था। इंस्पेक्टर ने इसे आँखों से हौसला दिया। सभी पुलिस वाले दीवाल से चिपक कर सावधानी से खड़े थे। रेलिंग पर परसों का डाला गया कपड़ा सूख चुका था। दरवाज़े की कुण्डी बजाते हुए इंस्पेक्टर ने मकान मालिक को इशारा किया।

"अरे शरद...ये नीचे तुम्हारा कपड़ा गिर गया था।" मकान मालिक ने बोला जैसा की प्रायोजित था।

औंधे मुँह पड़ा शरद पलट कर सीधा हुआ। उसके गहरी नींद की गहराई कुछ कम हुई। इंस्पेक्ट ने मकान मालिक से बोलने का इशारा कर दरवाज़े की कुण्डी दोबारा बजाई।

"शरद दरवाज़ा खोलो, शरद, तुम्हारे कपड़े नीचे गिरे थे।"

कुण्डी की आवाज़ इस बार तेज़ थी। गहराइयाँ कम होती गयीं और शरद नींद से निकल आया। उसने अलसाई-सी अंगड़ाई ली और उठकर लाइट जलाई। खिड़की ने कमरे की रौशनी को बालकनी में छान दिया। गौरव के इशारे पर मकान मालिक ने अपने कदम पीछे किये। पुलिस वाले सतर्क और तैयार थे। आँख मलते हुए शरद ने दरवाज़े की सिटकिनी नीचे की। इंस्पेक्टर गौरव ने अपनी बंदूक की नली दरवाज़े की तरफ़ तान दी। दरवाज़ा खुला तो शरद को अपने माथे के समानांतर बंदूक की नली दिखी। शरद उस समय बुद्ध हो गया। उसके हाथ अपने आप ऊपर की तरफ उठ गए। पुलिस वाले उस पर झपटे और हाथों में हथकड़ी डाल दी। आसपास के सभी लोग कहीं न कहीं से झाँक रहे थे।

टैक्सी की विधवत जाँच की गयी। उसमें से सबूत के तौर पर पानी की बोतल पर आरोही के फिंगर प्रिंट, सीट पर उसके एक-दो टूटे हुए सर के बाल, सिगरेट की बट, सामने की दराज़ से 10 का रोल्ड नोट, डायरी, स्टील की डिबिया और ड्रग्स की खाली पुड़िया मिली। इसके अलावा रूम में से 2 लाख रुपया और मोबाइल बरामद हुआ।

ड्रग्स पाए जाने के बाद, शरद का ब्लड सैंपल भी जाँच के लिए लेबोरेट्री भेज दिया गया। NDPS की धारा 20 के तहत, शरद के खिलाफ़ रिपोर्ट दर्ज की गयी। इसके अलावा आरोही वाले कांड में शरद पर एफआईआर दर्ज हुई। पोस्टमार्टम करने के बाद आरोही की लाश रजनीश को सौंप दी गयी। रात हो चुकी थी। अगले दिन पोस्टमार्टम रिपोर्ट आने वाली थी और उसके अगले दिन ड्रग्स और मर्डर के लिए शरद की कोर्ट में पेशी होने वाली थी। लेकिन न्यूज़ चैनल्स ने शरद को न सिर्फ़ ख़ूनी साबित किया था बल्कि हत्या काण्ड की पूरी कहानी गढ़कर उसका नाटकीय रूपांतरण तक दिखा रहे थे। किसी चैनल पर 'रात का कातिल' तो कहीं 'टैक्सी ड्राईवर: ज़िन्दगी का मीटर डाउन' जैसी उपाधियों से नवाज़ा जा रहा था। न्यूज़ पेपर वालों को भी ये घटना मज़ेदार लगी, लिहाजा इस खबर को फ्रंट पेज पर जगह मिल रही थी।

इंस्पेक्टर गौरव गुप्ता, शरद के सेल में दाखिल हुए। एक हवलदार उसके ठीक सामने कुर्सी रख गया। कुर्सी पर इंस्पेक्टर विराजमान होते हुए बोला...

"चल शुरू हो जा।"

"जी! मैं...मैंने कुछ नहीं किया है," शरद ने टूटती आवाज़ में कहा।

"रंडी-रोना नहीं, कहानी।"

"सर कसम से कुछ मैंने कुछ नहीं किया है। बस ये समझिये की गलत समय पर मैं गलत जगह था।" शरद ने कहा तो इंस्पेक्टर का एक झन्नाटेदार थप्पड़ उसके दाहिने गाल पर रसीद हुआ।

"भोसड़ी के डायलॉग नहीं, कहानी बताओ। क्या बताओ?" लखनऊ के अन्दर का बनारस बाहर आया।

"क...कहानी," कांपती आवाज़ में शरद ने अपनी भूल सुधारी।

"बहुत सही...1, 2, 3 let's go...."

"सर मैं एक सवारी को अवध चौराहे पर छोड़कर गाड़ी जमा करने जा रहा था। तभी देखा कि....कि...वो जो मरी हैं, वह एक टैक्सी वाले से झगड़ा कर रहीं थीं। जो मरी हैं, उनको कहीं जाना था और जो टैक्सी वाला था उसको कहीं और जाना था। फिर मुझसे बोलीं यमुना नगर, आगरा चलने के लिए। पैसे के लालच में मैं चला गया। वहाँ पहुँचने के बाद उन्हें उठाया तो देखा वह पहले से मरी हुईं थीं। मैं डर गया था इसलिए पुलिस के पास नहीं आया। उसके बाद लाश रखने घर गया था। पता नहीं कैसे आप लोगों को पता लग गया!"

"सीसीटीवी कैमरे का नाम सुने हो?"

"सर लेकिन मैंने कुछ नहीं किया है। उनके पर्स में अच्छा ख़ासा पैसा था, एक रुपया नहीं लिया मैंने। मतलब मोटिव तो है ही नहीं न सर। क्यों मारूँगा मैं? अच्छे घर से आता हूँ।"

"हाँ न?" कहते हुए इंस्पेक्टर ने शरद के सर का बाल पकड़ कर दीवाल में लड़ा दिया। छत, आसमान हुआ जा रहा था और शरद को तारे नज़र आने लगे।

"मुझे....मेरा वकील चाहिए सर।" डरे और मजबूर शरद के अन्दर से भारतीय सिनेमा का छात्र बोला।

"अच्छा! साहब को वकील चाहिए।" बनावटी अंदाज़ में अपने हवलदारों की तरफ़ देखते हुए इंस्पेक्टर ने ठहाका लगाया और अचानक से एक थप्पड़ और रसीद कर दिया। थप्पड़ करारा था। आवाज़ एसएचओ साहब तक पहुँची। वह तेज़ी से चलते हुए सेल के पास आये।

"गौरव, अभी पोस्टमार्टम रिपोर्ट आयी नहीं है। बीहेव।"

"सॉरी सर!" इंस्पेक्टर गौरव ने माफ़ी माँगी और सेल से बाहर आ गया।

कोने में पड़ा शरद और दुबक गया था। छूटने का एक भी रास्त नहीं और कैद होने के हज़ार सबूत तैयार थे। शरद के सर पर मुसीबत का हिमालय टूट रहा था। वह जानता था कि किसी तरह अगर इस खून के इलज़ाम से बरी भी हो गया तो ड्रग्स वाले मामले में सज़ा होनी तय थी। आज की रात शरद के लिए छोटी थी। हालाँकि नींद आँखों से गायब थी पर सुबह होते-होते वह स्वान निंद्रा में पड़ चुका था।

"पाण्डेय, केजीएमसी चले जाओ। पोस्टमार्टम की रिपोर्ट आ गई है। उठा लाओ।" सुबह-सुबह थाने में घुसते हुए इंस्पेक्टर गौरव बोला। आवाज़ सुनकर बुझे हुए चूल्हे में भकुआई बिल्ली की तरह जेल में सोये शरद की नींद खुली।

सुबह के उजाले की तरह खबर पूरे लखनऊ में फ़ैल चुकी थी। हजारों लोग सोशल नेटवर्किंग साइट्स पर अपने टैक्सी और ऑटो से जुड़े अनुभवों में मसाला लगाकर लिख रहे थे। जिस शरद को कल तक कुछ लोग ही जानते थे, उसे आज पूरा शहर पहचान रहा था। फेसबुक और ट्विटर पर #justiceforaarohi ट्रेंड कर रहा था। विपक्ष के नेता सरकार के खिलाफ बढ़-चढ़ कर बयानबाज़ी कर रहे थे। लोकतंत्र के चौथे स्तम्भ का हर माध्यम शरद के लिए स्तम्भ न होकर लट्ठ बन चुका था।

11 बजे तक पाण्डेय रिपोर्ट लेकर लौटा। उसके पैरों की तेज़ गति उसकी हड़बड़ी बता रही थी। थाने के अन्दर घुसते हुए उसने एक मनहूस नज़र शरद पर डाली और इंस्पेक्टर गौरव के केबिन में घुस गया।

"सर, ये देखिये!" इंस्पेक्टर के सामने टेबल पर रिपोर्ट की तीन अलग-अलग फाइल्स रखते हुए पाण्डेय ने कहा।

इंस्पेक्टर ने सबसे ऊपर वाली रिपोर्ट उठाई और पढ़ने लगा। ये रिपोर्ट शरद की थी, जिसमे उसके खून में मेथमफेटामीन नामक ड्रग्स पाए जाने के बारे में लिखा था।

"अच्छा! ये ड्रग्स लेता है?"

"ऊपर से ये इंडिया सहित बहुत से देशों में अवैध भी है सर।"

"सालों का पूरा गिरोह है क्या?" आरोही की रिपोर्ट हाथ में लेते हुए इंस्पेक्टर ने कहा।

"सर दिमाग चकरा जायेगा जब आप ये आरोही वाली रिपोर्ट देखेंगे," मुँह लग्गू पाण्डेय ने कहा।

इंस्पेक्टर ने उत्साहित होकर फाइल ओपन की और पढ़ने लगा।

उसमें कॉज ऑफ़ डेथ हार्ट अटैक और कॉज ऑफ़ हार्टअटैक, मेथमफेटामीन का ओवर डोज़ लिखा था। और उसके ठीक नीचे आरोही को अरिद्मिया नामक हार्ट की बीमार से पीड़ित बताया गया था।

"दोनों के ब्लड में एक ही ड्रग्स है।"

"अरे साला, ये ज़हर खुरानी टाइप वाला मामला है क्या सर?"

इंस्पेक्टर तीसरी फ़ाइल उठाकर देखने लगा। रिपोर्ट के हिसाब से शरद की टैक्सी में पाई जाने वाली पाउडर भी मेथमफेटामीन थी। सिगरेट के बट पर भी आरोही के और शरद के डीएनए थे। कुछ सोचते हुए इंस्पेक्टर ने बोलना शुरू किया...

"दोनों ने एक ही सिगरेट शेयर की है। मतलब ये एक-दूसरे को पहले से जानते थे!"

“सर एक टैक्सी वाले से...!” पाण्डेय रुकते-रुकते बोला।

“मर्डर का मोटिव कुछ और है। जो हमें नज़र नहीं आ रहा। या तो कोई मोटिव है ही नहीं या कोई बड़ा मोटिव है, जहाँ तक हम पहुँच नहीं पा रहे।” इंस्पेक्टर सोचते हुए फिर बोला, “ड्रग्स का डोज भी ओवर नहीं था। नशा करने वाले अक्सर इतना अमाउंट ही लेते हैं। लेकिन अरिद्मिया की वजह से इसकी बॉडी में रिएक्शन ओवर हुआ है, जिसकी वजह से इसे हार्ट अटैक आया।”

इंस्पेक्टर उठा और खिड़की से बाहर की तरफ देखते हुए पाण्डेय से बोला-

“इसके पति को बुला थाने।”

आरोही के पति रजनीश सिंह को पूछताछ के लिए थाने बुलाया गया, लेकिन उसने आरोही के किसी भी प्रकार के नशे में लिप्त होने की बात से इनकार किया। आरोही के पुराने मेडिकल रिपोर्ट्स ने भी अरिद्मिया से पीड़ित होने की पुष्टि थी। शरद हर तरह से इस केस में फँसता ही जा रह था। उसके ऊपर अवैध ड्रग बेचने और आरोही की हत्या करने की रिपोर्ट दर्ज हो चुकी थी। उधर रजनीश लखनऊ के सबसे बड़े वकीलों से मिल रहा था। एक पुलिस वाला अभी भी सिंह निवास पर तैनात था, पर अरुणेश सिंह आने वाली हर आहट से चौंक रहा था।

“अच्छा! पाण्डेय सुन, वो बॉलीवुड कल वकील के लिए बोल रहा था। उससे पूछ ले उसका खुद का कोई हो तो ठीक वरना सरकारी तो मिलेगा ही।”

“जी सर,” कहकर पाण्डेय इंस्पेक्टर की केबिन से निकलकर शरद के सेल की तरफ बढ़ा। शरद कोने में पड़ा चुपचाप बाहर की तरफ देख रहा था। आज़ादी पर जब पाबन्दी लगती है तो इन्सान कैदी हो जाता है, या क्रांति करता है। साँस तो दोनों में ही है पर सिर्फ़ क्रांति ही परिवर्तन की आश है। शरद उसी परिवर्तन के बारे में सोच रहा था। वह जानता था कि सज़ा से बचना संभव नहीं है। हर सबूत आसान और उसके खिलाफ था पर शरद हत्यारा नहीं था। और उसका हत्यारा न होना ही वह एक लौ थी जो शरद के

अन्दर ज़िन्दगी के लिए जल रही थी। कोर्ट की दलीलों के दलदल में पहुँचने से पहले उसे यहाँ से निकलना था।

"तुझे कोई अपना वकील बुलाना है या सरकारी चलेगा?" पाण्डेय ने सेल की रॉड पर डंडा मरते हुए पूछा, जिसकी आवाज़ ने शरद की तन्द्रा भंग की।

"सरकार तो खुद लाठी टेक कर चलती है। मुझे अपना वकील चाहिए सर," नरम लहज़े में शरद ने कहा।

"सरकार गांड में वही लाठी देकर हैरी पॉटर भी बना देती है।" पाण्डेय ने उत्तर का प्रति-उत्तर दिया। शरद थाने के अन्दर की गर्मी भाँप चुका था।

"नंबर वगैरा कुछ? या एड्रेस है तो बता।"

"सर मुझे याद है।"

पाण्डेय के इशारे पर अजय लैंडलाइन उठाकर जेल के पास लाया।

"बोल नंबर।"

तोते की तरह शरद ने नंबर बता दिया। इस धंधे से जुड़े किसी भी आदमी का नंबर शरद ने अपने फ़ोन में सेव नहीं किया था। उसे सब मुँह ज़ुबानी याद था। पाण्डेय ने नंबर डायल किया और जब रिंग जाने लगा तो सेल में लगे लोहे के रॉड के बीच से रिसीवर पास किया। एक लम्बी घंटी के बाद उधर से फ़ोन उठा।

"हेल्लो कौन?" ये भारी-भरकम आवाज़ नवाब साहब की थी जो फ़ोन के दूसरी तरफ थे।

"हेलो, वकील साहब मैं शरद बोल रहा हूँ," शरद ने पाण्डेय से नज़रे चुराता हुआ बोला।

"महादेव का प्रसाद खुद भी चाट गए हो क्या शरद बाबू? मैं कब से वकील हो गया?"

"मैं जेल में हूँ। और चाहता हूँ कि आप मेरा केस लड़ें। यहाँ से बाहर निकालें," शरद ने अपना मसला भी बता दिया और ड्रग्स के बारे में बात न

करने की हिंट भी दी। नवाब साहब खतरा भाँप चुके थे इसलिए चुप हो गए। शरद के पास बाहर निकलने का एक मात्र रास्ता यहीं से होकर जाता था। शरद ने उसे लालच देते हुए कन्विंस करने की कोशिश की।

"यहाँ से निकलते ही मैं आप को आपकी फ़ीस दे दूँगा," थोड़ा ठहरते हुए शरद ने कहा, "आप समझ रहे हैं न!"

उधर से कोई आवाज़ नहीं आयी पर कॉल अभी कट नहीं हुआ था।

"मैं ज़ुबान का पक्का हूँ। माँ कसम।" गले पर हाथ लगाता हुआ शरद दृढ़ता से बोला।

"ठीक है। मैं सोचता हूँ," कहकर नवाब साहब ने कॉल कट कर दिया। शरद ने रिसीवर पाण्डेय की तरफ बढ़ा दिया।

उधर नवाब साहब ने वह फ़ोन अपने एक आदमी को दिया जो तुरंत मोटरसाइकिल पर बैठकर कर निकल गया। हर बार की तरह इस मोबाइल को भी गोमती नदी में हवन होना था। इन्हीं छोटी-छोटी बारीक़ सावधानियों की वजह से नवाब साहब कभी जेल नहीं जा पाए। 47 साल के नाटे कद वाले नवाब साहब के खिलाफ भी छोटे-बड़े कई केस दर्ज थे पर सबूत आज तक नहीं मिले। लखनऊ के छोटे-मोटे नेताओं से लेकर पुलिस वालों तक, हर जगह इनकी जी हज़ूरी करने वाले थे। धंधा करने वालों के सामने जब कोई मुसीबत आती है तो वह अपने दिमाग के तराज़ू में एक तरफ मुसीबत और दूसरी तरफ मुनाफ़ा रखकर तोलते हैं। मुनाफ़ा अगर मुसीबत के पलड़े पर भारी पड़ा तो वह मुसीबत भी मोल लेते हैं। नवाब साहब को मुनाफ़ा ज्यादा दिखा, जिसकी सख्त ज़रूरत नवाब साहब को थी। चुनाव सर पर था और पार्टी इस बार उसे ही टिकट देने वाली थी, जिसके पास खर्चने के लिए पर्याप्त पैसा हो और साहब इस बार आर्थिक रूप से कमज़ोर पड़ रहे थे। उन्हें पता था कि अगर शरद इस डील के लिए तैयार हो गया तो ये बिज़नेस करोड़ों का हो सकता है, जिसे शरद ने चिंदीचोरी तक ही समेट के रखा हुआ था।

नवाब साहब ने टेबल के दराज़ से एक दूसरा फ़ोन निकाला और डायरी से देख कर किसी का नंबर डायल करने लगा।

करीब दो घंटे बाद एक वकील पुलिस स्टेशन में हाज़िर हुआ। उसने बताया कि शरद सिंह का वकील है। उसे शरद से मिलवाया गया।

"नवाब साहब ने भेजा है मुझे," वकील ने आसपास देखते हुए धीमे से कहा। ये सुनते ही शरद ने वकील के सामने हाथ जोड़ लिए।

"मुझे कैसे भी यहाँ से बाहर निकलवाओ। नवाब साहब जो कहेंगे मैं वह करने के लिए तैयार हूँ।"

"इसके बदले उन्हें क्या मिलेगा?"

"मेरे पास करीब तीन लाख रुपया है और तीन किलोग्राम के आसपास..." उस वाक्य को वहीं छोड़कर शरद आगे बढ़ा, "मैं यहाँ से बाहर निकलते ही दे दूँगा।"

"ठीक है फिर। ड्रग्स वाले मामले में 10 साल की कैद होगी और मर्डर साबित हुआ तो 20 साल के लगभग उसमें। बाहर निकलकर अपने पैसे और सामान की बत्ती बनाना और अपनी गांड में ले लेना।"

शरद ये सुनकर सकपका गया। वकील उसका मुँह देखता रहा।

"ध्यान से सुनो। सौदा ये है कि तुम्हें कल यहाँ से बाहर निकाला जायेगा और बदले में तुम्हें नवाब साहब को अगले एक महीने के अन्दर 500 किलोग्राम माल देना होगा। उस एक महीने तक तुम नवाब साहब के संरक्षण में रहोगे। उसके बाद तुम्हारी किस्मत।"

"500 किलोग्राम? क्या बात कर रहे हैं आप? मैंने खुद आजतक पाँच किलोग्राम से ज्यादा माल नहीं उठाया।"

"तो अब उठाओ न! बदले में तुम्हें आज़ादी भी मिल रही है। और नवाब साहब कोई तुम्हारे जीजा तो नहीं कि इतना बड़ा रिस्क तुम्हारे लिए लें। है न? जल्दी तय करो।"

शरद कुछ देर तक सोचता रहा। इसके अलावा उसे कोई और रास्ता दिख भी नहीं रहा था। मरता क्या न करता।

"ठीक है।" चेहरे पर दृढ़ता लाते हुए शरद ने कहा।

वकील उसकी आँखों में कुछ क्षण तक देखता रहा फिर उठकर सेल से बहार निकल गया।

दिन बीत गया। रात हुई। रात बीत गयी। अगला दिन हुआ।

आज रविवार था। कोर्ट बंद था। सुनवाई कल होनी थी। सुबह-सुबह सूरज निकल रहा था। इधर डूब रहा शरद, तिनके के इंतज़ार में था। उसे तो ये भी नहीं पता था कि वह यहाँ से बाहर कैसे निकलेगा। वक़्त, सुख की तरह जल्दी-जल्दी बीत रहा था। देखते-देखते सूरज सर पर आ चढ़ा। 1 बज चुका था। लंच का समय हो गया था। आज रविवार था। इंस्पेक्टर गौरव किसी काम से बाहर जा रह था। बाकी के पुलिस वाले भी बस लंच के लिए बैठने ही वाले थे। पुलिस वालों की निश्चिन्तता माहौल को सुस्त कर रही थी।

कांस्टेबल रामलोचन यादव, जो इस थाने के सबसे वरिष्ट पुलिस कर्मी थे और रिटायरमेंट दहलीज़ पर खड़े थे, पेपर में दो समोसे लपेट कर शरद को देने आये।

"ये लो, खा लो।"

शरद को भूख तो बहुत ज़ोर की लगी थी लेकिन जब पिछवाड़े पर लात पड़ती है तो पेट सबसे पहले बेहोश होता है। शायद इसी लिए उसे तब तक इसका एहसास नहीं हुआ था जब तक रामलोचन यादव ने खुद समोसा लाकर नहीं दिया। शरद ने समोसा लेने के लिए हाथ बढ़ाया तो रामलोचन धीरे से भुनभुनाये।

"इसमें चाभी है, 10 मिनट में एक सीटी की आवाज़ सुनाई देगी। चुपचाप ताला खोलना और भागते हुए बाहर आना। हॉल से निकलते ही चाभी नीचे गिरा देना। वहाँ हीरो होंडा पर लाल टी-शर्ट और मुँह पर गमछा बाँधे आदमी मिलेगा।" एक साँस में ही कांस्टेबल बोल गया।

"कहीं पकड़ा गया तो...." शरद के अन्दर का डर पूछ पड़ा।

इस बात का रामलोचन ने कोई जवाब नहीं दिया। क्योंकि इसका जवाब मौत था। बाहर दूर कहीं छुप कर बैठा एक शार्प शूटर, शरद के पकड़े जाने पर उसे मार दिए जाने के लिए निर्देशित था।

शरद अपने आपको मानसिक रूप से तैयार कर रहा था। घर से लंच लेकर आए दो पुलिस वाले वहीं हॉल में ही बैठकर खाना शुरू कर चुके थे। कुछ पुलिस वाले इधर-उधर कहीं यूँ ही व्यस्त थे। एसएचओ अपने केबिन में था। रामलोचन थाने के ठीक बाहर बैठा था। पुलिस की एक टोली थाने के सामने रोड के उस पार एक दुकान पर बैठकर चाय, समोसा उड़ा रही थी। उन्हें क्या पता था कि इधर एक पंक्षी उड़ने की तैयारी में था। रोड के किनारे ही एक आदमी भी मोटरसाइकिल पर बैठा सीटी का इंतज़ार कर रहा था।

"छोटू एक चाय देना," वहीं घूमते हुए चाय बेच रहे एक बच्चे को रामलोचन यादव ने बुलाया।

लड़का चुपचाप हाज़िर हुआ और कागज़ के गिलास में चाय डालने लगा।

"अच्छा छोटू, वो गाने की धुन पर सीटी बजा न।"

"कौन सी?" चाय देते हुए छोटू ने तपाक से पूछा।

"अरे! वो है न..." रामलोचन गाना याद करते हुए बोला, "हाँ, डोली सजा के रखाना..।"

छोटू किसी भी गाने की धुन पर सीटी बजाने में माहिर था। वह जब भी थाने में चाय देने आता तो पुलिस वाले उससे बिना किसी गाने की धुन पर सीटी सुने नहीं जाने देते थे।

किसी पेशेवर गायक की तरह उसने अपना गला साफ़ किया और एक लम्बी साँस अन्दर खींचकर अपनी आँखें बंद कर ली। अपने जीभ को एक विशेष आकर में मोड़कर हवा बाहर फेंकते हुए सीटी बजाने लगा।

मेहँदी लगा के रखना, डोली सजा के रखना -2
लेने तुझे वो गोरी, आयेंगे तेरे सजना...

सीटी की धुन सुन कर रोड के किनारे मोटरसाइकिल पर बैठे सजना ने मोटरसाइकिल स्टार्ट की। वहाँ से थोड़ी दूरी पर निर्माणाधीन बिल्डिंग की बारहवें फ्लोर की खिड़की पर बैठा शार्प शूट गन के टेलिस्कोप से लगातार

उस ओर देख रहा था, उसने अपना हाथ कसा। शरद ने चाभी धीरे से ताले में लगाई और बाईं तरफ ऐंठ दिया।

सेहरा सजा के रखना, चेहरा छुपा के रखना।
ये दिल की बात अपने, दिल में छुपा के रखना...

छोटू की सिटियाबाजी चालू थी।

शरद गेट खोलकर सेल से बाहर आया। दोनों पुलिस वाले खाने में व्यस्त थे। शरद दबे पाँव बाहर की तरफ बढ़ रहा था। तभी एक पुलिस वाले की उड़ती नज़र उधर गयी, तो उसने दूसरे पुलिस वाले को भी इशारा किया। तीनों ने एक-दूसरे को पल भर के लिए देखा जैसे किसी ने स्टैचू बोल दिया हो और दूसरे ही पल दोनों पुलिस वाले शोर करते हुए उसकी तरफ झपटे। शरद भागता हुआ बाहर आया। दोनों पुलिस वाले उसके पीछे थे। रामलोचन चाय की चुस्की लेते हुए सिटियाबाजी का आनंद लेने की एक्टिंग कर रहा था। पुलिस वालों की आवाज़ से बाकी पुलिस वाले भी सजग हुए। रामलोचन सामने ही पड़ गए तो दिखावे के लिए ही उन्हें शरद को रोकने के लिए हाथ लगाना था। शरद ने रामलोचन यादव को धक्का दिया और चाभी वहीं गिराते हुए आगे बढ़ गया। रामलोचन ने चाभी उठा ली। रेड टी-शर्ट और मुँह पर गमछा बाँधे मोटरसाइकिल सवार को पहचानने में शरद को कोई दिक्कत नहीं हुई। उसके हाव-भाव और एक्सीलेटर पर कसते हाथ से ही पता चल रहा था की इस दुल्हन की डोली का कहाँर वही है। शरद पूरे दम से भागता हुआ मोटरसाइकिल के पास पहुँच ही रहा था कि एक साइकिल वाला टकरा गया। शरद के साथ साइकिल सवार भी रास्ते पर बिखर गया। पीछे लगा एक कांस्टेबल लगभग पास आ चुका था। रोड के दूसरी तरफ दुकान पर बैठे पुलिस वाले भी अपनी जगह छोड़ चुके थे। शरद को फँसता देख शूटर की तर्जनी उँगली ने ट्रिगर को पीछे की तरफ़ खींच दिया। गोली हवा में तैर गयी। शरद क्षण के सौवें भाग में वहाँ से उठा और मोटरसाइकिल की तरफ़ दौड़ लगा दी। बिल्कुल करीब पहुँच चुके कांस्टेबल ने शरद पर झपट्टा मारा। उसका पकड़ा जाना तय देख सवार ने मोटरसाइकिल आगे बढ़ा दी पर कांस्टेबल शरद तक पहुँचने से पहले बेजान हो कर धरासाई हो

गया। बंदूक से निकली गोली उसके सर में समा गयी थी। रफ़्तार पकड़ रही मोटरसाइकिल तक शरद कुछ ही छलाँग में पहुँच गया और कूदकर पिछली सीट पर सवार हुआ। मोटरसाइकिल वहाँ से फरार हुई।

पुलिस यहाँ से दो हिस्सों में अलग हुई। एक हिस्सा कांस्टेबल को लेकर अस्पताल के तरफ भागा और दूसरा शरद के पीछे लगा। आस-पास के लोग पेड़ की झपोली से निकली चीटियों की तरह तितर-बितर होने लगे। शूटर का निशाना चुका गया था। उसने दूसरी बार निशाने की कोशिश की लेकिन सब कुछ इतनी तेज़ी से हुआ कि उसे फायर करने का मौका तक नहीं मिला। ये पूरी घटना सिर्फ़ कुछ ही सेकेंड्स में हुई। रोड के उस पार टेबल पर रखी पुलिस वालों की जूठी चाय अभी तक गर्म थी।

एसएचओ साहब भी भागते हुए बाहर आये। कराहने का अभिनय करते हुए रामलोचन उठा और मौका देखकर एसएचओ साहब के केबिन की दीवार पर यथास्थान चाभी टांग दी।

"मेहँदी लगा के रखना, डोली सजा के रखना..." ये घटना भी सिटियाबाज़ी में देवत्व प्राप्त कर चुके छोटू की तपस्या भंग न कर पायी।

पुलिस की गाड़ी शरद की गाड़ी से करीब 200 मीटर पीछे थी। चालक तेज़ और चालाक था। मौका पाते ही उसने गाड़ी को संकरी गलियों की तरफ मोड़ दिया और गुम हो गया। पुलिस आसपास के मोहल्लों की ख़ाक छानती रही। उनके हाथ कुछ लगी तो सिर्फ़ बदनामी और बदनामी।

थोड़े देर तक कॉलोनी के गलियों में भटकने के बाद मोटरसाइकिल हाई-वे के पास निकली और वहाँ से बायीं तरफ़ निकल रहा रास्ता गाँवों में ले गया। मोहनलालगंज तहसील के बगल से गुज़रते हुए वह सिसंडी गाँव पहुँचे। चार दीवारियों से घिरे एक छोटे-से फार्महाउस में उसकी मोटरसाइकिल दाखिल हुई।

मोटरसाइकिल पर से उतरते-उतरते शरद ने उल्टी कर दी। बाइक वाले ने आम के पेड़ की तरफ़ इशारा किया, जिसके ठीक निचे हैण्डपम्प लगा था, और फॉर्महाउस के अन्दर चला गया। शरद हाथ-मुँह धोकर वापस सीढ़ियों

के पास आया और नज़र उठाकर बंगले की तरफ़ देखा। ऊँची रियासती छतें। चार दीवारियों के अन्दर धूप की चमचमाहट मद्धम होने लगी थी। दूसरे कोने में एक बोलेरो और I-10 खड़ी थी जिसपर एक आदमी पोंछा मारते हुए शरद की ओर ही देख रहा था, सम्भवतः वह ड्राईवर था। इधर-उधर कुछ कुर्सियाँ धूप सेंक रही थीं। बंगले के अन्दर से एक भारी भरकम गूंजती आवाज़ बाहर आ रही थी। आवाज़ नवाब साहब की थी, ये पहचानने में शरद को कोई मुश्किल नहीं हुई। आवाज़ में थोड़ी गर्मी थी।

"तो तूने मुझे कॉल क्यों नहीं किया बेवकूफ़? हर काम मैं खुद देखूँ क्या? खुद का दिमाग नहीं है! अगले साल इलेक्शन है, इस काण्ड में फँस गया तो घंटा टिकट देगा कोई। चूतियों को रख रखा है मैंने।" मोटरसाइकिल वाले को डाँटते हुए नवाब साहब बाहर आये। उन्होंने मिर्जई पहन रखा था। गले में सोने की एक मोटी चेन बड़े सलीके से अन्दर दबी हुई थी। साथ में मोटरसाइकिल वाले के अलावा दो अन्य लड़के थे।

"नमस्ते नवाब साहब," शरद ने अपने रहनुमा की तरह देखते हुए कहा।

"नमस्ते-नमस्ते। चिंता की कोई बात नहीं। सुरक्षित हो अब।" नवाब साहब ने आश्वासन दिया।

"जी।" उसने जवाब दिया।

शरद समझ चुका था कि ये सारा फसाद उसे यहाँ लाने की वजह से हुआ है।

"सुनो, पाँच मिनट में तुम्हें यहाँ से निकलना है। कपड़ा और हुलिया बदलो। सलीम तुम्हारे साथ जायेगा," बगल में खड़े एक आदमी की तरफ इशारा करते हुए नवाब साहब ने आगे कहा, "एक दो दिन तक तुम्हें ऐसी जगह रखेंगे जहाँ पुलिस का कुत्ता तक न सूंघ पाए। उसके बाद काम शुरू करेंगे।" 50 वर्षीय नवाब साहब ने सीधे सपाट तरीके से अपना फ़रमान सुनाया।

"ठीक है। शुक्रिया!" शरद ने कमज़ोर आवाज़ में कहा। पिछले तीन दिन की हरारत के बाद उसकी हालत पीलिया के मरीज़ जैसी हो गयी थी।

"धन्यवाद नहीं शरद बाबू। महीने भर में सौ किलोग्राम चाहिए। कोई चालाकी करने की कोशिश करना तो दूर, सोचना भी मत। पुलिस से भाग सकते हो पर मुझ से नहीं।" कड़क लहजे में नवाब साहब ने कहा, जिसका शरद ने कोई जवाब नहीं दिया। नरमी से पेश आने वाला नवाब साहब का कड़क लहजा सुनकर थोड़ा अजीब ज़रूर लगा उसे।

सलीम, शरद को एक कमरे में ले गया। सलीम ने उसे हुलिया बदलने को कहा। शरद ने दाढ़ी क्लीन शेव कर डाली और सर के बाल बिल्कुल छोटे कर दिए। नहा-धोकर उसने सलीम की दी जींस और भूरे कलर की टी-शर्ट पहन ली। जींस की फिटिंग सही थी पर टी-शर्ट कुछ ज़्यादा ही ढीला था। शरद बाथरूम से एक अलग ही रूप में बाहर निकला। सलीम उसे देखते ही उठ खड़ा हुआ।

"बेहतर," टेबल पर रखी बंदूक सामने जींस में खोंसते हुए बोला।

शरद ने अपने वही पुराने भूरे रंग के बूट वाले जूते वापस पहने और चलने को तैयार हुआ। सलीम ने उसके सर पर एक सफ़ेद टोपी रख दी। वहाँ से करीब एक किलोमीटर की दूरी पर खेतों के बीचो-बीच एक झोपड़ी बनी हुई थी। खेतों में आसपास मचान पर बैठकर रखवाली कर रहे लोगों ने शरद के वहाँ पहुँचते ही अचानक से एक साथ इसकी ओर देखा तो वह घबड़ा गया।

"सलीम भाई, ये सब लोग मेरी तरफ ही क्यों देख रहे हैं? कहीं पहचान तो नहीं लिया इन लोगों ने?" डरे सहमें शरद ने पूछा।

"बिल्कुल पहचान लिया। इन्फैक्ट मैंने ही बताया है," बेपरवाही से सलीम ने बोला।

ये सुन कर शरद के चहरे का रंग उड़ गया। इससे पहले वह कुछ बोलता सलीम खुद ही बोल पड़ा।

"ये हमारे ही लोग हैं। तुम्हारे लिए तैनाती हुई है इनकी।"

ये सुनकर शरद की जान में जान आई। लेकिन दूसरे ही पल वो ड्रग्स के बारे में सोचकर चिंतित हो उठा। झोपड़ी के अन्दर दो खाट और एक टेबल

पड़ी हुई थी। टेबल पर ज़रूरत के कुछ सामान थे। एक छोटी वाली गैस और टोकरी में कुछ सब्जियाँ और खाना बनाने का कुछ सामान। खेत के ऊपर से गुज़र रही इलेक्ट्रिक वायर से कटिया कनेक्शन लेकर झोपड़ी में एक बल्ब जलने का इंतज़ाम किया गया था। उसके ठीक बाहर एक पम्पिंग सेट लगा हुआ था।

"जब तक काम होगा हम यहीं रुकने वाले हैं। ये शहर से दूर भी है और सेफ भी।" सलीम ने कहा।

शरद ने इस बात का कोई जवाब नहीं दिया। वह खाट पर बैठ गया। टेबल से पानी का मग्गा उठाकर पानी पीने लग गया। लगभग आधा मग्गा पानी पीने के बाद उसका ध्यान बिस्कुट पर गया। उसने पैकेट खोलकर खाना शुरू कर दिया। सलीम ने उसे देखा और फिर उसने आवाज़ लगाकर अंसारी नाम के किसी आदमी को बुलाया और उसे कहा की बाज़ार से कुछ खाने के लिए ले आये।

शरद को खाट पर लेटते ही नींद आ गयी। वह सोया तो ऐसे सोया जैसे हाथी सोता है। दीन-दुनिया से बिल्कुल बेपरवाह होकर। अंसारी बाज़ार से खाना ले आया था, लेकिन सलीम ने उसे सोने दिया।

जब उसकी नींद खुली तो रात के 9 बज रहे थे। झोपड़ी में पीली लाइट जल रही थी। वहाँ उसके अलावा सलीम और अंसारी भी थे। अंसारी गैस पर कुछ बना रहा था। महक से पता चल गया था चिकन पक रहा है। सलीम दूसरी वाली खाट पर बैठा फ़ोन चला रहा था। शरद के उठते ही दोनों का ध्यान उसकी ओर गया।

"उस्ताद, तुमने तो हंगामा बरपा रखा है," सलीम ने कहा। तो अंसारी हँस पड़ा। शरद अभी नींद से ठीक से बाहर भी नहीं आया था। इससे पहले वह कुछ समझने की कोशिश करता, सलीम ने अपना फ़ोन उसकी तरफ़ घुमा दिया।

फ़ोन में एक न्यूज़ पोर्टल पर शरद के बारे में ही न्यूज़ थी। इस पूरे समाचार में दो बातें ऐसी थीं जिसने शरद को हिलाकर रख दिया। जिसकी

उसे अपेक्षा नहीं थी। पहली, आशियाना पुलिस स्टेशन के सामने हवलदार श्रवण कुमार की मौत और दूसरी आरोही के ब्लड में मेथमफेटामीन का पाया जाना। पर जिसने सबसे ज्यादा हैरान किया, वो था आरोही की उस ड्रग ओवर डोज़ से मौत, जिसे पूरे भारत में सिर्फ़ एक इंसान ही बनाता था, जोकि उसका 'सोर्स' था। और उस ड्रग्स का एक मात्र सप्लायर शरद ही था। दोनों आपसी तालमेल से ये काम एक सीमा में ही करते आ रहे थे। उसने जित्ते इल्ज़ाम और परेशानियाँ झेली थीं, उस सब की ज़िम्मेदारी शरद ने 'सोर्स' पर डाल दी। शरद ने इन तमाम मामलों में फँसे होने के बावजूद कभी अपने 'सोर्स' को इन सब में शामिल करने के बारे में सोचा तक नहीं था। शरद आरोही के मौत का ज़िम्मेदार कहीं न कहीं "सोर्स" को मानने लगा था। शरद समझ चुका था कि इसके अलावा कोई दूसरा भी है जो इस ड्रग्स को लखनऊ में बेचता है। ये बात उसे हजम नहीं हुई। उसका बस चलता तो वह अपने सोर्स की जान ले लेता। लेकिन फिलहाल उसे नवाब साहब को अपने आज़ादी की कीमत के एवज में 500 किलोग्राम ड्रग्स भी सौंपना था, जो सिर्फ और सिर्फ उसका सोर्स ही बना सकता था।

इधर पूरे लखनऊ में हंगामा मचा हुआ था। अगले दिन कोर्ट में पेशी होनी थी। पुलिस खोजी कुत्तों की तरह शरद को ढूंढ रही थी। पुलिस ने उस नंबर को भी ट्रेस किया जिसपर शरद ने कॉल किया था। पता चला कि उसका लोकेशन राजस्थान में है और किसी राजेश सिंह के नाम पर रजिस्टर्ड था। जो आदमी वकील बन के मिलने आया था उसकी न कोई पहचान मिली न कुछ पता चला। नवाब ने हर उस चीज़ का पहले ही इन्तजाम कर रखा था, जिससे अपने दामन पर दाग से बच सके।

इधर दिन बितते गए। पुलिस शरद के भाई शाश्वत के पास भी पहुँची लेकिन वहाँ से भी उसे कोई लीड नहीं मिली। हालाँकि पुलिस ने उसे परेशान ज़रूर किया। शाश्वत ने साफ़ और स्पष्ट शब्दों में कह दिया था।

"मेरा शरद से कोई लेना देना नहीं है।"

शरद एक दिन सुबह झोपड़े के बाहर बैठा बादलों के साथ सूरज की लुका-छिपी का खेल देख रहा था। पम्पिंग सेट चल रहा था। सुबह सुहानी थी। और सोच रहा था कि किस मुसीबत में फँस गया! सामने कोई रास्ता नज़र नहीं आ रहा था। ये सब छोड़कर वह बस लखनऊ से हमेशा-हमेशा के लिए चले जाना चाहता था। सलीम आकर उसके बगल में बैठा गया और शरद को सिगरेट ऑफर की। दोनों ने एक के बाद एक लाइटर से सिगरेट जलाई। शरद ने कश लेते हुए सलीम से पूछा।

"नवाब साहब कुछ कह रहे थे?"

"कह तो रहे थे! बोल रहे थे की माहौल थोड़ा शांत हुआ है काम शुरू करते हैं।"

"माहौल शांत हुआ है?"

"शांत किया गया है। चुनाव आने वाला है न इसलिए। प्रदेश में और केंद्र में एक ही पार्टी की सरकार जो है। तो जनता को भटकाया गया किसी और मुद्दे की तरफ।"

"नवाब साहब तो विपक्ष में हैं न?"

"कि जिसको देख कर जीते हैं, उसी काफ़िर पर दम निकले।" एक शायराना आवाज़ उन दोनों के कानों में पड़ी।

नवाब साहब अपने खेत की मेड़ से होते हुए उनके करीब पहुँच चुके थे। पीछे मेन रोड पर फार्च्यूनर खड़ी थी। उन्हें देखते ही सलीम और शरद सम्मान में खड़े हो गए।

"नवाब साहब आप फ़ोन कर देते तो मैं खुद ही आ जाता।" सलीम ने कहा।

"लोगों से मिलने निकला था तो सोचा खेतों में भी नज़र मारता चलूँ।" शरद की ओर देखते हुए नवाब साहब ने कहा।

"नमस्ते!" शरद धीरे से फुसफुसाया।

"कोई दिक्कत तो नहीं है यहाँ?"

"जी, बस शहर से निकलना चाहता हूँ।"

"काम खत्म करते हैं। फिर मेरी ज़िम्मेदारी, तुम्हें जहाँ जाना होगा वहाँ पहुँचवा देंगे।"

इस बात पर शरद ने मौन सहमति दी।

"ठीक है फिर शुरू करो अब काम," कहकर नवाब साहब सलीम की ओर मुड़े। "आओ सलीम," कहकर वो वापस मुड़े और मेन रोड की तरफ जाने लगे। सलीम उनके पीछे हो लिया। दूर मचानों पर बैठे लोगों ने आस-पास नज़र रखी हुई थी।

"तुम्हे पता है इतना बड़ा रिस्क मैंने क्यों लिया?" नवाब साहब ने सलीम से पूछा।

"क्यों?"

"क्योंकि इस बार चुनाव के प्रचार के लिए कम से कम 2 से 3 करोड़ तक का खर्चा है। ये जो आदमी हैं! ये हमारा बेड़ा पार लगा सकता है। ख़ास ख्याल रखो। पार्टी के निशाने पर मैं और गिरिराज चौरसिया दोनों हैं। इस बार के चुनाव में अगर मुझे टिकट नहीं मिला तो समझो की मेरा राजनितिक करियर ख़त्म हो जायेगा। समझ रहे हो?"

"जी बिल्कुल, आप फिक्र न करें।"

"काम शुरू कर दो," कहकर नवाब साहब फार्च्यूनर की तरफ बढ़े। सलीम ने आगे बढ़कर दरवाजा खोला। गाड़ी वहाँ से रवाना हुई।

शाम को शरद का हुलिया, पहले के हुलिए से ठीक विपरीत बनाया गया। सर पर एक टोपी, गले में गमछा, आँखों पर बड़े फ्रेम वाला चश्मा, कुर्ता और जींस। कोशिश थी कि चहरे को अधिक से अधिक ढका जा सके।

दोनों निकलने की तैयारी में थे लेकिन अब तक शरद ने सलीम को ये नहीं बताया था कि जाना कहाँ है और किस से मिलना है।

"भाई जाना कहाँ है? कुछ तो बता?"

"सलीम भाई, जब साथ चलोगे तो पता चल ही जायेगा। लेकिन आपको ये वादा करना होगा कि मेरे बाद उससे कोई नहीं मिलेगा। उसका अपना परिवार है।"

"हाँ, हाँ ठीक है भाई।"

"ऐसे नहीं। अपने अल्लाह की कसम खाओ।"

ये सुनकर सलीम थोड़ी देर ठिठका और शरद की तरफ देखते हुए मुस्कुराया और फिर बोला।

"अल्लाह कसम!"

कार उन दोनों को मोहनलाल गंज छोड़कर चली गयी। इससे जुड़े किसी भी काम में वह अपने सोर्स का उपयोग करना नहीं चाहते थे।

"हजरतगंज मेट्रो स्टेशन के पास एक दवाइयों का गोदाम है। वहाँ हमें एक आदमी से मिलना है।"

"ये वही आदमी है जो ड्रग्स बनाता है?"

"ज़ाहिर है।"

"क्या नाम है उसका?"

"डॉक्टर।" शरद ने इस तरीके से कहा कि सलीम इसपर किसी प्रति-उत्तर की माँग न करे।

शरद नहीं चाहता था की डॉक्टर के बारे में किसी को पता चले पर फँसा हुआ दिमाग अक्सर धागे सुलझाने की बजाय उसे फेंक कर आगे बढ़ जाता है। और धागे को फेंकना अशुभ माना जाता है। हार रहे इन्सान की अवस्था शतरंज के खिलाड़ी की तरह हो जाती है जो थोड़े से बचे हुए समय में जीतने की कोशिश में अपने मोहरों को बदहवासी में चलने लगता है।

दोनों चलते हुए एक दुकान पर पहुँचे।

“भैया एक शुद्ध प्लस गुटका देना।” सलीम ने शरद की ओर देखते हुए पूछा... “तुम कुछ लोगे।”

“मालबोरो।”

“एक मालबोरो दे दो।” कहते हुए सलीम ने जेब से 500 का नोट निकाल कर दूकान वाले की तरफ बढ़ाया।

“अरे भैया इतना बड़ा नोट मत दीजिये। छुट्टा नहीं है।”

“अरे! होगा-होगा। देखो।”

“रहता तो जिरह थोड़ी करते। नहीं है न।”

“क्या यार!” कहते हुए उसने शुद्ध प्लस का पैकेट उठया और रोड के दूरी साइड में खड़े एक टैक्सी वाले को आवाज़ दी जो उसकी पहचान का ही था- “दिलीप...”

टैक्सी वाले ने हाथ उठाकर सलीम का अभिवादन किया।

“छुट्टा भी मिल गया और गाड़ी भी। रुको पूछ के आता हूँ।” कहकर सलीम शुद्ध प्लस में ज़र्दा मिलाते हुए रोड के दूसरी तरफ़ खड़े टैक्सी वाले की तरफ बढ़ा।

शरद ने अपनी सिगरेट जलाई और पहला कश लिया। वहाँ बाज़ार में लगभग खाने-पीने की सभी दुकानें चाय-पकौड़ी वाली ही थीं। ये वह समय होता है जब लखनवी लोग गिलास पकड़ना पसंद करते हैं थाली नहीं। उधर रास्ते के बीचोबीच से गुज़र सलीम ने शुद्ध प्लस के पैकेट में जर्दा मिला कर उसे हिलाया और आकाश तकते हुए अपने मुँह में डाला ही रहा था कि तेज़ रफ़्तार से आती हुई एक कार ने सलीम को हवा में उछाल दिया। टक्कर की आवाज़ से सबकी नज़र उस ओर घूम गयी। सलीम कार से चार-पाँच मीटर दूर औंधें मुँह जा गिरा। उसके शरीर से बह रहा खून कंक्रीट की रोड सीचने लगा। शरीर में कोई हरकत नहीं थी, मानो निष्प्राण हो चुका हो। हवा में आहिस्तगी से तैरती हुई शुद्ध प्लस की खाली पुड़िया सलीम के बगल में आकर गिरी, जिस पर लिखा था ‘तम्बाकू जानलेवा है।’ यातायात रुक गया। बहुत से लोग भाग कर पहुँचे। बचाने नहीं सिर्फ़ देखने। मज़मा लग चुका था। बेदर्दी भी हमदर्दी का ढोंग करता है।

"अरे, ये तो तुम्हारे साथ वाला है।" दुकान वाले ने शरद से कहा तो आस-पास खड़े कुछ लोगों की नज़र शरद की तरफ घूम गयी। शरद, जिसके लिए इस समय खास होना खतरे से खाली नहीं था। वह अपने आप को छुपाने की कोशिश कर रहा था। लेकिन लोगों की टकटकी ने उसे हरकत करने पर मजबूर कर दिया। शरद उठा और दिखावटी तरीके से उस तरफ भागा। सहानभूति में वहाँ खड़े एक-दो लोग उसके पीछे भागे। भीड़ को चीरता हुआ वह अन्दर पहुँचा। सलीम के अन्दर अभी जान बची थी, पर शरद की जान खतरे में ज़रूर पड़ चुकी थी। आनन-फानन में शरद ने सलीम को एक टैक्सी में डाला।

"पीजीआई ले जाओ, पास में ही है।" भीड़ में से एक आवाज़ आई।

मोहनलाल गंज के साथ ट्रैफिक भी पीछे छुट गयी। पीजीआई मुश्किल से पाँच किलोमीटर की दूरी पर था। टैक्सी तेज़ी से हाईवे पर दौड़ रही थी। सामने की खाली सीट और रीयर व्यू मिरर पर बार-बार ड्राईवर की भटकती नज़र शरद ने दर्ज की। गोद में सलीम के सर को सम्भालते हुए शरद आगे की तरफ झुककर सीट पर देखा तो वहाँ एक पेपर पड़ा हुआ था। जिस पर छपा था, "अब तक नहीं पकड़ा गया 'आरोही हत्या कांड' का हत्यारा।"

पिछली सीट पर बैठे शरद की मुश्किलें बढ़ रही थीं। एक आदमी जिसे वह ठीक से जनता भी नहीं था उसके लिए अपने आप को खतरे में डालना पूरी तरह से बेमानी लग रहा था। ऊपर से सलीम के बचने का चांस भी न के बराबर ही था और ज़ाहिर था कि इस घटना की खबर पुलिस तक भी पहुँच गयी होगी। पीजीआई में तो न जाने कितने ऐसे केस आते हैं, जिसमें पुलिस भी मौजूद रहती है। इन सब के मद्देनज़र शरद को जल्दी फैसला करना था। उसकी नज़र सलीम के कमर पर गयी। खून से भीगे कुर्ते में, बेल्ट में खोंसा गया बंदूक उभरा हुआ था। शरद ने एक नज़र ड्राईवर पर डाली, जिसका ध्यान रोड पर ही था। शरद ने सलीम के कमर से बंदूक खींच ली। उसके जेब में रखे बटुए के पैसे और मोबाइल दोनों निकाल लिए। शरद ने लेन के दूसरे तरफ से पुलिस की जीप मोहनलालगंज की तरफ जाती हुई देखी तो उसके अन्दर और तेज़ी आ गई। थोड़ा आगे बढ़ने के बाद उसने ड्राईवर से कहा...

"बिरादर, गाड़ी रोको।" गुज़रते गाड़ियों के शोर में उसकी धीमी आवाज़ शायद ड्राईवर के कानो तक स्पष्ट रूप से नहीं पहुँची थी।

"गाड़ी रोको," बिजली सी कड़कती आवाज़ में शरद गरजा।

"क्या?...क्यों?" ऐसे जानलेवा आदेश को सुनकर, समझने और जवाब देने में ड्राईवर को समय लगा।

शरद बहस में समय न गवाँते हुए सीधा बंदूक की नली उसके माथे पर सटा कर बोला।

"बिरादर, बस ये समझ लो कि ज़ोर की लगी है।"

ड्राईवर ने रीयर व्यू मिरर से पीछे की तरफ देखा तो सहम गया। उसकी हलक सूख गयी। उसने गाड़ी हाईवे के किनारे ली। शरद ने 500 रुपए का एक नोट आगे की तरफ फेंका और बाकी के बचे पैसे अपनी जेब के हवाले किए।

"मैं भी टैक्सी चलाता था दोस्त। तुम्हें ढूढ़ना मेरे लिए कोई बड़ी बात नहीं है। तो अगर इसे कुछ भी हुआ तो तुम्हारी खैर नहीं," शरद ने अपनी बदनामी का धौंस जमाया।

"वह अखबार इधर दे दो।" एक हाथ से बंदूक ताने दूसरे हाथ से इशारा करते हुए। शरद ने कहा। ड्राईवर ने चुपचाप वह अखबार उठा कर उसे दे दिया। अखबार में बन्दुक लपेटते हुए टैक्सी से बाहर उतरा और ड्राईवर की खिड़की के पास आया। वो मूर्तिवत बैठा हुआ था।

"बिरादर ये खून मैंने नहीं किया है," शरद इस तूफान में विश्वास की एक पतवार ढूढ़ रहा था। ड्राईवर मौन रहा। शरद ने फिर कहा।

"इसे जितना जल्दी हो सके, हॉस्पिटल पहुँचा देना। और मेरे ऊपर कोई इनाम नहीं है। पुलिस को बताकर सिर्फ मेरी दुश्मनी मिलेगी ईनाम में" शरद ने अंतिम निर्देश दिया। ड्राईवर वहाँ से गोली की तरह निकला। शरद हाईवे छोड़कर किनारे के घने बगीचे में घुस गया।

5

टैक्सी वाला पीजीआई के सामने टैक्सी रोकते ही चिल्लाया।

"इमरजेंसी...इमरजेंसी...एक्सीडेंट हुआ है।" कहते हुए वह टैक्सी से बाहर निकला और पिछली सीट का दरवाजा खोल दिया।

पीजीआई के इमरजेंसी वार्ड से दो आदमी स्ट्रेचर लेकर भागते हुए आये और सलीम को लादकर ले गए। ड्राईवर ने वापस दरवाज़ा बंद किया और वहाँ से जाने की नियत से ड्राइविंग सीट की तरफ बढ़ा ही था कि एक पुलिस वाला तेज़ी से चलता हुआ उस तक पहुँचा।

"अये, रुक!"

"जी!"

"कहाँ मिला ये?"

"क्या...क्या मतलब?" खामखाँ खुद को फँसता देख ड्राईवर की ज़बान लड़खड़ाई।

"मोहनलालगंज से आ रहे हो?" पुलिस की एक टीम जो इसके वहाँ से निकलने के थोड़ी देर बाद ही वहाँ पहुँची थी। वहाँ के लोगों द्वारा दी गयी जानकारी के आधार पर पीजीआई के पास मौजूद पुलिस वाले को पहले ही इन्फॉर्म कर दिया था।

"जी वहीं से आ रहा हूँ, पर मैं इसे जानता नहीं हूँ। इमरजेंसी थी इसलिए ले आया।"

"इसके साथ वाला कहाँ है?"

"इसके साथ!" थूक घोंटते हुए ड्राईवर ने कहा, "हाँ, एक था तो...."

"तो....."

"वो तो उतर गया था सर।"

"उतर गया था! क्यों? मुझे तो खबर मिली की वह उसके साथ ही था।"

“साहब मैं न इसको जानता हूँ, न उसको। मुझे जाने दीजिये। पिछली सीट पर खून लगा हुआ है। गाड़ी धुलवानी पड़ेगी।”

“जो पूछ रहा हूँ उसका सीधा और साफ़ जवाब दे। कहाँ उतरा था? और क्यों, कुछ कहा तो होगा न?”

“हाईवे के बगल में जंगल के पास उतरा था। कुछ कहा तो नहीं उसने।”

“और तुमने गाड़ी रोक दी? बिना कुछ पूछे जाने दिया? गजब के चूतिये हो,” पुलिस वाले ने खीझकर कहा।

“मैं जाऊँ सर,” डरी हुई आवाज़ में ड्राईवर ने पूछा।

“नहीं,” पुलिस वाले ने सीधा उत्तर दिया और अपने एक साथी पुलिस वाले को आवाज़ दी, “रघुनाथ, इसे थाने ले जाकर, स्टेटमेंट लिख ले।”

रघुनाथ ने “जी सर” कहते हुए सर हिलाया और ड्राईवर को इशारे से पुलिस जीप की तरफ चलने को कहा।

“साले सब टैक्सी वाले हरामी होते हैं,” सिगरेट निकालते हुए पुलिस वाला बड़बड़ाया। जीप की तरफ बढ़ रहे ड्राईवर के पाँव बंध गए। जबसे टैक्सी वाला काण्ड हुआ था तब से न सिर्फ इनका बिज़नेस कम हुआ था बल्कि कोई भी आता-जाता इन्हें कुछ न कुछ सुना कर चला जाता था। इस गुस्से में वह वापस पलटा और बोला।

“सर, वो वही टैक्सी वाला हत्यारा था।”

लाइटर की लौ, सिगरेट के सिरे को छूने ही वाली थी कि पुलिस वाला ठिठक गया। उसने लाइटर स्पार्क व्हिल से अंगूठा हटा लिया। लौ बुझ गयी। होठों में फँसी सिगरेट वापस अपने पैकेट में डाल ली।

पुलिस वाला पलटा और तेज़ी से ड्राईवर की तरफ बढ़कर एक थप्पड़ रसीद कर दिया।

“सर...मैं डर गया था। उसके पास गन थी। उसने मुझे मारने की धमकी भी दी थी।” भय से रोनी सूरत बनाकर ड्राईवर ने कहा।

पुलिस वाले पर उसका कोई असर न पड़ा। उसने ड्राईवर को कॉलर से पकड़ा और जीप की पिछली सीट पर ले जा कर पटका और खुद ड्राइविंग सीट पर सवार हुआ।

“रघुनाथ, थाने कॉल करके कुछ और पुलिस वालों को बुलवाओ। जंगल के आसपास हर तरफ पुलिस चाहिए।”

पुलिस वाला ड्राईवर के साथ उस जगह पर पहुँचा। इतनी देर में ड्राईवर छोटी से छोटी हर बात बता चुका था।

“यहाँ से किधर जाते देखा था?” पुलिस वाले ने ड्राईवर से प्रश्न किया।

“सर, शीशे में उसे हाईवे से उतर कर इधर जंगल की ओर बढ़ते हुए देखा था।”

ये खबर आसपास के सभी थानों में फ़ैल चुकी थी। थाने से मुजरिम का भाग जाना एक शर्मनाक घटना थी। लखनऊ पुलिस माथे पर लगे इस धब्बे को यथाशीघ्र मिटाना चाहती थी। पुलिस जंगल के आस-पास के सभी इलाकों में फैलने लगी।

6

करीब आधा घंटा लगातार चलने के बाद शरद जंगल के दूसरी तरफ किसी गाँव में निकला। शाम के सात बज चुके थे। एक घर के बाहर अरगनी पर सूखने के लिए डाले गए कपड़े अभी भी लटक रहे थे। घर के अन्दर से हल्की आवाजें बाहर आ रही थीं। आस-पास किसी को न देखकर शरद ने शर्ट और पैंट उतार ली। शरद जाने के लिए पलटा ही था कि पीछे से एक आवाज़ आयी।

“हैंड्सअप! पुलिस।”

शरद के शरीर का हर अंग सुन्न पड़ गया। पीछे की तरफ मुड़ते हुए बिजली की तेज़ी से अपना हाथ कमर के पास ले गया और बन्दुक निकाल कर तान दी। शरद अगर पेशेवर कातिल होता तो शायद ट्रिगर खींच चुका

होता। सामने होली की पिचकारी के साथ एक 6-7 साल का बच्चा खड़ा था। शरद ने अगर 'बच्चे भगवान का रूप होते हैं' वाला जुमला न सुना होता तो शायद अबतक उसके कान गरम कर चुका होता है।

शरद ने बन्दूक को वापस कमर में खोंस लिया और बच्चे के पास आकर बैठ गया।

"क्या नाम है?" शरद ने बच्चे से पूछा।

"छलद।" बच्चे ने तुतलाकर कहा ।

"क्या, छलद!"

"अले छलद नइ, छलद।"

"शरद?"

"हाँ। आप भी होनी खेने हैं?" बच्चे ने शरद के कपड़ों पर लगे खून को देखकर पूछा।

"हाँ, तुम्हारे ही जैसे एक बच्चे की करतूत है।"

"शरद..." अन्दर से किसी ने बच्चे को आवाज़ दी। बच्चा अन्दर जाने लगा तो शरद ने उसका हाथ पकड़ लिया। उसने अपने हमनाम बच्चे से पूछा।

"तुम अच्छे बच्चे हो या बुरे?"

"उम्म..." सोचते हुए तुतलाती आवाज़ में बोला, "मैं अच्छा बच्चा हूँ। मैं इस्कून भी जाता हूँ। औन मम्मी को पनेसान भी नहीं कनता।"

"और अच्छा होने से फायदा होता है?"

"मम्मी कहती हैं कि अच्छा कनने वालों के साथ अच्छा ही होता है।"

शरद अपने हमनाम बच्चे में अपना जवाब ढूढ़ रहा था। मुसीबतों के बवंडर में फँसा इंसान, उससे निपटने के लिए हौसला ढूढ़ता है, और हौसलों के लिए विश्वास की ज़मीन। शरद के हौसले की ज़मीन बंजर थी।

अन्दर से बच्चे को बुलाने की आवाज़ करीब आने लगी थी। शरद कपड़ों के साथ वापस जंगल में गुम हो गया। गाँव और जंगल को बाँटती सड़क पर

लगी इकलौती लाइट की रौशनी जंगल के शुरुआती हिस्से को जादुई झुटपुटे में बदल रही थी।

शरद जंगल में इतना अन्दर आ चुका था कि सड़क से कोई जंगल की तरफ देखे भी तो नज़र न आए। उसने अपनी टोपी और भूरे बूट वाले जूते के अलावा बाकी के कपड़े बदले। इस बार उसकी शर्ट प्लेन आसमानी रंग की थी और पैंट ब्लैक फॉर्मल। शायद किसी 9 से 6 जॉब पर जाने वाले का ड्रेस था। खून लगे कपड़ों को वहीं इकट्ठा पत्तों में छिपा दिया। बंदूक को वापस कमर में खोंस लिया। अखबार के उस पन्ने को, जिस पर उसकी खबर छपी थी, छोटे-छोटे टुकड़ों में फाड़ता हुआ सड़क से होकर गाँव के बाज़ार की तरफ बढ़ने लगा।

हाईवे की तरफ से पुलिस वाला एक छोटी टीम के साथ जंगल में घुस चुका था। उसके साथ वह ड्राईवर भी था जो कुएँ और खाई के बीच डरा-सहमा खड़ा था।

शरद ने बाज़ार में कदम रखा। बाज़ार की चहल-पहल और गहमा-गहमी में लोगों की नज़रों से खुद को बचाकर ज़मीन देखते हुए आगे बढ़ रहा था कि अचानक किसी से टकरा गया। टोपी सही करते हुए शरद ने उसकी ओट से देखा तो उसके होश उड़ गए। जिससे टकराया था वह एक पुलिस वाला था। शरद अपने आप को सामान्य करते हुए 'सॉरी' बोल कर आगे बढ़ गया। पुलिस वाला यहाँ शरद को ढूँढने ही आया था। निर्देशानुसार आसपास के हर उस स्थान पर जहाँ शरद हो सकता था, वहाँ पुलिस तैनात थी। परिणामस्वरूप एक छोटी-सी टीम यहाँ भी मौजूद थी, जो बड़ी बारीकी से छान-बीन कर रही थी। सामान्य को बारीक़ नज़रों से देखने पर सामान्य छूट जाता है और बारीक़ को सामान्य नज़रों से देखने पर बारीक़ छूट जाता है। शरद इस समय सामान्य था इसलिए छूट गया।

शरद ने फैसला किया वह अभी, इसी वक़्त लखनऊ हमेशा-हमेशा की लिए छोड़ देगा। जब बात आज़ादी की आती है, तो सारी प्राथमिकताएँ, प्राथमिक नहीं रह जातीं। वैसे अपना शहर छोड़कर कहीं और बसना आज़ादी नहीं होती हम फिर भी कैद रहते हैं, पूरी दुनिया की कैद में। ये ठीक

वैसा ही है जैसे बुरे और बहुत बुरे में किसी एक को चुनना। शरद ने बहुत बुरे के ऊपर, बुरे को चुना था।

वह तेज़ क़दमों से बाज़ार से बाहर निकला और लम्बे डग भरता हुआ तेलीबाग़ की तरफ़ बढ़ने लगा। इधर तमाम न्यूज़ चैनल्स के प्राइम टाइम में शरद का जेल से भागना हॉट टॉपिक डिस्कशन था। देश के तमाम हिस्सों से सोशल मिडिया के माध्यम से लखनऊ पुलिस को लानतें भेजी जा रही थीं। लोग अपने विश्वास का ठीकरा लखनऊ पुलिस पर फोड़ रहे थे। और तोहमतों के बोझ ने लखनऊ पुलिस को हिंसक बना दिया था। अब शरद का पुलिस के सामने दिखना आख़िरी हो सकता था। जेल से भागने वाली घटना और एक हवलदार की मौत के बाद, शरद को ड्रग माफ़िया घोषित किया जा चुका था। आरोही के खून में उसी ड्रग का पाया जाना, जो शरद की टैक्सी और खून में पाया गया था, चिल्ला-चिल्लाकर उसके ऊपर लगे लांछन की पुष्टि कर रहा था।

शरद जिस स्थान पर था वहाँ से तेलीबाग़ की दूरी तक़रीबन 3 किलोमीटर की थी। ऊपर चमकता चाँद उसे रास्ता दिखा रहा था।

ये वही चाँद था, जिसे ज़ोया के छोड़ के जाने के बाद कलंक चतुर्थी के दिन ही शरद ने बेवफ़ा करार देते हुए उसकी रंगत फ़ीकी कर दी थी। उस दिन लांछन लगाने वाले चाँद पर शरद ने ही लांछन लगा दिया था।

7

शाम का समय हो चुका था। और घरों में जलते लाइट्स, अधिकारिक रूप से इसकी पुष्टि कर रहे थे। आशियाना पुलिस स्टेशन में लगी घड़ी 11 बजा रही थी। तेज़ रफ़्तार से भागती हुई कार, झटके के साथ स्टेशन के सामने रुकी। ब्रेक इतनी तेज़ थी कि कार का पहिया घिसते हुए एक मीटर आगे जाकर रुका। इसकी आवाज़ सुनकर पुलिस वाले बाहर की तरफ झाँकने लगे।

आरोही का पति रजनीश कार से उतरा। जल्दबाज़ी में कार का दरवाज़ा तेज़ी से बंद करते हुए वह थाने के अन्दर दाखिल हुआ। वह पसीने से तर था। उसका हुलिया जल्दबाज़ी को बयान कर रहा था।

"मुझे इंस्पेक्टर गौरव से मिलना है," लुटी आवाज़ में रजनीश ने सीधे मुद्दे की बात की।

"वह तो अभी नहीं हैं। हुआ क्या है?" उनकी बेचैनी मापते हुए एक पुलिस वाले ने कहा।

"नहीं, मैं....मैं सिर्फ उनसे ही बात करना चाहता हूँ।"

"पर अभी वह हैं नहीं। सुबह आयेंगे।"

"मेरा उनसे अभी बात करना बहुत ज़रूरी है।"

"ठीक है, मैं फ़ोन करता हूँ। बैठिये!"

रजनीश सामने बेंच पर बैठ गया। पुलिस वाला समझ चुका था कि मामला गंभीर है। उसने इंस्पेक्ट गौरव को फ़ोन लगाया।

"हेलो सर..."

"हाँ, क्या हुआ?" इंस्पेक्टर ने बोला।

"सर, रजनीश सिंह आया हुआ है। कहता है कि अर्जेंट है, आपसे बात करनी है।" मुँह पर हाथ लगाते हुए धीमी आवाज़ ने पुलिस वाले ने कहा।

"फ़ोन दो उसे।"

"बात करिए।" रजनीश की तरफ इशारा करते हुए पुलिस वाले ने बुलाया। रजनीश तेजी से आया और फ़ोन थाम लिया।

"हेलो।"

"हाँ, बताइये क्या हुआ? सब ठीक तो है।"

"नहीं, कुछ भी ठीक नहीं है। मुझे अभी आपसे मिलना है।"

अगर कोई सामान्य केस होता तो इंस्पेक्टर ज़रूर मना कर देता पर ये केस इतना बड़ा हो चुका था कि रजनीश को कोई मच्छर भी काट लेता तो पूरा लखनऊ पुलिस मलेरिया का शिकार हो जाता।

"ठीक है मैं अभी पहुँचता हूँ।" कहकर गौरव ने फ़ोन रखा।

ठीक 17वें मिनट पर इंस्पेक्टर गौरव की मोटरसाइकिल बाहर आकर रुकी। वह नाईट ड्रेस में ही था पर लोअर के ऊपर ही उसने बेल्ट लगा रखी थी, जिसमें बंदूक लटक रही थी।

थाने में घुसते ही उसकी नज़र रजनीश सिंह पर पड़ी। रजनीश खड़ा हो गया।

"देख कहीं चाय मिल रही हो तो भेज," हवलदार से कहते हुए इंस्पेक्टर रजनीश की तरफ़ बढ़ा, "केबिन में बैठकर बात करते हैं।"

रजनीश बिना कुछ जवाब दिए उसके पीछे हो लिया। केबिन में पहुँचकर इंस्पेक्टर ने अपनी कुर्सी पकड़ी और बैठते हुए रजनीश को भी इशारे में बैठने को कहा।

रजनीश अपनी उँगलियाँ मरोड़ता हुआ, कुर्सी पर बैठा।

"बताइए, क्या हुआ?"

"चोरी।"

"चोरी? कैसी चोरी?"

इस बात पर रजनीश चुप हो गया उसने अपने आसपास नज़रें घुमाईं। उसकी नज़र गांधी जी की फोटो पर जाकर टिक गयी। उसने शर्ट का एक बटन खोलते हुए बोला।

"मुझे सफोकेशन हो रही है यहाँ। बाहर चल कर बात करें।"

इंस्पेक्टर समझ चुका था कि यहाँ दाल में कुछ काला है। वह अपनी कुर्सी से उठा। दोनों स्टेशन के बाहर रजनीश की कार के पास आ गए।

"क्या चोरी हुआ है?" इंस्पेक्टर ने अपना सवाल दोहराया।

"70 लाख की।"

"70 लाख की!" इंस्पेक्टर की आँखें खुली रह गयीं।

"हाँ।"

"कैश?"

"नहीं, एक हीरे का हार है। आरोही को प्रपोज करते वक़्त मैंने उसे दिया था। कल उसकी अलमारी खोली थी तो वह हार वहाँ नहीं था। "

"शरद?" इंस्पेक्टर ने शक ज़ाहिर की।

"और कौन?" बोनट पर हाथ मारकर रजनीश ने कहा।

"आपके पास इतने पैसे आये कहाँ से? एक स्टेशन मास्टर की सेविंग्स इतनी तो नहीं हो सकती," सपाट लहज़े में इंस्पेक्टर ने कहा।

रजनीश ने आस-पास नज़रें घुमाई। एक लम्बी सांस ली और फिर कहना शुरू किया।

"रेलवे में ऊपरी कमाई के कई रास्ते होते हैं इंस्पेक्टर, जितनी रेलगाड़ियाँ जमीन पर होंगी उतनी ही आसमानी कमाई होती है। जिसे आपकी भाषा में परवार कमाई कहते हैं। बस ये वही कमाई है।"

"कैसी परवार कमाई?" इंस्पेक्टर ने अपनी चुप्पी तोड़ी।

"रेलवे मिनिस्ट्री हर साल मेंटनेन्स के लिए एक बड़ा बजट देती है। इससे ज़्यादा मैं आपको नहीं बता सकता।"

"मुझसे क्या चाहते हो?"

"आप मेरे लिए वह हार ढूंढें मैं आपको बदले में...."

"रिश्वत!" लहजा कठोर था।

"नहीं साहब इनाम," हाथ जोड़ते हुए नरमी से रजनीश बोला।

इतने में चाय लेकर हवलदार हाज़िर हुआ। दोनों चुप हो गए। हवलदार दोनों के लिए गिलास में चाय डालने लगा। इस दौरान रजनीश इंस्पेक्टर को ही देखता रहा और इंस्पेक्टर शुन्य में। वह मन का सिक्का उछाल कर सामने से आने वाले प्रपोज़ल का भाग्य तय कर रहा था।

चाय देकर हवलदार चला गया। थोड़ी देर बाद इंस्पेक्टर ने चाय की चुस्की ली और अपने जेब से सिगरेट निकालकर जलाते हुए पूछा...

"कितना?"

"पाँच लाख।"

ये सुन कर इंस्पेक्टर की हँसी छूट गयी। सिगरेट की वजह से उसे खांसी भी आ गयी। अपने आप को सँभालते हुए वह अपना हँसना और खाँसी रोकते हुए बोला।

"70 लाख के बदले 5 लाख?"

"बुरा सौदा नहीं है।"

"बल्कि बहुत बुरा है।"

"कितना चाहिए?"

"बीस लाख।"

"दस लाख।" रजनीश ने एक तरह से फैसला सुनाया और जिरह समाप्त करनी चाही।

"वैसे एक बात बताओ। आपको इतना भरोसा क्यों है मुझ पर? कानूनन तो कहीं चोरी दर्ज है नहीं। अगर मुझे वह हार मिल जाये और मैं आपको दूँ ही न, तो? क्या करेंगे आप?" रजनीश ने चाय का गिलास स्टेशन की चारदीवारी पर रखा। कार में दाखिल हुआ। इंस्पेक्टर को ये बात समझ नहीं आई। वह कंफ्यू होकर ये सब देख रहा था। रजनीश ने कार स्टार्ट की और गाड़ी का शीशा नीचे करके बोला...

"इंस्पेक्टर, ऊपर वाले से सब डरते हैं। आप भी। है न?" कहकर रजनीश वहाँ से चला गया। इससे पहले की इन्स्पेंक्टर कुछ समझ पाता उसका फ़ोन बजा। फ़ोन ऊपर वाले का ही था। यानी की डिप्टी सुपरिन्टेन्डेन्ट ऑफ़ पुलिस का, जो रजनीश के पुराने दोस्त थे।

"जी सर।" अनुशासित आवाज़ में इंस्पेक्टर बोला।

"सौदा बुरा नहीं है गौरव। केस हल हो गया तो प्रमोशन भी करवा दूंगा। बड़ी मुश्किल से तुम्हें इस केस में रखा है। वरना तुम से ये केस लेने की बातें होने लगी थीं। कुछ करके दिखाओ। ठीक है? प्रमोशन भी हो सकता है।"

“थैंक यू सर! मैं पूरी कोशिश करूँगा।”

“गुड लक!” कहकर डीएसपी ने फ़ोन कट कर दिया।

इंस्पेक्टर ने कॉल करके नरेश और पाण्डेय की नींद उड़ाई। दोनों को उसी समय थाने के पास मिलने के लिए बोला। आधे घंटे के अन्दर दोनों आनन-फानन में वहाँ पहुँचे। इंस्पेक्टर ने उन्हें सारा माज़रा बताया। अक्सर कम तन्खवाह वाले सरकारी आदमी का ईनाम भी कम ही होता है। नरेश और पाण्डेय ने एक साथ ‘हाँ’ का आर्थिक सुर लगाया।

“जब तक शरद पकड़ा नहीं जाता, हमारी ड्यूटी 24 घंटे की। तुम दोनों अभी उसके घर जाओ। मैं वहाँ के पुलिस वाले को कॉल कर देता हूँ। पाण्डेय कमांड तुम्हारे हाथ में होगा।”

“जी सर।” पाण्डेय ने बड़ी सजगता से कहा।

दोनों तुरंत वहाँ से रवाना हुए।

8

शरद ने ठान लिया था कि अबकी वह लखनऊ छोड़ देगा। उसे पता था कि शायद फिर कभी उसका लखनऊ वापस लौटना न हो। एक अमानत लेने के लिए उसे अपने रूम पर जाना था। कुछ निशानियाँ ऐसी होती हैं, जिसके लिए इंसान कयामत भी मोल लेने से नहीं चूकता। पूरी दुनिया को जीत लेने वाला इंसान, सिर्फ़ भावनाओं से मारा जा सकता है। ऐसी ही एक भावना शरद को यहाँ वापस ले आयी थी। वह थी उसकी माँ की घड़ी जो उसके नाना ने उसकी माँ के लिए ख़रीदा था और उसकी माँ ने मरने के पहले अपने छोटे बेटे को वह अंतिम सम्पति सौंपी थी। उस घड़ी की सुई तो बरसों पहले रुक गयी थी फिर भी शरद को उसकी टिकटिक सुनाई देती थी।

दो मंज़िले मकान के पीछे खाली ज़मीन थी जहाँ लोगों ने कूड़े का अम्बार लगा रखा था। इसकी वजह से उसकी ऊँचाई छत से कम थी। शरद ने

उछलकर छत पकड़ ली और जैसे-तैसे उस पर चढ़ा तो उसने देखा कि उसके कमरे के ठीक सामने पुलिस वाला कुर्सी पर बैठा मोबाइल में विडियो देख रहा था। गाना बज रहा था:

ऊँचें पर्वत पे रानी माँ ने दरबार लगाया है।
चलो बुलावा आया है, माता ने बुलाया है। -2
जय माता दी।

शरद के छत पर उतरने की आवाज़ पुलिस वाले के कानों तक पहुँची। वह पीछे की तरफ मुड़ा तो देखा कि शरद ठीक पीछे ही खड़ा था। इससे पहले की वह कुछ बोलता शरद ने बिजली की गति से गन उसके माथे के समांतर लगा दी और चुप रहने का इशारा किया।

"थोड़ी-सी भी आवाज़ की तो गोली चला दूँगा," हल्की आवाज़ में शरद बोला।

पुलिस वाला आवाज़ सुनकर पीछे मुड़ा और मूर्तिवत हो गया। शरद की तर्जनी उँगली जिस दुस्साहस के साथ ट्रिगर में लिपटी थी। उसके खिंच जाने में कोई आश्चर्य नहीं होता। बिना समझाए पुलिस वाला सब समझ गया था। रेलिंग से नीचे झाँककर शरद ने देखा तो पाण्डेय कुछ और पुलिस वालों के साथ बैठा हुआ था। अगर उसे इसका अंदाज़ा हुआ होता तो वह कभी वापस न आता। लेकिन जब फँस ही गया था तो उसने ये फैसला किया कि अपना सामान लेकर ही जायेगा। दरवाजे में ताला लटक रहा था।

"इसकी चाभी?" शरद ने पूछा।

"नीचे है, सर के पास। लेकर आऊँ!"

"चालाकी नहीं चलेगी मिया। हाँ, गोली ज़रूर चल जाएगी," शरद ने बंदूक पर अपनी पकड़ मजबूत करते हुए कहा, "अब चुप-चाप जैसा कहता हूँ वैसा करो।"

पुलिस वाले ने 'हाँ' में सिर हिलाया। शरद ने झाँककर देखा। नीचे पुलिस वाले चारदीवारी की आड़ में बैठे ऊँघ रहे थे। दरवाजा पुराने स्टाइल वाला था। दरवाजें में अंकुसी ठोंककर दीवार में फ़िक्स कब्ज़ा ऊपर से डालकर फँसाया गया था।

"दरवाज़ा एक तरफ़ से पकड़कर ऊपर उठाओ और कब्ज़ा निकाल कर दरवाज़ा दीवाल से टिका कर रख दो। सावधानी से, आवाज़ नहीं आनी चाहिए।"

पुलिस वाला मोबाइल कुर्सी पर ही छोड़कर उठा। मोबाइल में गाना बज रहा था।

"रस्ता देख रही है माता, सारे गम के मारों का।
रस्ता देख रही है माता अपने आँख के तारों का..."

पुलिस वाले ने निर्देशानुसार दरवाज़े को एक तरफ से उठा कर कब्जे से निकाल दिया और दरवाजे को दीवाल से लगा कर रख दिया।

"अब हाथ ऊपर करो और अन्दर चलो"

दोनों अन्दर दाखिल हुए। सामने टेबल पर ही घड़ी रखी हुई थी। शरद ने उसे उठाकर तुरंत पहन लिया। उसने वहीं पड़ा अपना एक बैग उठाया और कुछ दिलअजीज़ सामान उसमे डालकर निकलने को तैयार हुआ। जल्दबाजी में उसका पैर एक किनारे रखे बर्तन पर लग गया।

सन्नाटे में सुई के गिरने की भी आवाज़ सुनाई देती है। बर्तन की आवाज़ पुलिस वालों तक भी पहुँची।

"मनोज...मनोज...." नरेश ने नीचे से आवाज़ लगाई।

ऊपर बंदूक की नोक के इशारे पर खड़े मनोज ने कुछ जवाब नहीं दिया। शरद सजग हो गया उसे मुसीबत का अंदाज़ा हो गया था। वह तेज़ी के साथ कमरे से बाहर निकला। सामने पाण्डेय नरेश और बाकी के पुलिस वाले सीढ़ी से ऊपर की ओर चढ़ रहे थे। शरद ठीक उन के सामने पड़ गया। शरद के हाथ में बंदूक देख कर पाण्डेय भी बन्दुक निकालने लगा। शरद ने न आव देखा न ताव और इससे पहले की पुलिस वाले उस तक पहुँचें, वह जिधर से आया था उस ओर दौड़ा और रेलिंग को फांदते हुए घुप अँधेरे में फेंके गए कूड़े के अम्बार पर अंदाज़न छलांग लगा दी।

गाना अभी भी बज रहा था:

प्रेम से बोलो, जय माता दी।
सारे बोलो जय माता दी...

पुलिस वाले भागते हुए रेलिंग के उस किनारे पर आये। मकान का वह हिस्सा अँधेरे में डूबा हुआ था। भागते शरद के पैरों की आवाज़ सुनाई दे रही थी। पुलिस वाले सीढ़ी से नीचे उतरे और शरद के पीछे भागे।

शरद पिछले चार साल से यहाँ रह रहा था, तो भला उससे बेहतर यहाँ की गलियाँ पुलिस वाले क्या ख़ाक जानते। वह गली दर गली उसे तलाश रहे थे। अचानक पाण्डेय के दिमाग ने उसे कुछ संकेत दिया। वह तुरंत रोड की तरफ़ भागा। उसका अनुमान सही था। शरद लंगड़ाते हुए रोड पार कर रहा था। शायद ऊपर से कूदने की वजह से उसके पैरों में चोट लग गयी थी। उसकी रफ़्तार चलने से ज़्यादा और दौड़ने से कम थी। ज़ाहिर था कि लोगों के सामने वह दौड़ कर अपनी तरफ़ उनका ध्यान खींचना नहीं चाहता था। पाण्डेय उसके पीछे लग गया। रोड पार करके सामने की कॉलोनी में पहुँचा। गलियों में पीली रौशनी बिखरी हुई थी। पाण्डेय, शरद से थोड़ी दूरी बनाकर चल रहा था। उसने नरेश को कॉल किया और व्हाट्सअप पर लाइव लोकेशन भेज कर खुद तक पूरी टीम के साथ पहुँचने को कहा।

एक घर के सामने से गुज़रते हुए शरद को उसकी बड़ी बंद खिड़की के शीशे में एक परछाईं दिखी, जिसके हाथ में गन थी। शरद ने तुरंत कोई अप्रत्याशित हरकत नहीं की। आहिस्तगी से हाथ कमर में खुंसी बंदूक पर जाकर जम गया। अगले मोड़ से मुड़ने के बाद शरद ने दौड़ लगा दी।

बूट वाले जूते की भागती आवाज़ से पाण्डेय समझ गया कि शरद को उसके पीछे होने की खबर हो चुकी थी। पाण्डेय ने भी दौड़ लगाई, और जब तक उस गली में पहुँचा, शरद अगली गली में मुड़ चुका था। ये चूहा-बिल्ली का खेल कुछ देर तक चलता रहा। अब शरद को समझ में आ चुका था कि पुलिस वाला उसके बूट की आवाज़ से उसकी दिशा का पता लगा रहा है। एक घर के सामने उसे मनी प्लांट दिखा। जो लोहे की जाली पर बहुत सुन्दर

तरीके से फैला हुआ था। मनी प्लांट से ही एक पूरी दीवाल बनी हुई थी। शरद उसकी ओट में छिप गया।

पाण्डेय बेतहाशा इधर-उधर भागता रहा। नरेश भी बाकी पुलिस वालों के साथ लाइव लोकेशन से पाण्डेय का पीछा कर रहा था।

शरद को पाण्डेय के क़दमों की आहट करीब आती हुई सुनाई दे रही थी। वो सतर्क हुआ। हालाँकि बंदूक का प्रयोग वह सिर्फ़, 'मैं या तुम' की स्थिति में करना चाहता था। वह बंदूक को ऊपर सीने तक उठाये हुए था। पाण्डेय उस गली के मोड़ पर आकर रुक गया। उसने अपने क़दमों को दाब लिया। वह दोनों हाथों से बंदूक को पकड़, इधर-उधर देखते हुए सावधानी से उसी गली में आगे बढ़ने लगा। पाण्डेय मनी प्लांट की दीवाल के सामने से गुज़र रहा था। वह शरद की बंदूक के निशाने पर था। तभी शरद की जेब में पड़ा सलीम का फ़ोन बज उठा। पाण्डेय तेज़ गति से आवाज़ की दिशा में मुड़ा। पाण्डेय की सतर्कता इतनी थी कि फ़ोन की आवाज़ सुनते ही उसकी उँगली ट्रिगर पर खिंच गयी थीं। गोली छूटने की आवाज़ ने शरद को उँगली कसने पर मजबूर कर दिया। नली से रगड़ कर चिंगारी फेंकती हुई, दोनों के बंदूक से गोली निकल चुकी थी। दोनों के बीच में तक़रीबन पाँच मीटर का ही फ़ासला था। एक दूसरे से विपरीत दिशा में हवा में तैरती दोनों गोलियों ने एक-दूसरे को पार किया और दोनों के शरीर में समा गयी। पाण्डेय की चलाई हुई गोली शरद के दाईं कमर में एक इंच अन्दर लगी और शरद की चलाई गोली पाण्डेय के बाएं जांघ में लगी थी।

पाण्डेय के शरीर का बल उसका बायाँ पैर अब उठाने के काबिल न रहा। फलस्वरुप वह ज़मीन पर कटे वृक्ष की तरह धड़ाम से गिर पड़ा। हाथ से बंदूक छटककर दूर जा गिरी। शरद को अभी तक खुद के गोली लगने का एहसास नहीं हुआ था। वह तुरंत बाहर आया और पैर से पुलिस वाले की बंदूक रोड के किनारे नाली की तरफ मारी। बंदूक नाली में चली गई।

"माफ़ करना," कह कर शरद दौड़ते हुए भाग गया।

बंदूक चलाने की आवाज़ नरेश और बाकी पुलिस वालों के कान तक भी पहुँची थी। वह भागते हुए उस गली में आये, जहाँ पाण्डेय पैर पकड़े हुए दर्द से कराह रहा था।

लगभग 100 मीटर दौड़ने के बाद शरद को कमर के पास दर्द महसूस हुआ। पहले उसका हाथ वहाँ गया और फिर नज़र, तो देखता है कि कमर से खून निकल रहा है। वह समझ गया कि उसे गोली लगी है। शरद अभी भी दौड़ रहा था पर रफ़्तार कम हो गयी थी। कमर से बहता खून रिस्ते हुए जींस के दायें हिस्से को भिगो रही थी। बहता हुआ खून उसके जूतों तक पहुँच चुका था। उसके भागते पैरों के लाल निशान कॉलोनी की कच्ची सड़कों पर छपते जा रहे थे। कॉलोनी पार कर शरद एक पब्लिक पार्क में घुस गया, जिसमें छिपने के लिए पर्याप्त अँधेरा था।

शरद एक हाथ से ज़ख्म को पकड़कर बेंच पर बैठ गया। वह दर्द में था, बहुत दर्द में, पर चिल्ला नहीं सकता था। जब इंसान अपनी पीड़ा मुँह से नहीं बोल पाता तो उसकी आँखें बोल पड़ती हैं।

शरद के आँखों के कोर से आँसू की लकीर गालों तक लुढ़कती चली गई। दूसरे हाथ से मुँह को दबाये शरद फफ़क पड़ा। दर्द से नहीं बल्कि दुःख से। दुःख से रोने वाला हर सजीव एक महासागर का मलिक होता है।

कहते हैं मरने वाले इंसान की आँखों के सामने उसके तबतक की ज़िन्दगी का फ्लैशबैक चलने लगता है। इस समय शरद की आँखों में वही तस्वीरें उतर रही थीं। निवाला खिलाते हुए माँ, भारी मन से डाँटता हुआ बाप। बचपन में स्कूल से लौटते हुए इसके भी हिस्से का बस्ता अपने पीठ पर लाद लेने वाला भाई। जिस पर जवानी में शरद बोझ बनता चला गया था। सबसे अंत में जो तस्वीर ठहरी वह भरे बाज़ार में चोरी से सलाम करती ज़ोया की थी। उसके बाद आँखें अपलक थम गईं, पथरा गईं। दूर से उसके हमनाम बच्चे की गूंजती आवाज़ उसके कानों में आ रही थी।

"मैं अच्छा बच्चा हूँ। मैं इस्कून भी जाता हूँ। औन मम्मी को पनेसान..."

कान में आती ये अंतिम आवाज़ भी बंद हुई। उस क्षण शरद का इस दुनिया से हर संबंध ख़त्म हो रहा था। वह बेंच पर से लुढ़क कर नीचे गिर गया। अब शरीर में कोई हरकत नहीं बची थी।

9

सुबह हुई पर सूरज नहीं निकला। आसमान में छाए काले घने बादल सूरज को लील रहे थे। पश्चिम से तेज़ हवा उठी। बादल से बूंद बनकर उसका हिस्सा बिछड़ने लगा। लखनऊ तेज़ बारिश के मातम में नहा गया।

बारिश कम हुई तो अखबार डालने वाले रेनकोट पहनकर बाहर निकल आये। इंदिरा नगर कॉलोनी के सी-ब्लाक, हाउस नंबर 117 के ओसारे में बैठा शाश्वत सिंह चाय पी रहा था। वहीं पास में, बादल की गरज से डरी हुई उनकी बेटी राग अपनी माँ, वसुधा के सीने से चिपकी आसमान ताक रही थी। तभी फेंका हुआ एक अखबार, शाश्वत के ठीक पास आ कर गिरा। जिसे बारिश से बचाने के लिए एक पतली पन्नी में लपेटा गया था। राग को लगा जैसे बिजली गिरी हो। वह चीखी और वसुधा के सीने में समा गयी।

"बिजली तो ऐसी कड़क रही है, जैसे हमारे ही छत पर गिरेगी," वसुधा रूहानी मौसम की डरावनी शक्ल देखते हुए बोली।

"हाँ, सिर्फ़ तुमसे ही दुश्मनी है इसकी।" शाश्वत ने पन्नी से अखबार निकालते हुए व्यंग किया।

बड़े इत्मीनान से उसने पेपर को खोला और पहले पन्ने पर नज़र डाली तो नज़र वहीं पत्थर हो गयी। शरद की फ़ाइल फोटो के साथ काले मोटे अक्षरों में लिखा था।

आरोही हत्या कांड का आरोपी शरद सिंह फ़रार, पुलिस वालों पर किया हमला।

"लखनऊ। आरोही हत्या कांड का मुख्य आरोपी शरद सिंह, पिछले बुद्धवार की शाम आशियाना के पुलिस थाने से फरार हो गया था। इसके पीछे उसके गिरोह का हाथ बताया जा रहा है। इस घटना को रोकने के दौरान कांस्टेबल श्रवण कुमार सिंह की मौके पर मौत हो गयी थी। कल शाम उसे मोहनलालगंज के पास एक आदमी के साथ देखा गया था। सड़क हादसे

में हुए दुर्घटना के बाद शरद उसे छोड़ कर फरार हो गया। उस आदमी के पास से मिले आईडी प्रूफ से उसकी पहचान सलीम शेख के नाम से की गयी है। फ़िलहाल वह अभी कोमा में है। पुलिस को शक है कि सलीम भी शरद के गिरोह में काम करता था। उसी शाम उसे दूसरी बार तेलीबाग में उसके किराये के मकान के पास देखा गया, जिसके बाद पुलिस ने पीछा किया। शरद सिंह ने पुलिस वाले पर गोली चलाई तो हवलदार पाण्डेय ने भी जवाबी फायरिंग की। हवलदार पाण्डेय को जांघ पर गोली लगी जो इस समय अस्पताल में भरती हैं। वहीं शरद घायल होने के बावजूद भी भागने में कामयाब रहा। लेकिन सब इंस्पेक्टर जयदेव पाण्डेय का कहना है कि गोली शरद को भी लगी है। पुलिस ने आश्वासन दिया है कि उसे जल्द से जल्द गिरफ्तार किया जायेगा। गौरतलब है कि शरद के ऊपर एनडीपीएस की धारा 1985, और.........."

शाश्वत जड़ हो गया। आँखें भाव शून्य हो गयीं। आसमान के घुमड़ते बादल शाश्वत की आँखों से पानी होने लगे। शरद की आँखों में छूटी फ़्लैशबैक की अधूरी तस्वीरें शाश्वत के आँसुओं में चित्रित होने लगीं।

लखनऊ की ज़मीन और अखबार का पन्ना दोनों गीले हो गये।

"मम्मी, पापा रो क्यों रहे हैं?" राग की नजर शाश्वत पर पड़ी तो उसने वसुधा का ध्यान उधर खींचा।

"अरे क्या हो गया?" वसुधा, राग को अपने से अलग करते हुए उसके पास आयी। शाश्वत ने जवाब में पेपर उसके हाथ में पकड़ा दिया।

वसुधा से शरद की कभी बनी नहीं थी। दोनों मौन के औपचारिक बातचीत से आगे कभी नहीं बढ़े। इस समय वसुधा को सांत्वना के कोई शब्द न सूझे, बस उसका हाथ शाश्वत की पीठ पर चला गया।

हालाँकि शाश्वत को पहले से ही ऐसी घटनाओं का अनुमान था, जोकि अब सच हो रहा था। खूनी रिश्तों पर जब संकट आता है, तो वैमनस्य भाव ऋण होता जाता है। शाश्वत के आँसू इसका दस्तावेज था।

10

तेलीबाग बाज़ार से दक्खिन बंद पड़े कपड़े गोदाम में फ़ोन की घंटी बजी। फ़ोन की घंटी अपने मालिक को जगाते-जगाते बजकर बंद हो गयी। शरद की आँख खुली। सबसे पहली नज़र गोदाम की टूटी एसबेस्टस वाली छत पर गयी जिस पर धूप चमक रही थी। वहीं आपस में छेड़खानी करते हुए एक कबूतर ने बीट कर दी, जिसका निशाना शरद का चेहरा था। उससे बचने के लिए शरद ने अपने शरीर को वहाँ से खिसकाने की कोशिश की तो लगा जैसे पूरे शरीर में सुई चुभोई गई हो। कबूतर की बीट सीधे उसके माथे पर आ गिरी। अभी और अशुभ होना था।

शरद ने अपने ठीक सामने पैरों की तरफ एक आदमी को बैठे हुए देखा। जो पुराने फटे गंदे कपड़ों में लकड़ी की एक टूटी कुर्सी पर बैठा था। दोनों हाथों की उँगलियों में अखबार फंसाए बड़े चाव से पढ़ रह था। उसके बगल एक टिन के ड्रम पर उसका फोन, बंदूक और पर्स रखा हुआ था। शरद खुद जमीन पर पड़े गंदे बिस्तर पर पड़ा हुआ था, जो शायद कचरे से उठाकर लाया गया था। उसके कमर में एक मोटा कपड़ा बाँधकर खून को रोका गया था।

"तुम कौन हो?" शरद ने कराहती आवाज़ में उठने की कोशिश के साथ पूछा।

"हम....तो हम हैं," अखबार में देखते हुए आँखें करते हुए उस आदमी ने पूछा, "पर तू कौन है?"

इससे पहले शरद कुछ कहता उसने दोबारा कहा।

"बड़ा कर्मकांडी है तू तो? फ़ोटो छपा हुआ है तेरा अखबार में।"

"दिखाना ज़रा," कहते हुए शरद ने उस ओर हाथ बढ़ाया और उस आदमी को चौंकाते हुए उसके बगल में ड्रम पर रखी गन की तरफ खुद को उछाल दिया।

बंदूक तो शरद के हाथ में आ गयीं पर दोनों मोबाइल और पर्स नीचे बिखर गए। शरद जमीन पर गिर पड़ा और बंदूक उस आदमी की तरफ तान दी। कमर का घाव खुल चुका था। बंधा कपड़ा फिर से गीला होने लगा। शरद दर्द से कराह उठा। कई बार डर में इंसान इतना सतर्क हो जाता है कि सतर्कता ही उसे नुकसान पहुँचा देती है।

इस अप्रत्यासित घटना ने उस भिखारी की आँखों में शरद को बेवकूफ के सिवाय कुछ और साबित नहीं किया। वह चुपचाप अपनी जगह पर बैठा इसकी तरफ देखता रहा। थोड़ी देर तक दोनों एक दूसरे को देखते रहे।

"अख़बार!" भिखारी ने शरद की तरफ़ करते हुए कहा।

शरद ने चुपचाप आखबार ले लिया और बंदूक नीचे कर दी।

"तेरा गोमती फिर खुल गया," बहते खून की तरफ देखते हुए उस भिखारी ने फिर कहा।

शरद दर्द से कराहता हुआ वहाँ बंधे कपड़ों को सही करने लगा। भिखारी अपनी जगह से उठ के आया और गले में लपेटे एक फटे कपड़े को वहाँ बाँधने लगा।

"मैं यहाँ कैसे आया?" उसी दौरान शरद ने पूछा।

"जब पार्क में बैठ के रंडी रोना कर रहे थे, हम भी वहीं बगल वाली कुर्सी पर थे।" कपड़ा बाँधते हुए उसने फिर पूछा, "पता होता इतना हरामी है तो वहीं छोड़ देता।"

"चाचा कसम से कुछ नहीं किये हैं। बस गलत समय पर गलत जगह थे," शरद ने अब इज्ज़त के साथ कहा।

"शुजाउद्दौला को बड़ा इमामबाड़ा धोते देख लिए थे क्या?" कहकर वह भिखारी खुद हँस पड़ा। शरद को यह बात समझ न आई।

भिखारी ने कपड़े में अंतिम गाँठ लगाई। शरद ने बिस्तर का सहारा लिया।

भिखारी ने अपना झोला उठाया और जाने लगा तो शरद ने उसे रोका।

"चाचा कहाँ?"

"रियासत सँभालने और कहाँ!"

"बड़ी भूख लगी है।"

"कटोरा तो एक ही है। और हाथ पर कोई रुपया नहीं रखता है।"

"अरे, नहीं मेरे पास पैसा है। आपको खरीद के लाना है। दोनों खायेंगे चाचा।"

"भक्क सारे!" कहकर खीझते हुए भिखारी निकल गया। शरद को ये बात समझ नहीं आयी। भिखारी को जो चीज़ माँगनी पड़ती है, वही चीज़ तो वह मुफ्त में दे रहा था।

खैर, शरद इस समय हद से ज्यादा कमज़ोर था, शरीर घायल था। पूरे कपड़ों में खून लगा हुआ था। आँख की रौशनी भी धुंधलाने लगी थी। इस स्थिति में बाहर जाना उचित नहीं था। उसे पता था रात वाली घटना के बाद पुलिस उसे पागलों की तरह ढूँढ रही होगी। उसने जींस का जेब टटोला। एक सिगरेट जेब में अभी भी पड़ी थी। उसका ऊपरी आधा हिस्सा उसी के खून से लाल था। भिखारी की लालटेन के बगल में खोंसी हुई माचिस निकाली और सिगरेट जलाई। कश छोड़कर वह सिगरेट के धुएं को ऊपर जाते हुए देख रहा था कि तभी सलीम का फ़ोन फिर से बज उठा। शरद ने ऊपर जाते धुएं को देखते हुए ही एक दूसरे हाथ से आस-पास फ़ोन को टटोला। फ़ोन हाथ में आते ही उसने स्क्रीन पर नज़र डाली। कॉल किसी अनजाने नंबर से था। उसने कॉल कट किया तो देखा कि तीन अलग-अलग नंबरों से बारह मिस्ड कॉल्स पड़े हुए थे। शरद ने फ़ोन स्विचऑफ किया। उसका ध्यान अख़बार की तरफ़ गया शरद ने ख़बरों पर नज़र डाली। फ्रंट पेज पर बड़े काले अक्षरों में लिखा था...

आरोही हत्या कांड के आरोपी शरद सिंह ने पुलिस वालों पर किया हमला।

और नीचे बाकी की ख़बर को बढ़ा-चढ़ाकर लिखा गया था।

यूँ तो शरद लखनऊ छोड़ने का प्लान बना चुका था, लेकिन उससे पहले वह एक बार अपने सोर्स से मिलना चाहता था और उसकी आज़ादी उसे बेचने के लिए एक मनचाही रकम का प्रस्ताव रखने वाला था।

इंसान का किया धरा देर सबेर उसके सामने ज़रूर आता है। मेथमफेटामीन बेचकर शरद ने बहुत रुपये कमाए थे, लेकिन इसे ये नहीं पता था कि उसकी ज़मीन दलदल हो चुकी थी। रुपये के बढ़ते भार के साथ वह दलदल में धँसता चला गया था।

शरद को कहाँ पता था कि उसके ताबूत की एक आखरी कील अभी भी उसके इंतज़ार में थी।

ड्रग्स ने दर्द और थकान कुछ हद तक कम की। शरद ने अपना सामान समेटा। शर्ट और पैंट पर लगा खून सूख चुका था। तभी बाहर से किसी के आने की आहाट हुई। शरद डर गया। वह जैसे-तैसे उठा और जंग लगी मशीन की आड़ में छिप कर देखने लगा। वह कहते हैं न- दूध का जला छाछ भी फूँक-फूँक कर पीता है।

कोई चलता हुआ अन्दर दाखिल हुआ। शरद ने चोरी से देखा तो पाया की वह भिखारी था। उसके एक हाथ में अख़बार में लिपटी पूड़ी और दूसरे हाथ में पॉलीथिन में बंधी सब्ज़ी थी।

भिखारी दरवाजे पर ही रुक गया। उसे लगा कि शरद चला गया है। वह वापस जाने ही वाला था कि शरद उसे आवाज़ देता हुआ बाहर आया।

“अरे चाचा, यहीं हूँ अभी।”

“मशीन के पीछे मुर्चा छुड़ा रहे हो क्या?”

“नहीं चाचा, मोर्चा संभाल रहे थे। क्या पता सामने के दरवाजे से कौन आ जाए!” वापस उसी जगह पर बैठते हुए शरद ने कहा।

“लो....खाओ।”

शरद खाने पर टूट पड़ा। भिखारी उसे चुप चाप देखता रहा फिर पूछ बैठा।

"कितने दिन से नहीं खाए हो?"

शरद खाते-खाते रुक गया।

"तीन दिन हो गए। वैसे मैं आपको पैसा दे रहा था, क्यों नहीं लिए?"

"पैसा दे के खरीदने लगें तो भीख कौन देगा रे! मार्केट बिगाड़ लें!"

"रहने वाले यहीं के हैं?"

"पता नहीं कहाँ के हैं। याद नहीं है," ऊपर शून्य में ताकते हुए भिखारी ने कहा।

"कुछ तो याद होगा?"

"खाना पेलो, बकैती नहीं।"

शरद चुप हो गया और बाकी बची दो पुड़ियाँ ख़त्म कीं। भिखारी ने वहीं पड़ी पानी की बोतल उसके हवाले की।

थोड़े देर तक दोनों चुप रहे। फिर भिखारी ने पूछा।

"अब...?"

"अब! शाम तक रहने दीजिये चाचा, शाम होते निकल जाऊँगा।" हाथ जोड़ते हुए शरद ने कहा।

भिखारी ने अपना कटोरा उठाया और वापस रियासत सँभालने जाने लगा।

"चाचा कुछ कपड़ा हो जायेगा?"

भिखारी इस बार भी कुछ नहीं बोला। इस मौन का मतलब शरद जानता था। वह वहीं गंदे बिस्तर पर लुढ़क गया। गरम हवा उसे नींद के नशे में धकेलने लगी। करीब छः बजे शरद की नींद भिखारी के जगाने से खुली। उसने हाथ में रंग छोड़ चुकी नीले रंग की जीन्स थी। शरद तुरंत उठ गया।

"ये पहनो और चलते बनो।" भिखारी ने कहा। शरद ने पैंट बदली लेकिन शर्ट पर नीचे अभी भी खून लगा हुआ था, जिसे उसने अन्दर डालकर छुपाने की कोशिश की लेकिन कुछ हिस्से पर लगा खून अभी भी दिखाई दे रहा था। शरद ने भिखारी की ओर देखा। भिखारी मतलब समझ गया और उकताए हुए मन से अपनी मैली-सी कोट उतार कर शरद के हाथों पर रख दी। शरद ने कोट पहना और चलने को तैयार हुआ। उसका हाथ बटुवे पर गया। उसने 200 रुपये निकालकर भिखारी के तरफ बढ़ाए।

"चाचा ये रख लो!"

"भक्क भोसड़ी के।"

शरद को इस समय पैसे की ज़रूरत थी वरना जिरह ज़रूर करता। शरद फैक्ट्री के कंपाउंड से बाहर आया। शाम ढलने लगी थी। शरद को हज़रतगंज मेट्रो पहुँचना था, अपने सोर्स से मिलने या यूँ कहें कि इस शहर से अंतिम डील करने।

अगले 40 मिनट बाद शरद कृष्णा नगर के उस गोदाम के सामने था, जो लखनऊ में वितरित होने वाली सभी दवाइयों का सबसे बड़ा वितरक था।

फिलहाल वहाँ मेडिसिन डिलीवरी वाली गाड़ियों में मेडिसिन्स रखे जा रह थे। करीब 10 मिनट बाद गाड़ी वहाँ से निकली तो उसके पीछे खड़ा 'सोर्स' शरद को दिखाई दिया। सर पे बाल नहीं होने की वजह से वह अक्सर कैप लगाया करता था, जिसकी वजह से इस समय उसका चेहरा स्पष्ट दिखाई नहीं दे रहा था। उसके निर्देश पर वहाँ काम करने वाले एक आदमी ने शटर को निचे किया और लॉक करके सोर्स को चाभी दी और चला गया। शटर के ठीक बगल में एक छोटा-सा पर मजबूत दरवाजा था। सोर्स वहाँ से अन्दर चला गया। मौका देखकर शरद भी गोदाम की तरफ बढ़ा और दरवाजे से अन्दर चला गया। सोर्स पर जब शरद की नज़र पड़ी तो वह बाथरूम में घुस रहा था। शरद ने दरवाजे को बंद किया और बाथरूम के पास जाकर खड़ा हो गया। ये उस गोदाम का वह हिस्सा था, जहाँ रोज़मर्रा के लिए प्रयोग की जाने वाली दवाइयाँ रखीं हुई थीं। आसपास चारों तरफ़ अलग-अलग दवाइयों के

डब्बे रखे हुए थे। एक कोने में टेबल और कुर्सी रखी हुई थी। शरद कुर्सी पर बैठ गया और बंदूक निकाल कर टेबल पर रख दी। लगभग एक-डेढ़ मिनट बाद बेखबर सोर्स टिशु पेपर से हाथ पोंछता हुआ बाथरूम से बाहर आया तो उड़ती नज़र शरद पर पड़ी। एक पल के लिए वह वहीं ठहर गया और अगले ही पल गुस्से से हाँफता हुआ शरद की तरफ बढ़ने लगा। शरद उसका भाव समझ चुका था उसने सोर्स के पास पहुँचने के पहले ही बंदूक उठाकर उसे लोड की और सोर्स की तरफ तान दी। सोर्स तब तक कुर्सी पर बैठे शरद का कॉलर पकड़ चुका था। बंदूक की नली उसके सीने को छू गयी। सोर्स का नाम अरुणेश सिंह था।

“तमीज़ से पेश आओगे तो कल को कह पाओगे की मौत मुझे छूकर निकल गयी,” हल्की मुस्कान लाते हुए शरद ने फिर कहा, “वरना यहाँ पड़ी कोई भी दवाई आपके काम नहीं आएगी डॉक्टर।”

“तुझे ये सब करके आखिर हासिल क्या हुआ?” धक्के के साथ कॉलर छोड़ते हुए अरुणेश सिंह ने कहा। शरद कुर्सी पर झूल गया।

“मुझे क्या हाँसिल हुआ! हाँसिल तो आपको हुआ होगा न? आपने कहा था कि ‘शरद तू एक मात्र सप्लायर है। मैं एक मात्र सप्लायर हूँ? पक्का? डॉक्टर साहब, अगर मैं डूबा तो आपको भी ले के डूबूंगा।”

“तुम वही हो न, जिसने पहली बार ड्रग्स का नाम सुनकर बेचने से साफ़ मना कर दिया था। और आज 70 लाख के लिए मर्डर भी कर दिया! रही बात सप्लायर की तो....”

“क्या 70 लाख? क्या...कैसा 70 लाख?” अरुणेश सिंह की बात काटता हुआ शरद बोला, ये बात उसके लिए नयी थी।

“वही जो तुमने मेरे भाई की बीवी को मारने के बाद लूटा।”

“क्या? क्या भाई की बीवी! क्या बोल रहे हो?” शरद के सामने एक और नयी बात आयी। उसने आश्चर्य और हड़बड़ाहट में पूछा।

"आरोही! जिसकी तुम्हारे दिए हुए ड्रग्स से मौत हो गयी। उसे हार्ट की बीमारी थी। मेरे छोटे भाई की बीवी थी," अरुणेश अब तैश में आ गया, "जिसकी लाश तुम मेरे घर में छोड़ कर गए थे।"

शरद कुर्सी पर से उठ खड़ा हुआ। वह सनाका खा चुका था। कमर के घाव ने फिर अपने होने की याद दिलाई। उसके मुँह से एक 'आह' निकली।

"सिंह निवास?"

"हाँ, सिंह निवास। ग्राउंड फ्लोर पर मैं रहता हूँ और उसके ऊपर रजनीश।"

"नहीं, नहीं मैंने कुछ नहीं किया है। ये बस एक स..संयोग है और वह अपने आप मरी थी। मैंने कोई ड्रग्स नहीं दिया था। कुछ लोगों ने मुझे उनके साथ देख लिया था, इसलिए मुझे सबसे सुरक्षित जगह उनका घर ही लगा। और मुझे तो यह भी नहीं पता था कि वह आपका घर है।"

"अच्छा! फिर गले का हार कहाँ गया? और आरोही के ब्लड में मेथमफेटामीन के ट्रेसेज़ क्यों हैं? हाँ?" अरुणेश सिंह ने गंभीर आवाज़ में कहा जैसे उसको इस बात का उत्तर पहले से ही मालूम था।

"मुझे तो अभी पता चल रहा है कि कोई हार भी चोरी हुई है," उसने आगे बोलना जारी रखा, "और रही बात ड्रग्स की तो उसी लिए तो मैं यहाँ आया हूँ। मैं भी वही जानना चाहता हूँ।" शरद ने कहा। उसके बाद दोनों एक दूसरे की आँखों में देखते रहे। माहौल में टेंशन बढ़ने लगी थी। अरुणेश इशारा समझ चुका था।

शरद ने जिस हाथ में बंदूक थाम रखी थी वह हाथ सुस्त हो गया था। उसका ध्यान भटक रहा था। अप्रत्याशित रूप से अरुणेश ने जोर से उसके हाथ पर मारा। बंदूक दूर जा गिरी। अरुणेश ने दूसरा प्रहार उसके पेट में किया। शरद दीवार से जा टकराया। उसका घाव फिर से खुल चुका था। वह दर्द के मारे जोर से चिल्लाया और दीवार से पीठ घसीटता हुआ नीचे फर्श पर जा बैठा था।

अरुणेश ने उछल कर उसकी कॉलर पकड़ी, वह इस समय गुस्से से तमतमा रहा था, "साले, तुझे लगता है मैंने उसे ड्रग्स दिया था?"

"हाँ, और कौन? पूरे लखनऊ में एक सिर्फ़ आप ही हैं जिसे ये ड्रग्स बनाना आता है," कांपती आवाज़ में शरद ने कहा।

"और मैं ऐसा क्यों करूँगा?"

"होगा कोई जाती मामला।"

"मेरा कोई जाती मामला नहीं है। बल्कि तुमने ही ये सब 'हार' के लिए किया है।"

"मुझे मेरी माँ की कसम, मेरे पास कोई हार नहीं है। और ये खबर तो न्यूज़ में भी नहीं है।"

"पर पुलिस वालों को है और वह किसी भी कीमत पर तुम्हें ढूँढ लेंगे।"

"डॉक्टर, मुझे यहाँ से बाहर निकलना है। अब फर्क नहीं पड़ता कि आरोही को ड्रग्स किसने दिया था पर अगर मैं पकड़ा गया तो कम से कम 20-30 साल के लिए अन्दर हो जाऊँगा।"

"और तुम्हें लगता है मैं तुम्हारी मदद करूँगा इसमें?"

"दो ही ऑप्शन है आपके पास, या तो मुझे मार दो या फिर मुझे बचाओ। अगर मुझे कुछ हुआ तो आप भी पकड़े जाओगे डॉक्ट...।" शरद बोलते-बोलते शांत हो गया। वह बेहोश हो चुका था।

अरुणेश सिंह को जब ये आभास हुआ तो वह सुस्त होकर उसके सामने ही फर्श पर बैठ गया। और बहुत देर तक किंकर्तव्यविमूढ़ बैठा रहा। कभी बंदूक को देखता तो कभी शरद को।

अरुणेश स्वाभाव से लालची, डरपोक और शक्की था। धोखेबाज़ होने के लिए डरपोक होना पहली और लालची होना दूसरी शर्त है। अरुणेश ने एक किट से सर्जिकल नाइफ निकाली और फिर प्लास्टिक की एक चद्दर ले आया। शरद के आसपास उसे अच्छे से सहेज कर बिछा दिया। फिर उसके सामने आकर खड़ा हुआ एक गहरी साँस ली और ग्ल्व्स पहनने के बाद चाकू

पर अपनी पकड़ मजबूत की। वह उसका गला कटाने को तैयार ही हुआ था कि दिमाग में एकाएक शरद की कही बात गूंज उठी- "मुझे कुछ हुआ तो आप भी पकड़े जायेंगे डॉक्ट...।" अरुणेश का शक्की दिमाग ठिठक गया। वह सोचने लगा कि कहीं शरद ने उसके खिलाफ कोई सबूत तो प्लांट नहीं किया हुआ है। उसकी उँगलियाँ ढीली पड़ गयीं। अरुणेश कुर्सी पर बैठ गया और बहुत देर तक सोचता रहा। शक को अगर समय की खुराक मिल जाए तो वह गहराता जाता है। अरुणेश इस गहराई में उतर चुका था। अचानक से उसकी नज़र शरद के कमर से बहते खून पर गयी। अरुणेश ने गोदाम में ही एक छोटा-सा कमरा बना रखा था। कमरे के बेड पर पन्नी बिछाई और शरद को उस पर ले जाकर लिटा दिया।

अरुणेश सिंह ने 2008 में लखनऊ यूनिवर्सिटी से 'एमबीबीएस' की थी। उसने कुछ साल तक बतौर डॉक्टर कानपूर के एक हॉस्पिटल में काम किया। जब किसी मरीज़ से इलाज़ के अतरिक्त पैसे माँगते हुए पकड़े गए तो सरकार ने उनका लायसेंस सस्पेंड कर दिया। थोड़ा बहुत हाथ-पैर मारने के बाद उसे दवाइयों के वितरण का टेंडर मिल गया था।

अरुणेश ने पहले उसके घाव का अच्छे से निरिक्षण किया। फिर गरम पानी से घाव को साफ किया और ज़रूरत अनुसार मरहम-पट्टी की। रात के 1 बजे शरद को होश आया। अगर वह सामान्य स्थिति में होता तो शायद सतर्कता के लिए कोई हरकत ज़रूर करता, लेकिन इस वक़्त उसका शरीर उसका साथ नहीं दे रहा था। उसने धीरे-धीरे अपनी आँखें खोलीं। कमरे में एक तरफ कुर्सी पर अरुणेश सिंह बैठा ऊँघ रहा था। शरद यहाँ आया तो था अपने प्रश्नों के जवाब के बदले उत्तर में अरुणेश से कुछ पैसे लेने लेकिन यहाँ मामला जान पर बन आया था। उसे कुछ याद नहीं था कि वह इस रूम तक कैसे और क्यों पहुँचा।

शरद ने उठने की कोशिश की, तो मुँह से एक बार फिर कराह निकल गयी। अरुणेश सिंह जाग गया।

"घाव कच्चा है। लेटे रहो।"

“जहाँ तक मुझे याद है, आप मुझे मारना चाहते थे डॉक्टर!”

“तुमने कहा था कि अगर तुम्हें कुछ हुआ तो मैं भी पकड़ा जाऊँगा! क्या मतलब है इसका?” अरुणेश की बातों में बेचैनी साफ़ झलक रही थी।

शरद ने वह बात तो बस यूँ ही कह दी थी। उसके कहने का तात्पर्य था कि अलग पुलिस ने उसे पकड़ा तो अरुणेश के खिलाफ भी मुँह खोल देगा। लेकिन शक्की एक बात के हज़ार मतलब निकाल लेता है। शरद ने उसका फायदा उठाया।

“जो आदमी दिन के दोपहर में जेल से भाग सकता है। वह क्या आपको नहीं पकड़वा सकता डॉक्टर?”

“यहाँ क्यों आये थे?”

“मैं लखनऊ हमेशा के लिए छोड़ रहा हूँ। एक अंतिम डील करने आया हूँ।”

“कैसी डील?”

“500 किलोग्राम ड्रग्स चाहिए।”

“क्या 500 किलोग्राम? तुम पागल-वागल तो नहीं हो गए हो? इतना माल तो हमने आजतक नहीं बेचा।”

“लेकिन अब बेचेंगे डॉक्टर। ये कीमत है मेरे जेल से छूटने और लखनऊ छोड़ने की।”

“मैंने मना कर दिया तो?” तैश में अरुणेश बोला।

“तो मैं तो कैसे भी बच के निकल जाऊँगा, लेकिन आप फँस जायेंगे डॉक्टर। हमेशा-हमेशा के लिए।”

“ब्लैकमेल कर रहे हो?”

“नहीं! कीमत माँग रहा हूँ। आपके खिलाफ हमेशा-हमेशा के लिए मुँह बंद रखने की।”

डॉक्टर कुर्सी पर बैठ गया। चश्मा निकालकर रख दिया और कोहनी टेबल पर टेकते हुए माथा रगड़ने लगा। थोड़ी देर वह सोचता रहा, फिर बोला...

"मैं कैसे विश्वास करूँ?"

"आप कैसे विश्वास करना चाहेंगे?"

"मुझे एक विडियो स्टेटमेंट चाहिए होगा जिसे मैं इस तरीके से रिकॉर्ड करूँगा कि देखने पर लगे कि इसे बिना तुम्हारी जानकारी के रिकॉर्ड किया गया है।"

"और उसमें कहना क्या है।"

"तुम्हें मुझ से ज़बरदस्ती एम्फ़ैटेमिन माँगना होगा। वरना मुझे जान से मारने की धमकी दोगे।"

शरद को हाँ करने में कोई मुश्किल नहीं हुई। उसे पता था कि जब तक अरुणेश इस केस में फँस नहीं जाता तब तक वह इस विडियो को दुनिया के सामने लाकर कोई बखेड़ा खड़ा नहीं करेगा। ज़रूरत इस समय इस शहर से जिंदा बच निकलने की थी। सो, उसने हाँ कर दिया।

"ठीक है। कबतक माल तैयार हो जायेगा?"

"कम से कम सात दिन तो लगेंगे।" अरुणेश ने स्पष्ट कहा।

"नहीं, टाइम नहीं है। 2 दिन में करना पड़ेगा।"

"2 दिन में? नशा करके आये हो? संभव ही नहीं है।"

"परमिशन नहीं माँग रहा हूँ। बता रहा हूँ," दृढ़ता से शरद ने कहा।

मरता क्या न करता की स्थिति में फंसा अरुणेश इसका विरोध न कर पाया। उन दवाइयों की नयी स्टाक भी आई हुई थी जिस में से वह एम्फ़ैटेमिन निकालकर ड्रग्स बना सकता था।

"कोशिश करिए, हो जायेगा। आप पर भरोसा है।"

"अब विडियो रिकॉर्ड कर लें?" अरुणेश ने अपने मुद्दे की बात की।

"मेरे चेहरे पर चूतिया लिखा है डॉक्टर! परसों जैसे ही मुझे माल मिलेगा। मैं विडियो दे दूंगा।"

अरुणेश थोड़ी देर फिर चुप रहा और फोन निकाल कर घर फ़ोन लगाया।

"हेल्लो..."

"........"

"सुनो मैं 1-2 दिन तक घर नहीं आ पाऊँगा।"

".............."

"हाँ! हाँ! सब ठीक है। बस कुछ ज्यादा काम आ गया है। एक बड़ा स्टाक आने वाला है उसकी डिलीवरी करनी है। बस उसी वजह से।"

".........."

"सुनो, अलमारी के ड्रावर में एक कागज़ होगा। लिस्ट है मेडिसिन्स की। निनाद के हाथों सुबह भिजवा देना। और थोड़ा जल्दी। ठीक है, अपना ध्यान रखो।"

कहकर अरुणेश ने कॉल कट किया और शरद को देखा, जो उसे ही घूर रहा था।

"तुम यहाँ नहीं रुक सकते। लोग आते-जाते हैं। किसी ने देख लिए तो मेरी लग जाएगी।"

"मैं सुबह निकल जाऊँगा। अभी तो मेरी हालत उठने भर की भी नहीं है।"

"मेरा सब कुछ बर्बाद हो जाएगा, अगर पुलिस की चपेट में आया तो।"

"आप बस मेरा काम कर दें। आपको कुछ नहीं होगा। मेरी गारंटी।"

"ठीक है। और फ्रीज़ में ब्रेड, जैम रखा है, खा लेना एनर्जी मिलेगी। और ये प्रोटीनेक्स है। पानी में घोल के पी लेना, दूध तो है नहीं अभी। तबियत बेहतर होगी," कहते हुए अरुणेश कमरे से बाहर निकला और दवाइयों के स्टोर रूम में जाकर अपने ज़रूरत की दवाई छांटने लगा।

शरद आहिस्ता-अहिस्ता बिस्तर से उठा। फ्रिज से ब्रेड और जेम निकाली और सफाचट कर गया। अरुणेश के कहे के अनुसार प्रोटीनेक्स को पानी में घोला और पी गया।

रात बीतने लगी। अरुणेश बिना किसी देरी के ज़रूरत का सामान लेकर बेसमेंट में गया, जहाँ एक तरफ उसने ड्रग्स बनाने के लिए एक छोटी सी प्रयोगशाला बना रखी थी, और अपना काम शुरू किया। वह जल्द से जल्द शरद से छुटकारा पाना चाहता था।

शरद बाथरूम की तरफ बढ़ा। नींद उसे बिल्कुल नहीं आ रही थी। उसे बस सुबह का इंतज़ार था। बस सही सलामत वह लखनऊ हमेशा के लिए छोड़ कर निकल जाना चाहता था।

बाथरूम से वापस आकर वह वापस कमरे की तरफ बढ़ा कि बाहर वाले हॉल में टेबल पर रखे टेलीफ़ोन पर उसकी नज़र गयी। वह ठिठक गया। थोड़ी देर कुछ सोचता हुआ अपना जेब टटोलने लगा। दोनों फोन जेब में थे। वह टेबल की तरफ बढ़ गया। वहाँ पास में रखी कुर्सी पर बैठते हुए शरद ने सलीम का फ़ोन जेब से निकाल कर ऑन किया। व्हाट्सअप पर कुछ सन्देश और मिसकॉल्स पड़ी हुईं थी, जो ज़ाहिर था कि नवाब साहब ने किया था।

खैर शरद ने फ़ोन का इन्टरनेट ऑन किया और ब्राउज़र में अपना ईमेल खोलकर गूगल ड्राइव में सेव फ़ोन नम्बर्स से अपने बड़े भाई शाश्वत का नंबर निकाला और टेलीफ़ोन घुमा दिया। अंतिम घंटी पर उधर फ़ोन उठा लिया गया।

"हेलो!" शाश्वत की आवाज़ आयी।

शरद के मुँह से कोई आवाज़ नहीं निकली। वह चुप ही रहा।

"हेलो! कौन?" शाश्वत की आवाज़ दोबारा आयी।

शरद की आँखें डबडबा आयीं। वह बहुत कुछ बोलना चाहता था, लेकिन कुछ भी नहीं बोल पाया। पीड़ा हमें मुँहफट बना देती है या मूक। शरद के मूक मन की विवशता आँखों से पानी हो रही थी। उसने रिसीवर को ज़ोर से वापस टेलिफोन पर रख दिया। कॉल कट हो गयी। शरद टेबल पर झुक

गया। साँसें गहरी होती चली जा रही थीं कि तभी टेलीफोन बज उठा। शरद थोड़ी देर टेलीफ़ोन को देखता रहा और फिर यकायक ही रिसीवर को उठा कर कान के पास सटा लिया।

"हेलो! हेलो....?"

शरद ने फिर कुछ नहीं बोला।

"शरद!" दूसरे तरफ से शाश्वत की विस्मयादीबोधक आवाज़ आयी।

"हेलो भईया।" गले में फँसती हुई शरद की आवाज़ बाहर निकली।

"ये क्या कर दिया तूने?"

"भईया, मैंने कुछ नहीं किया है। बस गलत समय पर गलत जगह था।"

"मेरी ही गलती है। न तुम्हें घर से बाहर निकालता और न ये सब होता," कहते हुए शाश्वत दूसरी तरफ़ फफ़क पड़ा।

शरद चुप ही रहा।

"अभी कहाँ हो?"

"कृष्णा नगर में दवाइयों का एक गोदाम हैं वहीं हूँ।"

"मैं आ रहा हूँ। "

"भईया, मैं आपको इन सब में नहीं फ़साना चाहता। बस ये कहने के लिए फ़ोन किया है कि मैं दो दिन बाद हमेशा के लिए लखनऊ छोड़ दूँगा। शायद अब जल्दी मिलना न हो।" कहकर शरद ने कॉल कट किया और टेलीफ़ोन का रिसीवर उससे अलग रख दिया ताकि उधर से वापस कॉल न आने पाए।

कॉन्टेक्ट नम्बर्स की सूची को स्क्रोल करते हुए उसकी उँगलियाँ एक नंबर पर आकर फिर रुक गयीं। उसने बिना सोचे समझे उस नंबर पर कॉल लगा दी। शरद को यह भी नहीं पता था कि ये नम्बर अभी प्रयोग में है भी या नहीं। उधर फ़ोन की घंटी बजनी शुरू हुई और इधर शरद की धड़कने असामान्य होनें लगीं। फोन उठा...

"हेलो!" ये आवाज़ ज़ोया की थी।

शरद की आँखें अपने आप बंद हो कर आसमाना की तरफ़ उठती चली गयीं। वह एक बार फिर शब्द शून्य हो चुका था।

"कौन बोल रहा है?" उधर से पूछा गया।

जवाब में शरद ने कहा...

"अस्सलामवालेकुम।"

उधर से सलाम का कोई ज़वाब नहीं आया। आई तो सिर्फ ख़ामोशी में तैरती तेज़ साँसों की आवाज़। कुछ देर तक रेडियो तरंगें ज़ाया होती रहीं।

"किसका फ़ोन है?" उस तरफ किसी मर्द ने ज़ोया से पूछा था।

"राँग नंबर है?"

ये सुनकर शरद किस्मत पर मुस्कुरा उठा।

फ़ोन कट हो गया। महबूब पागल हो उठा। कमर के ज़ख्म से बड़ा ज़ख्म उसके दिल में खिंच गया। इस वक़्त शरद, मीर की कब्र हुआ जा रहा था, जो चाहने वालों के लिए था तो सही पर गलत जगह पर। रिसीवर को फिर से बेपरवाह टेबल पर छोड़ दिया गया।

क्षण गुज़रकर मिनट हुए। मिनट गुज़र कर घन्टा। घंटे बदलकर रात और रात बदलकर दिन।

सुबह हो गयी थी। लखनऊ शहर अपने रुआब में आने लगा था। गहमा-गहमी बढ़ने लगी थी। बेचारी लखनऊ पुलिस जलालत के पहाड़ के नीचे दबी, ज़मीन हुई जा रही थी। पुलिस हर अनुमानित जगह छान-बीन कर रही थी। नवाब साहब के आदमी भी शरद की तलाश में भटक रहे थे।

बेसमेंट में अरुणेश रातभर काम करता रहा। उसे समय का ठिकाना ही नहीं रहा। जब उसके फ़ोन पे किसी का कॉल आया तो समय की तरफ उसका ध्यान गया। सुबह के 8 बज चुके थे। अरुणेश भागते हुए ऊपर आया और शटर खोलने लगा। शटर की आवाज़ से शरद की भी नींद खुल गयी।

अरुणेश के पीछे कुछ और लोग भी दाखिल हुए थे, जो शायद दवाईयाँ लेने आये थे। हिसाब-किताब के बाद दवाइयों को गाड़ी में रखा गया। और बाकी के लोग भी गाड़ी के साथ ही रवाना हुए। बाहर सिर्फ वहाँ काम करने वाले दो लोग ही थे। अरुणेश ने उनसे शटर वापस डाउन करवाकर, कुछ देर के लिए कहीं भेज दिया।

अरुणेश सिंह कमरे में दाखिल हुआ। शरद कुर्सी पर बैठा उसी का इंतज़ार कर रहा था।

"तुम्हें यहाँ से जाना होगा। लेकिन दिन में तुम जाओगे कहाँ?" टहलते हुए अरुणेश सोचने लगा।

"ब्रिटिश रेसिडेंसी। पिछले 6 हफ़्तो में 5 पर्यटकों की हार्ट अटैक से मृत्यु वहाँ हुई है। तब से उस जगह को बंद कर दिया गया है। आजकल वह जगह सुनसान है और...." अरुणेश समझा ही रहा था कि बाहर से आवाज़ आयी।

"डैडी!"

ये आवाज़ अरुणेश के बेटे निनाद की थी, जो दवाईयों की लिस्ट देने आया था। अरुणेश बाहर निकल आया। निनाद तबतक हॉल में आ चुका था। निनाद ने अपने बैग से वह लिस्ट निकालकर अरुणेश को दी। अरुणेश ने उसे घर वापस भेज दिया। उसके जाते ही अरुणेश ने शरद को बाहर निकलने के लिए कहा। शरद ने अपनी टोपी पहनी और बाहर निकलने लगा।

"हालाँकि वहाँ कोई वाचमैन नहीं है इन दिनों, फिर भी ध्यान रखना। बाएं साइड की चारदीवारी एक जगह से टूटी हुई है। वहाँ से अन्दर जाना। ये माल तैयार होने के बाद मैं तुम्हें वहीं मिलूँगा। भूलकर भी यहाँ दोबारा मत आना।"

"ठीक है," कहकर शरद निकल गया।

टोपी सही करते हुए शरद रोड की तरफ बढ़ने लगा। तभी एक जोड़ी आँखें इस चेहरे को पहचान गयीं। ये आँखें निनाद की थीं जो अपनी साइकिल का ताला खोल रहा था। उसने फ़ोन निकाला और अखबार से खींची शरद की तस्वीर से मिलाने लगा। दोनों चेहरे एक ही थे। उसने फ़ोन निकाल कर किसी को कॉल किया और कॉल कट होते ही उसे व्हाट्सअप पर लाइव लोकेशन भेजा।

शरद सीधे रास्ते की तरफ बढ़ने लगा था। निनाद उसका पीछा कर रहा था। वह उससे करीब 50 मीटर दूर था। उसने साइकिल रोकी और फ़ोन निकालकर फिर से कॉल लगाई और जल्दी आने को कहा।

लगभग 1-2 किलोमीटर बाद शरद ब्रिटिश रेसिडेंसी पहुँचा। बाएं तरफ़ की चारदीवारी की तरफ पहुँचकर शरद अन्दर जाने का रास्ता ढूँढने लगा। आस-पास उसने सावधानी से देखा और अन्दर घुस गया। शरद अन्दर चला गया। वहाँ बिल्कुल सन्नाटा था। कहीं गुटका, चिप्स और नमकीन वगैरा के रैपर्स, तो कहीं शराब की बोतलें और सिगरेट के जले हुए टुकड़े पड़े हुए थे। दीवारें जमीन से तीन फुट ऊपर तक पान मसाले की पीक से रंगी पड़ी थी।

ब्रिटिश रेसिडेंसी के रख रखाव के लिए वहाँ ऑफिस में एक आदमी हमेशा रहता था। जो यहाँ के भुतिया किस्सों से बहुत डरता था लेकिन पेट-परिवार की ख़ातिर उससे नौकरी नहीं छोड़ी गयी। बस शरद को उसी से बचना था।

निनाद ने वहीं झाड़ियों में अपनी साइकिल छिपा दी। वह लगातार रेसिडेंसी के अन्दर नज़र रखे हुए था। उसका फ़ोन बजा। वह किसी को अपने तक पहुँचने का रास्ता बता रहा था।

तक़रीबन 20 मिनट बाद मोटे पहियों वाली एक दूसरी साइकिल वहाँ आ कर रुकी। ये साइकिल समीर की थी। समीर, रजनीश सिंह का बेटा। उसके पीठ पर भी एक वजनदार बस्ता था।

“साइकिल वहाँ लगा दो,” निनाद ने झाड़ियों की तरफ इशारा करते हुए कहा।

समीर ने निनाद के कहे अनुसार साइकिल वहाँ छिपा दी। दोनों अपने पीठ पर बस्ता लादे रेसिडेंसी की तरफ़ ऐसे बढ़ रहे थे जैसे उसे फतह करने आये हों। आँखों में नफरत लेकिन चेहरे पर शमशान सी ख़ामोशी। उन दोनों के हर कदम में एक विश्वास और अनुशासन झलक रहा था।

“कोई बदलाव?” समीर ने पूछा।

“नहीं! बस ताकत ज्यादा लगानी होगी।”

“मेरे पास सामान है।”

“उससे हो जाएगा।”

“किधर गया है?” समीर ने रेसिडेंसी के गेट पर पहुँचते ही सीधा मुद्दे की बात की।

“अन्दर ही कहीं होगा। ढूँढना पड़ेगा।”

निनाद और समीर दोनों अन्दर पहुँचे। बहुत देर तक छानबीन के बाद भी शरद उन्हें दिखाई नहीं दिया। ढूँढते-ढूँढते 20 मिनट हो गए पर शरद का कहीं कोई अता पता नहीं।

“इधर ही तो आया था।” निनाद ने कहा तो समीर ने उसकी तरफ गुस्से से देखा। निनाद चुप हो गया।

तभी उनकी नज़र रेसिडेंसी के सबसे पीछे वाले दूसरे हिस्से में पड़ी जो झाड़ियों से इस कदर ढका हुआ था कि अगर ध्यान से न देखा जाये तो पता ही न चले। एक जगह से झुरमुट को हटाया गया था। देखकर ही ज़ाहिर होता था कि कोई वहाँ से अन्दर गया है। समीर की तेज़ नज़रें उस ओर गयीं। दोनों उस तरफ़ बढ़ गए। सामने मैदान में हेनरी लॉरेन्स मेमोरियल था। और बाएं तमाम लोगों की कब्रें। ऐसी जगहों पर अफ़वाह बहुत फैलती हैं। सामने की तरफ़ वहाँ एक बड़ा हॉल बना हुआ था जिसे करीब आठ से दस खम्भों का सहारा था और उससे लगकर कुछ कमरे भी थे। यहाँ गन्दगी बाकी जगहों

से ज्यादा थी और शायद यही वजह थी कि लोग अब इधर आते भी नहीं थे। हॉल में प्रवेश करने के लिए सिर्फ एक ही बड़ा-सा रास्ता था, जहाँ कभी दरवाज़ा हुआ करता था। दायें और बायें बड़ी-बड़ी खिड़कियाँ थीं, जिस पर कभी फूल की कढ़ाई वाले पत्थर के ढांचे बने हुए थे। ढांचें टूट चुके थे लेकिन उसपर लिपटी झाड़ियों ने उसे पूरी तरह ढँक रखा था। निनाद ने खिड़कियों से झुरमुट हटाकर अन्दर झाँका तो पाया कि शरद हॉल के एक खम्भे से लग कर बैठा अपना घाव देख रहा था और अपने ठीक बगल में उसने अपनी बंदूक बड़ी बेपरवाही से रखी हुई है। उसका मुँह प्रवेश द्वार की तरफ ही था।

समीर और निनाद ने तय किया कि समीर सामने से जायेगा ताकि शरद का ध्यान उसकी तरफ आकर्षित हो और उस दौरान निनाद उसके पीछे बायीं तरफ की टूटी खिड़की से अन्दर जायेगा।

घटना को अंजाम दिया जाने लगा। निनाद क्लोरोफॉर्म की शीशी का ढक्कन खोल रहा था कि शीशी उसके हाथ से फिसल गयी और नीचे गिर गयी। इससे पहले कि समीर का ध्यान उधर जाता उसने लपक के शीशी उठा ली और उसमे बची-खुची क्लोरोफॉर्म रुमाल में डाल दी। समीर, शरद का ध्यान आकर्षित करते हुए सामने से हॉल में घुसा और निनाद खिड़की से।

शरद की नज़र समीर पर पड़ी तो वह थोड़ा सा घबराया पर बच्चा समझ कर वह वापस अपने आत्मविश्वास पर वापस लौटा। उसने बगल में रखी बंदूक को खम्भे और पीठ के बीच में बची जगह की तरफ सरका दी ताकि समीर की नज़र न पड़े लेकिन उसे कहाँ मालूम था कि कोई उसके पीछे भी था जो दबे कदमों से उसकी ओर बढ़ रहा था।

"क्या हुआ बच्चे, इधर कहा?" शरद ने समीर से पूछा।

"हमने सुना था, यहाँ दिन में तारे दिखाई देते हैं!" समीर ने उसकी आँखों में देखते हुए भोलेपन से जवाब दिया।

"नहीं-नहीं तारे सिर्फ रात को दिखाई देते हैं," हँसते हुए शरद ने कहा।

"नहीं-नहीं अंकल दिन में भी दिखाई देते हैं।"

“तुमसे किसी ने मजाक किया होगा। घर जाओ बेटे। ये जगह ठीक नहीं है।” उसको अपनी तरफ बढ़ता देख शरद ने गंभीर होते हुए कहा।

समीर वहीं ठिठक गया। फिर वापस जानने के लिए मुड़ने लगा कि शरद के करीब पहुँच चुके निनाद ने पूरी ताकत के साथ वह रुमाल उसके मुँह पर सटा दिया। समीर वापस मुड़ा और निनाद की मदद के लिए उस ओर दौड़ा। शरद को इस मुसीबत का तनिक भी अनुमान नहीं था। उसका छटपटाता हाथ बंदूक ढूँढने लगा, लेकिन इस पर निनाद की नज़र पहले से थी। उसने बंदूक को पैर से दूर सरका दिया। फ़िल्मी समीर को लगा कि क्लोरोफ़ॉर्म शरद को तत्काल बेहोश कर देगी पर ऐसा हुआ नहीं। शरद पिछले चार दिन की हरारत से कमज़ोर ज़रूर हो गया था, पर इतना भी नहीं कि बच्चों से भी न लड़ पाए। शरद ने निनाद का हाथ पकड़ा और उसे आगे की तरफ खींचा। निनाद बड़ी आसानी से सामने जमीन पर पटका गया और रुमाल भी हाथ से दूर जा गिरी। समीर जो शरद का हाथ पकड़ कर उसे काबू करने की कोशिश कर रहा था उसे भी शरद ने धर दबोचा और अपने बाजुओं में उसे जकड़ लिया। निनाद फिर उठा और समीर के बचाव में शरद की तरफ आया लेकिन एक ज़ोरदार लात ने उसे फिर से ज़मीन पर छींट दिया। उससे थोड़ी ही दुरी पर बंदूक थी। निनाद बंदूक की ओर बढ़ा। इधर बाजुओं में जकड़ा छटपटाता समीर अचानक से शांत हो गया, उसकी आँखें शरद से मिलीं। वह मुस्कुरा रहा था। इससे पहले की शरद कुछ समझ पाता उसने अगले ही पल शरद के घाव की पट्टियाँ नोच डालीं और अपनी उँगली से उसे कुरेदने लगा। शरद चीख उठा, उसकी पकड़ ढीली पड़ गयी। आँखों के सामने अँधेरा छाने लगा। विद्युत् गति से समीर उठा और पास में पड़ी एक ईंट उठा कर उसके सर पर दे मारी। शरद शिथिल होता गया। उसे बेहोशी छाने लगी। थोड़ी दूरी पर बंदूक ताने निनाद ने अपने हाथों की पकड़ को ढील दी।

समीर उठ खड़ा हुआ समीर ने रुमाल से अपना हाथ पोंछा और निनाद के हाथ से बंदूक ले ली। अपना बैग उतारकर उसने निनाद को दे दिया और उसे खोल कर उसमे से रस्सी निकालने के लिए बोला।

निनाद ने बैग खोला। उसके अन्दर से एक लम्बी और मजबूत रस्सी के अलावा तीन अलग-अलग प्रकार के चाकू, ऑपरेशन सीज़र और ग्लव्स, टाँका लगाने वाला धागा और सुई, रुई, पट्टी और डिटॉल के अलावा कुछ मेडिसिन्स थीं।

समीर ने रस्सी के तीन टुकड़े किये। शरद के हाथ और पाँव को कसकर बांध दिए। बचे तीसरे टुकड़े से उसे पास वाले खम्भे में बाँध दिया जैसे गाय बाँधी जाती है।

"हाथ धुला," समीर ने निनाद से कहा। समीर ने बोतल निकालकर उसका हाथ धुलवाया। दोनों उसके ठीक सामने बने पत्थर की बेंच पर विराजमान हुए और शरद के होश में आने का इंतज़ार करने लगे।

झुरमुट से ढंके उस हॉल के बाहर कुछ हलचल हुई। सूखे पत्तों पर पड़ते पैरों की आवाज़ करीब आती जा रही थी। समीर और निनाद दोनों सतर्क हो गये। एक नज़र उन्होंने बेहोश शरद पर डाली और दोनों अपने सामान को समेट कर खम्भों के पीछे छुप गए। झुरमुट की दीवारों के पास आकर क़दमों की आवाज़ें आनी बंद हो गयीं। समीर ने निनाद की ओर देखा और नज़रों से ही सतर्क रहने को कहा। थोड़ी देर बाद वहाँ से दो लोगों के फुसफुसा कर बात करने की आवाज़ आने लगी। समीर और निनाद करीब पाँच मिनट तक वैसे ही खड़े रहे। उन्हें समझ नहीं आ रहा था कि आखिर वहाँ हो क्या रहा है? जब समीर से रहा नहीं गया तो गन को अपने दोनों हाथों से पकड़ कर फ़िल्मी स्टाइल में दबे पाँव उस ओर चल पड़ा। निनाद भी साथ आना चाहता था पर समीर ने उसे इशारे से हाथ दिखाते हुए मना कर दिया और आगे बढ़ा। झुरमुट के पास पहुँचकर उसने आवाज़ सुनने की कोशिश की।

"आज सिर्फ़ 'किस' से काम नहीं चलेगा बेबी," एक लड़के की आवाज़ उधर से आई।

समीर की जिज्ञासा बढ़ी उसने बंदूक की नोक से झुरमुट को हटाते हुए उस तरफ देखा। वहाँ दीवार से लगकर खड़ा एक लड़का, लड़की को बाँहों में भरे हुए था।

"अच्छा! फिर किससे काम चलेगा?" रोमांटिक होते हुए लड़की ने पूछा तो जवाब में लड़के ने लपक कर उसके होठ चूम लिए।

समीर वापस उसी खम्बे के पास उसकी आड़ में खड़ा हो गया। उत्सुकतावश निनाद ने उससे इशारों में हाथ हिलाते हुए पूछा तो समीर ने खीझते हुए हाथों से इशारा किया मानो कह रहा हो कि जाओ खुद जाकर देख आओ।

निनाद ने भी देर नहीं की और अपनी जिज्ञासा शांत करने के लिए उस ओर बढ़ गया। इतने देर में उन लड़के और लड़कियों के बीच की बातचीत बंद हो चुकी थी पर कुछ आवाज़ें अभी भी आ रही थीं। निनाद वापस आकर अपनी जगह खड़ा हो गया। करीब आधे घंटे बाद लड़की और लड़का वहाँ से चला गया। दोनों ने राहत की साँस ली। शरद अभी भी बेहोश पड़ा था। घड़ी की सुई 12 से नीचे गिरने लगी थी। दोनों वापस आकर उसी पत्थर की बेंच पर बैठ गए और एकटक शरद की ओर देखते हुए उसके होश में आने का इंतज़ार करते रहे। करीब आधे घंटे बाद फ़ोन बजने से समीर का ध्यान फ़ोन पर गया। फ़ोन रजनीश सिंह का था। समीर कुछ देर तक फ़ोन देखता रहा, शायद कोई बहाना सोच रहा था।

"हाँ, डैडी!" समीर ने फ़ोन उठाते हुए कहा।

"..........."

"पार्क आया हुआ हूँ।"

"..........."

"ठीक है, आता हूँ।" कह कर समीर ने कॉल कट किया।

"घर चलते हैं। देर रात में वापस आयेंगे।" समीर ने निनाद से कहा।

"तो इसको मार के ही चलते हैं। वापस आने की ज़रूरत ही नहीं पड़ेगी।" निनाद ने अपनी दलील रखी।

"नहीं, अभी ये बेहोश है। मरने से पहले इसे पता तो चले, इसे हमारे बारे में जानना तो चाहिए। और इसे भी पता चलना चाहिए की किस बात की सज़ा इसे मिलने वाली है।"

कह कर समीर उठा और शरद के मुँह में कपड़ा ठूस कर ऊपर से अच्छे से बाँध दिया, ताकि वह चाह के भी चिल्ला न सके। शरद की हालत देखकर यही लगता था कि पाँच-सात घंटे से पहले उसे होश नहीं आने वाला। दोनों शरद के हाथ और पैरों में बँधी हुई रस्सियों को ध्यान से देखकर निकल गए पर अनजाने में वह लड़के एक गलती किये जा रहे थे, जिसकी कीमत शायद उनके लिए मौत साबित हो सकती है।

11

बेचैनी से अपने कमरे में टहलते हुए रजनीश सिंह पर बीवी के मरने के दुःख के साथ हार के गायब होने का गम भी सवार था। एक समय में दो दुःखों का मातम मनाना ठीक वैसा ही है, जैसे किसी रोते हुए से प्याज़ कटवाना।

तभी रजनीश का फ़ोन बजा, जिसका वह बेसब्री से इंतज़ार कर रहा था। उसने पहले ही क्षण में बजते हुए रिंगटोन का गला घोंट कर फ़ोन उठाया और बोला...

"फ़ोन क्यों नहीं उठा रहे थे?"

"क्योंकि मुझे और भी बहुत काम हैं। सिस्टम ने ऐसे ही मार रखी है मेरी।" इंस्पेक्टर गौरव ने प्रबल आवाज़ के साथ कहा।

"कुछ पता चला शरद के बारे में?"

"अभी तक तो नहीं लेकिन चल जायेगा। दोबारा अपनी तरफ से फ़ोन मत करना। कुछ हुआ तो मैं खुद बताऊँगा।" कहकर गौरव ने उसे मदद करने का आश्वासन देकर फ़ोन रख दिया।

रजनीश पुलिस पर भरोसा नहीं कर पा रहा था। उसे अपना नुकसान साफ़ दिखाई दे रहा था। रजनीश ने तय किया की वह पुलिस के भरोसे नहीं बैठेगा।

समीर चुपचाप घर में आया और सीधे अपने कमरे की तरफ़ जाने लगा कि रजनीश नें उसे आवाज़ दी...

"कहाँ गए थे?"

"घर में मन नहीं ला रहा था। बगल वाले पार्क में गया था।"

"मुझे तुम्हें समय देना चाहिए लेकिन कुछ चीजों में फँसा..."

"नहीं, कोई बात नहीं। मैं समझ सकता हूँ," रजनीश सिंह की बात बीच में काटते हुए समीर बोला।

रजनीश कुछ पल तक अपलक उसे देखते रहे और सराहना के तौर पर बोल उठे...

"बड़े हो गए हो तुम।" कहने के बाद उन्होंने एक गहरी सांस छोड़ी जैसे आज पहली बार उन्हें अपने लड़के के बड़े होने का भान हुआ हो।

समीर उनकी बातों के ख़त्म होने का इंतज़ार ही कर रहा था। उसके बाद वह तुरंत कमरे में चला गया। बैग को अपने बिस्तर के नीचे खिसका दिया। जूते निकलकर अपने रैक में रखे फिर टी-शर्ट, जींस और अंडरवियर निकाल कर कोने में मुँह बाये लटकी लॉंड्री बास्केट में डाल दिया। कमरे में हर एक सामान यथास्थान था। समीर बाथरूम में घुसकर शावर खोलकर अगले आधे घंटे तक अलग-अलग तरह के शम्पू और बॉडी वाश से मल-मल कर नहाता रहा।

रजनीश ने अपने एक पुराने जानने वाले नेता मित्र अमरीश प्रजापति को कॉल किया और मदद मांगी। थोड़ी देर बाद रजनीश के फ़ोन पर एक मैसेज़ आया।

गिरिराज चौरसिया

9988****01

ये अभी मैसेज़ देख ही रहा था कि अमरीश प्रजापति का फ़ोन आया। रजनीश ने फ़ोन उठाया।

"हाँ भईया...!"

"मैंने तुम्हे एक नंबर भेजा है उसे कॉल कर लो। मैंने उन्हें तुम्हारे बारे में बता दिया है। तुम्हारा काम शायद बन जाये।"

दूसरी तरफ से फ़ोन कट गया। रजनीश अपने कमरे में गया और दरवाज़ा बंद करके उस नंबर पर फ़ोन लगाया।

गिरिराज चौसरिया की प्रभावशाली आवाज़ आयी।

“हेल्लो, कौ?”

“जी, नमस्कार। मेरा नाम रजनीश सिंह है। प्रजापति जी ने आपका नम्बर दिया है।”

“हाँ-हाँ फ़ोन तो किया था उसने।”

“जी, दरअसल प्रॉब्लम ये है कि अभी कुछ दिन पहले....”

“एड्रेस भेज रहा हूँ, 6:30-7:00 बजे तक वहाँ आ जाना। बाकी बात वहीं होगीं।”

कहकर गिरिराज चौरसिया ने फ़ोन काट दिया।

घड़ी की सुई 6 से 6:30 की तरफ बढ़ी और शाश्वत कृष्णा नगर की तरफ़। रजनीश सिंह गिरिराज चौरसिया के निवास की तरफ़ और सूरज अस्त की तरफ।

चूँकि फ़ोन पर शरद ने शाश्वत को ये बता दिया था कि वह कृष्णा नगर के किसी दवाइयों के गोदाम में है। पूरे कृष्णा नगर में दवाइयों का गोदाम सिर्फ़ एक ही था, इसलिए ढूँढने में उसे ज़्यादा समय नहीं लगा था। शाश्वत जानता थी कि इस जंजाल से निकलना शरद के लिए मुमकिन नहीं होगा, इसलिए उसकी बेहतरी इसी में होगी कि वह लखनऊ से निकल कर कहीं दूर चला जाये और वहीं बाकि की ज़िन्दगी व्यतीत करे। शाश्वत एक परिवार वाला आदमी था, इसलिए बहुत सोचने के बाद वह इस नतीजे पर पहुँचा था और जिसे अंजाम देने वह यहाँ आया था। साइन बोर्ड पर लिखे ‘अरुणेश सिंह’ के नाम को पढ़ कर उसके दिमाग में तमाम प्रश्न पैदा होने लगे थे, पर गोदाम बंद था। हालाँकि उसके बेसमेंट में काम चालू था। अरुणेश ड्रग्स बना रह था। शाश्वत ने बोर्ड पर लिखे नंबर पर कॉल लगाया, लेकिन फ़ोन बंद आ रहा था। वह वापस जाकर कार में बैठ गया और गोदाम के खुलने का इंतजार करने लगा।

इधर रजनीश सिंह गिरिराज चौरसिया के दरवाजे पर मदद की आस में हाज़िर हुआ। बरामदे में बैठा रजनीश, गिरिराज का इंतजार कर रहा था। थोड़ी देर बाद वह आया।

"नमस्कार!" कुर्सी पर से उठते हुए रजनीश ने कहा।

"नमस्कार!" गिरिराज चौरसिया ने उसकी बायीं तरफ वाली कुर्सी पर बैठते हुए बोला, "बैठो!"

कुछ देरतक गिरिराज उसके चेहरे को गौर से देखता रहा और जब रजनीश बोलने को हुआ, वह बोल पड़ा-

"तुम्हारी बीवी के बारे में सुन कर दुःख हुआ। अब क्या कर सकते हैं। मालिक को यही मंज़ूर था शायद।"

"भगवान आत्मा को शांति दें। खैर...क्या मदद चाहिए?"

"जिस टैक्सी वाले ने आरोही को मारा उसके पास उसका एक 'हार' भी है।"

"कैसा हार?"

"हीरे का, जिसकी मर्केट वैल्यू करीब 70 लाख है।"

"अच्छा! तो ये है मर्डर का मोटिव। पुलिस के पास क्यों नहीं गए?"

"मेरी तनख्वाह इतनी नहीं है कि मैं 70 लाख का हार खरीद सकूँ।"

"फिर?" गिरिराज चौरसिया ने सवालिए नज़रों से देखते हुए पूछा।

"मैं लखनऊ सिटी स्टेशन का स्टेशन मास्टर हूँ। इतना महंगा हार मैं..." जवाब में रजनीश ने सिर्फ इतना ही कहा।

"ओह्ह! अच्छा! समझ गया। पर हार की चोरी वाली खबर अब तक बाहर नहीं आयी?"

"किसी को इसके बार में पता नहीं है। एफआईआर मैं लिखवा नहीं सकता। हाँ, एक पुलिस वाले से मैंने ज़रूर बात की थी।"

"क्या पुलिस वाले से? कौन?" चौंकते हुए गिरिराज ने पूछा।

"गौरव गुप्ता से, जो इस केस को देख रहा है।" रजनीश ने दबी आवाज़ में अपनी गलती का इज़हार किया।

"मेरे पास क्यों आये हो फिर?" गिरिराज का लहज़ा थोड़ा रुखा हो गया था।

"मुझे उस पर भरोसा नहीं है। ज़ल्दबाज़ी में मुझे कुछ समझ में नहीं आया इसलिए मैं उसके पास चला गया...।"

"मुझपर इतना भरोसा क्यों है?"

"प्रजापति भाई को आप पर विश्वास है और मुझे प्रजापति भाई पर। बाकी इस काम की जो रकम आप कहें।"

"जहाँ धोखा पनपने का डर होता है, वहाँ हम विश्वास की चादर से उसे ढँक देते हैं। जिसे कभी भी हवा का झोंका उड़ा सकता है।"

"मतलब ?"

"मैं तुम्हारा काम करता हूँ तुम मेरा काम कर दो।"

"आपका काम? क्या करना होगा?"

"हमारा कुछ सामान है जो जम्मू से आ रहा है। हम रोडवेज से नहीं मंगा सकते। तुम्हें बस उसे यहाँ उतरवाना है।"

"क्या सामान है?"

"ड्राई फ्रूट्स।"

"और?"

"और...!" नहीं इतनी जानकारी काफी है। तुम्हारे लिए तो बाएं हाथ का खेल है।"

रजनीश सोच में पड़ गया। न जाने गिरिराज उसकी मदद से क्या इम्पोर्ट करवाना चाह रहा था।

"दीपू, पोस्टर्स का क्या हुआ? एक काम के लिए कितनी बार कहना पड़ेगा?" गिरिराज ने बरामदे की रेलिंग से लगकर खड़ा, सिगरेट पीते हुए एक आदमी को फटकार लगायी।

"नेता जी, दुकान वाले ने कल दोपहर तक बोला है। हो जायेगा!" दीपू ने कहा।

"हो ही जाना चाहिये। एक बात हज़ार बार नहीं बोलूँगा।" गिरिराज ने लहज़ा बरक़रार रखा।

दीपू मौन ही रहा। गिरिराज ने फिर एक निगाह रजनीश की ओर डाली जो सोच में पड़ गया था।

"छोड़ों तुमसे नहीं हो पायेगा।" कह कर गिरिराज चौरसिया उठने को हुआ कि रजनीश बोल उठा।

"हो जायेगा। आप...आप मेरा काम कर दीजिये और मैं आपका।"

"ठीक है फिर। अपने आदमियों को काम पर लगवा देता हूँ। तुम अपने काम पर लग जाओ। दो दिन बाद हमें माल उठाना है।"

"ठीक है, अब सब आपके ही हाथ में है।" दोनों हाथों को जोड़ते हुए रजनीश सिंह उठ खड़ा हुआ।

रजनीश सिंह को लगा था कि सहानभूति के कूपन कोड से मदद में शायद कोई डिस्काउंट मिलेगा, लेकिन बाजार का नियम है कि पहले व्यापार फिर व्यवहार।

रजनीश के जाते ही गिरिराज ठहाका मारकर हँस पड़ा। पास में खड़ा महेंद्र पूछ पड़ा।

"क्या हुआ नेता जी?"

"हुआ क्या? साला चूहा-बिल्ली खेला जा रहा है।"

"जी कुछ समझा नहीं।"

"नवाब एक लड़के को लेकर आया था जो उसे ड्रग्स देने वाला था, जिसके पैसों से वह पार्टी से टिकेट लेने वाला है।"

"ये अभी उसी के बारे में बात करके गया?"

"हाँ! ये वही लड़का है।"

“नवाब साहब के घर में भी सेंध लगा के बैठे हैं नेता जी आप।” चापलूसी के लहजें में महेंद्र बोला।

“सेंध लगाना तो तब माना जायेगा जब वह पकड़ा जायेगा। नवाब के यहाँ जो हमारा सेंध है वहाँ से पता करो क्या खबर मिलती है। इससे पहले नवाब इस तक पहुँचकर अपना सौदा पूरा करे, इसे पकड़ो। चलो काम पर लग जाओ महेंद्र।”

बेचैन नवाब साहब अपने बरामदे में इधर-उधर टहल रहे थे। शरद और सलीम का नाम एक साथ जुड़ चुका था। उस मोहल्ले में सबको पता था कि सलीम नवाब साहब के लिए काम करता है। हालाँकि इस परेशानी से निपटने के पैंतरे नवाब साहब के पास बहुतेरे थे, लेकिन उन्हें अपने हाथ से आने वाले चुनाव का टिकट फिसलते हुए दिख रहा था। उनकी हालत ‘खाया पिया कुछ नहीं, गिलास टूटा बारह आना’ वाली हो गई थी। तभी उनका एक आदमी भागता हुआ आया।

“नवाब साहब, आपके लिए फ़ोन है।”

“किसका फ़ोन है?” नवाब साहब ने फ़ोन हाथ में लेते हुए कहा।

“शरद का!”

नवाब साहब ने बिना किसी देरी के फ़ोन उठाया।

“हेल्लो!”

“नमस्ते नवाब साहब।”

“अरे काहे का नमस्ते? तुम्हारी वजह से पुलिस मुझ तक पहुँचने वाली है।”

“इसमें मेरी कोई गलती नहीं है। ये तो गुटके के पैकेट पर भी लिखा होता है कि सेहत के लिए हानिकारक है।”

“क्या? क्या बक रहे हो?”

“कुछ नहीं।”

"बहुत बड़ा रिस्क लिया है मैंने। धोखा देने की सोचना भी मत वरना पुलिस से पहले मैं ढूँढ के गोली मरूँगा," गुस्से में तमतमाए नवाब साहब गरजे।

"नवाब साहब पिछले कुछ दिनों में इतने काण्ड देख लिए हैं कि अब इन धमकियों से डर नहीं लगता," बेपरवाही से शरद ने जवाब दिया।

"इंदिरा नगर कॉलोनी, सी ब्लाक – 117 में तेरा भाई रहता है न? शरद एक बात समझ ले। बड़े नाम वाले अपने नाम को बचाने के लिए सबसे नीच हरकत करने से भी नहीं चूकते।"

शरद थोड़ी देर खामोश रहा और फिर बोला।

"इसकी ज़रूरत नहीं पड़ेगी। कल रात 10 बजे मैं ब्रिटिश रेजीडेंसी में माल के साथ मिलूँगा। मैं आपको सामान सौंपूँगा और आप मुझे लखनऊ से बाहर निकलवा कर किसी सुरक्षित जगह भेजेंगे।"

"मैं अभी भी अपनी बात पर टिका हुआ हूँ। तुम मत मुकरना।"

"कल रात 10 बजे। ब्रिटिश रेजीडेंसी।" कहकर शरद ने फ़ोन ऑफ कर दिया।

12

रजनीश थका-हारा अपने घर पहुँचा। हॉल के सोफे पर बैठकर न जाने घंटों क्या सोचता रहा। रात गहरी होने लगी। वह अभी भी सोफे पर बैठा हुआ था। समीर अपने कमरे के अन्दर से हल्का-सा दरवाजा खोलकर झाँकते हुए उनके आँख लगने का इंतजार कर रहा ताकि वह जा सके। लेकिन इस बीच उसे कब नींद आ गयी पता ही नहीं चला। निनाद भी उसके फ़ोन का इंतजार करते हुए सो गया।

अगले दिन जब समीर की नींद खुली तो उसने देखा कि रजनीश नहा-धोकर वापस हॉल के सोफे पर बैठा फाइल के पन्ने पलट रहा था।

"आपको स्टेशन नहीं जाना?"

"आँ!" समीर की आवाज़ सुनकर रजनीश की तन्द्रा भंग हुई, "हाँ! जाना है पर आज से रात को।"

"रात को क्यों?" चौंकते हुए समीर ने पूछा।

"रात को नींद नहीं आती है। खैर ये सब छोड़ों। मैं सोच रहा था कि तेरहवीं के बाद मैं तुम्हें तुम्हारी माँ के यहाँ छोड़ दूँ।" रजनीश अपनी तलाकशुदा पूर्व पत्नी के बारे में बात कर रहा था।

"ठीक है," कह कर समीर अपने कमरे में चला गया। रजनीश समीर को लेकर परेशान था। लेकिन उसकी खुद की परेशानी इस बारे में सोचने का मौका नहीं दे रही थी। इधर समीर यूट्यूब पर पिस्तौल ऑप्रेट करने की वीडियो देखने लगा।

13

उधर अगले दिन अरुणेश सिंह, शरद से मिलने तय जगह पर जाने की पूरी तैयारी में था। ड्रग्स को एक मजबूत कार्टून में डाल कर उसने खुद गाड़ी में रखा। वह वापस पलटा और दराज़ में से बंदूक निकाल कर कुर्ते के अन्दर कमर में खोंस लिया। हालाँकि चलाने की हिम्मत उसके अन्दर नहीं थी लेकिन बन्दुक का होना भी हौसला देता है। वह चलने को हुआ ही था कि वहाँ काम करने वाला एक मजदूर हाज़िर हुआ।

"क्या है?"

"कोई आपसे मिलने आया है।"

अरुणेश ने शीशे वाले खिड़की से पर्दा हटाकर देखा कि एक सभ्य-सा दिखने वाला आदमी काउंटर के पास खड़ा इधर-उधर देखता हुआ उसका इंतजार कर रहा है।

"तुम चलो मैं आता हूँ।"

अरुणेश ने बंदूक निकालकर वापस दराज में रखा और कुर्ता सही करते हुए बाहर काउंटर पर उस आदमी के पास आया।

"जी, बताइए?" अरुणेश ने उसके पीछे पहुँच कर कहा।

शाश्वत, अरुणेश की तरफ घूमा और उसे गौर से देखते हुए थोड़ी देरी से पूछा...

"अरुणेश सिंह?"

"जी...मैं...मैं ही हूँ," अपना नाम बताते हुए अरुणेश हकलाया और फिर पूछा, "आप?"

जवाब में शाश्वत ने कुछ नहीं कहा बल्कि एक नज़र गोदाम में काम करने वाले आदमी की तरफ़ डाली। अरुणेश इसका मतलब समझ चुका था। उसने उस आदमी को बाहर जाने के लिए कहा और शाश्वत के और करीब आता हुआ अपना सवाल दोहराया।

"आप का परिचय?"

"शरद सिंह...." कुछ पल के लिए शाश्वत रुका और बाकि का वाक्य पूरा किया। "...को कैसे जानते हैं आप?"

अरुणेश माहौल की गंभीरता को भाँफ़ गया पर उसकी गहराई अभी भी नहीं समझ सका था।

"क्या मतलब है, कैसे जानता हूँ? पूरी दुनिया जानती है कि उसने मेरे भाई के बीवी की हत्या की है।" अरुणेश ज़ुबान को गरम करता हुआ गुस्से में बोला और अपने उस चेहरे को पेश किया जो दुनिया की नज़र में थी।

"और आप कौन हैं, पुलिस ?"

"शरद कल रात फ़िर यहाँ क्यों था ?" अरुणेश के सवालों पर ध्यान न देते हुए शाश्वत ने अगला प्रश्न पूछा।

अरुणेश अब माहौल की गंभीरता और गहराई दोनों भाँफ़ चुका था।

"तुम कौन हो?" सख्त लहज़े में अरुणेश ने तीसरी बार ये प्रश्न पूछा।

"शाश्वत सिंह, शरद सिंह का बड़ा भाई। अब तुम मुझे ये बताओगे कि तुम्हारे भाभी का कातिल तुम्हारे गोदाम में क्या कर रहा था?"

अरुणेश के नीचे की ज़मीन अब खिसकने लगीं थी। जहाँ वह एक मुसीबत से पीछा छुड़ाने जा रहा था कि दूसरी मुसीबत उसके दरवाजे पर आकर खड़ी हो गयी। अरुणेश ने गोदाम में काम करने वाले को आवाज़ लगायी।

"पिंटू..."

एक ही आवाज़ में आदमी हाज़िर हुआ।

"क्या डाक साहब?"

"सटर गिरा दो और तुम लोग घर जाओ। आज कोई काम नहीं है।

पिंटू ने हैन्डल को घुमाकर सटर नीचे किया और घर को रवाना हुआ। अरुणेश ने शाश्वत को शुरू से लेकर अब तक की सारी बातें बताई।

शाश्वत ने साथ चलने को कहा जिस पर अरुणेश को कोई आपत्ति नहीं थी। बल्कि वह इस बात से खुश था कि उसे शरद की एक कमज़ोर कड़ी मिल गयी है। जिसका इस्तेमाल वह आपातकालीन में शरद के खिलाफ कर सकता है। शाश्वत ने अपनी कार वहीं रहने दी और अरुणेश की कार में सवार हुआ और दोनों ब्रिटिश रेजीडेंसी के तरफ रवाना हुए।

14

रात के 7:30 बज रहे थे। खँडहर हो चुके ब्रिटिश रेजीडेंसी में अंधेरे का बालपन खेल रहा था। झुरमुट से ढके पिछले भाग में एक जर्जर से खम्भे में बंधे शरद की चेतना वापस लौटने लगी थी। शरीर के हर अंग में दर्द था और हर दर्द जानलेवा। मुँहपर ठूँसकर बांधी गयी पट्टी लार से भीग चुकी थी। शरद का गला सूख रहा था। कमर के घाव से बह रहा खून भी सूख चुका था। दोनों हाथ पीछे की ओर आपस में बंधे थे, जिसके बीच में खम्भा

था। उसने पैर पर बल डाल कर उठने की कोशिश की लेकिन लड़खड़ा कर वहीं गिर पड़ा और खम्भे से उसकी पीठ टकराई जिस से उस जर्जर खम्भे में कम्पन पैदा हो गयी। उसके पिछली जेब से किसी चीज़ के टूटने की आवाज़ आयी। वह सलीम का फ़ोन था। उसने बड़ी मशक्कत से ज़मीन पर अपने पिछवाड़े को बार-बार सरकाते हुए जेब से फ़ोन को बाहर निकाला स्क्रीन अब टूट चुकी थी।

इधर दोनों ने अपने फ़ोन की फ़्लैश लाइट ऑन की और रेजीडेंसी की तरफ बढ़ने लगे। अरुणेश सिंह की चौकन्ना नज़रें तय स्थान पर शरद को ढूँढने लगीं। शाश्वत और अरुणेश रेजीडेंसी के अन्दर घुसते चले गए। चप्पा-चप्पा छानने के बाद भी शरद का कहीं पता नहीं चला। हारकर शाश्वत ने शरद को आवाज़ लगाई...

"शरदsss...शरदsss...शरदsss..." रेजीडेंसी में आवाज़ गूंजती चली गयी।

देखा-देखी अरुणेश ने भी आवाज़ लगाई पर उसकी तीव्रता शाश्वत के मुकाबले कम थी, काफ़ी कम- जितना एक चोर, चोरी करते हुए दूसरे चोर को लगा सकता है।

शरद को ढूँढते हुए दोनों रेजीडेंसी के पिछले हिस्से तक जा पहुँचे। जहाँ से हॉल में जाने के लिए प्रवेश द्वार था, जिसे झुरमुटों ने इस कदर झाँप रखा था कि वहाँ कुछ नहीं होने का एहसास होता था।

एक बार फिर शाश्वत ने शरद को आवाज़ लगाई। इस बार पुकार शरद के कानों तक भी पहुँची। वह बेहोशी की नींद से बाहर आया। वह अपने जीभ से मुहँ में ठूँसे गए कपड़े को बाहर धकेलने की कोशिश कर रहा था। रेजीडेंसी में गूंजती आवाज़ की तीसरी गूंज शरद के कानों में पड़ी। उसने आवाज़ पहचान ली और प्रति-उत्तर में वह भी चिल्ला उठा लेकिन मुँह पर बर्बरता से बाँधे गए कपड़े ने उसके चिल्लाहट का दम घोंट दिया। आवाज़ उस हॉल से बाहर न जा सकी। शरद बेचैन हो उठा लेकिन चाह कर भी कुछ नहीं कर सकता था, क्योंकि उसे जिस खम्भे से बाँधा गया था वह इतना जर्जर था कि थोड़े से ज़बरदस्ती से भी गिर सकता था।

शाश्वत मोबाइल की फ़्लैश लाइट में बहुत बारीकी से पैर रखता हुआ उस झुरमुट की दीवार की तरफ मुड़ा और उसके करीब जा कर खड़ा हो गया। शायद उसे उसके आगे भी कुछ होने का एहसास हो रहा था।

"अरे, उधर मत जाओ, साँप वगैरा होंगे। शायद आसपास कहीं गया होगा। गाड़ी में बैठ के इंतजार करते हैं," अरुणेश ने कहा और मुख्य दरवाज़े की तरफ़ बढ़ गया। शाश्वत भी उसके पीछे रेजीडेंसी से बाहर आ गया। दोनों गाड़ी में बैठे इंतजार करने लगे।

रात के दस बजने को आ गये लेकिन शरद का कोई पता नहीं चला। अरुणेश और शाश्वत रेजीडेंसी को दुबारा छान कर आ गये पर शरद का कोई पता नहीं चला। रात गहराने लगी। तभी शाश्वत का फ़ोन बजा। फ़ोन घर से था।

"हेल्लो...!"

"हेल्लो...कहाँ हों ?" शाश्वात की पत्नी ने दूसरी तरफ से पूछा।

"ऑफिस में एक छोटी-सी पार्टी थी तो रुक गया।"

"अच्छा! और कितनी देर लगेगी?"

"यार कुछ कह नहीं सकता। तुम लोग खाना खाकर समय से सो जाना। मेरे पास एक्स्ट्रा कीज़ हैं," कह कर शाश्वत ने फ़ोन कट कर दिया।

अरुणेश भी बार-बार घड़ी देख रहा था। साढ़े दस बजते-बजते उसका धैर्य भी जवाब दे गया।

"इतनी रात तक यहाँ रुकना ठीक नहीं है। सुनसान जगह है। हमें चलना चाहिए।"

शाश्वत ने इस बात का कोई जवाब नहीं दिया। रेजीडेंसी की ख़ामोशी में डर की आहट वह भी महसूस कर पा रहा था।

"वह समय का बहुत पक्का है। वह कभी लेट नहीं होता। लेट है, मतलब वह मुसीबत में है। और इससे पहले कि वह मुसीबत हम तक पहुँचे, हमे निकलना चाहिए। दोबारा उसके कांटेक्ट में आते ही मैं तुम्हें बता दूँगा।"

"उससे पहले मुझे इन्फॉर्म करोगे।" शाश्वत ने दृढ़ स्वर में बोला।

"हाँ ठीक है।" गाड़ी स्टार्ट करते हुए अरुणेश ने कहा।

रेजीडेंसी के सामने गाड़ी को घुमाकर अरुणेश ने यू टर्न ली और सामने से आती हुई सूनसान सड़क पर दौड़ती हुई गाड़ी रेजीडेंसी से दूर जाने लगी। रास्ते के किनारे उग आये झाड़ियों में से घूरती हुई दो जोड़ी आँखों ने थोड़ी देर वहीं ठहरकर मुआयना करने का फैसला लिया।

इधर एक तरफ से टूटे हुए छत से चाँद की रौशनी अन्दर आ रही थी। शरद अर्ध बेहोशी की हालत में खम्भे से बंधा हुआ वहीं पड़ा लगातार मुहँ के कपड़े को बाहर की तरफ ठेलने की कोशिश कर रहा था। लार से कपड़ा गीला हो जाने की वजह से उसका आयतन कम हो गया था। जिसकी वजह से मुँह पर बंधी पट्टी ढीली हो गयी और अंततः कपड़ा मुँह से बाहर आ गया। शरद ने तुरंत चिल्लाने की कोशिश की, लेकिन दर्द से उसके होंठ ऐंठ गये। मुश्किल से उसकी आवाज़ उस हॉल से भी बाहर पहुँची होगी।

उसने अपने पीछे पड़े सलीम के फ़ोन को अंदाजन ऑन किया और फ़ोन को अपने बंधे हाथों से ही आगे की तरफ उछाल दिया। शरद ने फ़ोन को अपने बंधे पैरों पर रोका और उसे ज़मीन पर रख दिया। अब दोनों पैरों को आपस में रगड़ते हुए शरद ने दोनों पैरों से जूते और मोजे अलग किये। शरद ने अपने घुटने को मोड़ते हुए फ़ोन को अपने करीब घसीटा और अंगूठे से उसे ऑपरेट करते हुए उस आधी फूटी हुई स्क्रीन में कांटेक्ट लिस्ट ओपन की। कुछ देर स्क्रॉल करने के बाद आधी स्क्रीन पर नवाब साहब जी लिखा हुआ देखा। शरद ने उस पर अंगूठा टीप दिया। उधर नवाब साहब के फ़ोन की घंटी बज उठी।

इधर निनाद और समीर भी झाड़ियों से बाहर निकलकर अन्दर आ चुके थे। वह हॉल की तरफ बढ़ रहे थे। नवाब साहब ने जल्दी से फोन उठाया।

"हेल्लो!"

इससे पहले की शरद कुछ बोलता। समीर और निनाद आ धमके। शरद ने फ़ोन को बाएं तरफ अपने से दूर उछाल दिया।

समीर सामने पत्थर पर जा कर बैठा और बैग को कंधे से उतार कर साइड में रखा। निनाद ने बैग से इमरजेंसी लाइट निकाली और छत से टूट कर लटके हुए हिस्से से निकलती हुई लोहे की छड़ में उसने लाइट को टांग दिया। उसने देखा कि शरद के मुँह की पट्टी खुली हुई है और पैरों के जूते भी निकले हुए हैं। उसकी गर्दन कंधे पर लटकी हुई है। निनाद घबराया।

"समीर...." निनाद के बोलने से पहले ही समीर वहाँ पहुँच चुका था।

उसने हाथ पैरों में बंधी रस्सियों पर एक नज़र दौड़ाई और उसकी जाँच की कि कहीं ढीली न पड़ गयीं हों। उसने नीचे गिरी पट्टी उठाई जो शरद के लार से गीली थी।

"थोड़ी देर पहले ही खोला है इसने। अगर उन लोगों ने सुना होता तो ये यहाँ नहीं होता।" कहते हुए समीर ने बोतल का पानी उसके चहरे पर दे मारा। शरद हाँफ उठा। उसने अपनी नज़र ऊपर उठाई और साँसों को साधते हुए थकी हुई आवाज़ में पूछा।

"कौन हो तुम लोग? और क्यों मारना चाहते हो मुझे?"

समीर और निनाद ने कोई जवाब नहीं दिया। शरद ने फिर पूछा।

"मेरे ऊपर कोई इनाम-विनाम रखा है क्या सरकार ने? कितना रखा है? मैं उसका डबल देता हूँ पर मुझे जाने दो।"

निनाद समीर के बगल में बैठते हुए बोला।

"नहीं।"

"फिर क्या चाहिए? मैंने क्या बिगाड़ा है तुम्हारा?"

"बिगाड़ा तो है। बहूत बड़ी गलती की है तुमने," निनाद ने जवाब दिया।

अब की शरद चुप रहा। जिस गलती की वह बात कर रहे थे वह तो शरद जानता था लेकिन उससे इनका क्या ताल्लुक है, ये नहीं पता था। शरद ने उनसे पूछा...

"तुम दोनों कौन हो?"

“सबूत।” अब सिर्फ समीर ही शरद से बात कर रहा था।

“क...क...क्या मतलब? कैसा सबूत?”

“तुम्हारी बेगुनाही का?”

“मतलब?”

“मतलब गुनाहगार।” बिना किसी भूमिका के समीर ने कहा। शरद तो अपने जगह से उछल पड़ा, जैसे किसी ने बिजली का झटका दिया हो।

“गु...गुनाहगार? कौन-सा गुनाह?” शरद की ज़ुबान लगातार लड़खड़ा रही थी।

“एक 32 साल की औरत का क़त्ल जो रिश्ते में इसकी सौतेली माँ लगती हैं और जिसकी लाश तुम्हारी टैक्सी में पायी गयी,” निनाद एक साँस में बोला।

शरद को कुछ समझ में नहीं आ रहा था। किसी के मुँह से खुद के लिए बेगुनाह सुनकर आशा की एक किरण जरुर जल उठी थी, पर वह दीपक हवाओं के बीच था। स्पष्ट जवाब पाने के लिए उसने उन्हें प्रवोक करने के उद्देश्य से पूछा...

“हाँ तो किसने मारा उसे? तुम लोगों ने?”

“हाँ।” समीर ने दृढ स्वर में बोला।

समीर के मनोबल ने शरद को लगभग विश्वास दिला दिया कि इन छोटी उम्र के लड़कों में इस काण्ड को अंजाम देने की ताकत है। समीर ने अपने प्रश्न के धागे का अगला रेशा खोला।

“पर क्यों?....कैसे?”

“क्योंकि एक्स्ट्रा मेरिटल अफेयर था उसका,” निनाद ने जवाब दिया।

“प..पागल-वागल हो क्या तुम लोग? इस उम्र में ये सब कौन करता है। और...और मैंने तो कुछ नहीं किया है, मुझे क्यों मार रहे हो? जाने दो मुझे। मैं किसी से कुछ नहीं कहूँगा कसम से।”

"किसी से कुछ कहने लायक हम छोड़ेंगे भी नहीं," कहकर निनाद बैग खोलने लगा।

शरद के चेहरे की हवाईयाँ उड़ने लगीं। निनाद ने बैग से एक डब्बा बाहर निकाला, जिसमें एक सिरिंज, निडिल और लिक्विड मेडिसिन की कुछ छोटी-छोटी बोतलें थीं। टूटे हुए छत की ओर से शरद को यमराज का भैंसा आता हुआ दिखने लगा था।

"बच्चों मुझे जाने दो...मैं...मैं अरुणेश जी को भी जानता हूँ। उनका दोस्त हूँ मैं। त...तुम में से किसके पापा हैं वह? आं?" शरद घबराहट में मन में जो भी आया वह बोले जा रहा था। लेकिन दोनों लड़कों ने इस बात का कोई जवाब नहीं दिया।

"मुझे जाने दो। बदले में जो कहोगे मैं वह करने को तैयार हूँ। मैं किसी से कुछ नहीं कहूँगा।"

दोनों ने शरद की बात पर कोई प्रतिक्रिया नहीं दी। शरद ने लाचारी से कहा...

"अरे बोलो तो सही? बात तो करो?"

निनाद ने दो जोड़ी ग्लव्स निकाले। एक खुद पहन लिया और दूसरा समीर को दे दिया। उनकी ज़बरदस्त नज़रंदाज़ी देखकर शरद डर गया। मुसीबत से निपटने का एक ही फार्मूला होता है, और वह यह है कि डर के ख़िलाफ़ जाओ। शरद ने उन्हें प्रवोक करने का फैसला लिया।

"बोलोगे कैसे? मुँह से आवाज़ निकलेगी तब तो। गांड फटी पड़ी है तुम लोगों की।" कह कर शरद बेहया की तरह हँस पड़ा।

समीर का चेहरा लाल होने लगा। उसके माथे की एक नस उभर कर बाहर आ गई थी। वह अपलक शरद की ओर देख रखा था। शरद ने एक और बोल फेंका।

"घूर क्या रहा है? बच गया उस दिन तू। दो कंटाप में सुधार दूँ तुम दोनों को," अब शरद समीर को घूरते हुए बोलता है, "सौतेला है न तू? बाप के

सामने ज़ुबान खुलती है? अपनी ऐयाशी के लिए तो उसने दूसरी शादी कर ली। स्कूल का होमवर्क कम्पलीट होता नहीं हत्या करने चले हो बे तुम लोग। दूध के दाँत टूटे हैं? बोल?" और अगले दो-तीन मिनट तक शरद अनर्गल बातें बोलता रहा, जिसका ज़बरदस्त असर समीर के ऊपर हुआ।

समीर का शरद को देखना खौफ़नाक हो रहा था। उसी दौरान वह ग्लव्स भी पहन रहा था। निनाद ने सिरिंज के मुहँ पर निडिल लगायी और एम्पूल की दो बोतल से मेडिसिन निकालकर दूसरी में डाली और उन्हें अच्छे से मिलाकर दवा को सीरिंज में भर लिया। किसी प्रोफेशनल डॉक्टर की तरह उसने नीडिल का मुहँ ऊपर रखते हुए दवा की कुछ बूंदें बाहर निकाली। निनाद अब शरद की तरफ बढ़ने को हुआ ही था कि समीर ने उसे रोक दिया। वह गुस्से से काँपते हुए उठा। बाद में उसने एक चाकू निकाली जिसकी धार दराँती नुमा थी।

समीर बिना किसी भूमिका के उठा और शरद के पास पहुँच कर उसके सामने बैठ गया। शरद के होंठ चिपक गए। मौत जब बगल में बैठी हो तो बात ख़ामोशी से करनी चाहिए। शरद वही करने की कोशिश कर रहा था। अपने आप को डिफेंड करने के लिए उसके पास कोई तहरीर नहीं थी।

समीर कुछ क्षण तक उसे घूरता रहा। उसके जबड़े आपस में कस गए, साँस तेज़ होने लगी और चेहरा थरथराने लगा। इससे पहले कि शरद कुछ समझ पाता, समीर ने चाकू को उसके पुराने जख्म में घोंप कर उसे वापस हरा कर दिया। खून की लाल फुहार उसमे से फूट पड़ी, जिसके छींटे समीर के चेहरे पर जा पड़े। शरद चीख उठा। अँधेरे में रेजीडेंसी भी इस आवाज़ को घोंट न सकी। दर्द का पैमाना होता है- चीख, जितनी तेज़ आवाज़ उतना ज्यादा दर्द। वह दर्द की वजह से चीख पड़ा और चीखने की वजह से और दर्द हुआ।

समीर बेंच पर वापस आया। चाकू को अपने ठीक बगल में रखा जिसकी दराँती नुमा धार शरद के जांघ से माँस के कुछ टुकड़े भी नोच लायी थी। दूसरे हाथ से उसने मुँह पर लगे खून को पोंछा जिससे उसका चेहरा और भयावह लगने लगा। निनाद ने शरद के मुँह में कपड़ा ठूँसकर वापस से पट्टी बांध दी।

शरद की पलकें भारी होने लगी थीं। आँखें बंद होने को थीं, लेकिन उसे पता था कि अगर जीना है तो जागना पड़ेगा है। समीर अपनी साँसें साधने की कोशिश कर रहा था।

"इंजेक्शन दे दूँ?" निनाद ने समीर से पूछा।

"तुझे खीर ठंढी पसंद है या गरम?" समीर ने ज़िन्दगी के लिए मशक्कत कर रहे शरद की और देखते हुए पूछा।

विषय से बाहर के सवाल ने निनाद को अच्चम्भित किया फिर भी उसने अपना उत्तर दिया।

"ठंडी!"

"क्यों?"

"क्योंकि तब ज्यादा टेस्टी लगती है।"

"वैसे ही चोट का दर्द भी थोड़े समय बाद मज़ा देता है।"

"समझ गया।" कहते हुए निनाद ने इंजेक्शन को वापस डब्बे में रख दिया।

शरद दर्द को झेल रहा था। चिल्लाकर या कराहकर वह अपनी ऊर्जा बर्बाद नहीं करना चाहता था और उतनी शक्ति उसके अन्दर थी भी नहीं। मौत सामने देख कर आदमी यूँ ही हिम्मत हार जाता है।

सामने बैठे समीर और निनाद उसके चेहरे पर दर्द के उस भाव को देखने के लिए उसके ऊपर टकटकी लगाये हुए थे। मानो कोई गेम चल रहा हो।

थोड़ी देर बाद निनाद पेशाब करने के लिए उठा और एक कोने में जा कर हल्का होने लगा। तभी उसे कोई चमकती हुई चीज़ दिखाई दी। उत्सुक्तावश उसने नजदीक जा कर देखा तो पाया की ये एक फ़ोन था जो इसकी पेशाब से भीगा हुआ था। निनाद ने उसे उठाया और समीर की तरफ मुड़ा। शरद की निगाह निनाद के तरफ गयी। समीर ने उसकी नज़रों का पीछा किया तो देख कर दंग रह गया। वह लगभग दौड़ते हुए वहाँ पहुँचा और फ़ोन को चेक किया। साइड बटन दबाते हुए फ़ोन की स्क्रीन रौशनी से भर गयी। वह ऑन था। नवाब साहब के 14 मिस्ड कॉल थे। ज़ाहिर है फ़ोन साइलेंट पर था।

क्षण भर में दोनों ने शरद को खत्म करने का सोच लिया।

तभी दौड़ते-भागते क़दमों की आवाज़ नजदीक आती हुई सुनाई दी। समीर और निनाद को सिर्फ सतर्क होने का समय मिल पाया। समीर ने बैग उठाया, निनाद ने इमरजेंसी लाइट और दोनों शरद के पीछे की दीवार की तरफ झाड़ियों में छिप गए। बाहर झाड़ियों को कुचलती हुई कदमों ने थोड़ी देर तक चहलकदमी करते रहे। झाड़ियों के झुरमुट को चीरता हुआ एक आदमी अन्दर हॉल में आया। उसने मोबाइल की फ़्लैश लाइट ऑन की हुई थी। ये नवाब साहब का आदमी था।

उनके लोग शरद की कॉल की वजह से यहाँ समय से पहले पहुँच चुके थे। वह फ़ोन को इधर-उधर घुमाते हुए जगह का जायज़ा लेने लगा। तभी उसकी नज़र खम्भे से बंधे शरद के ऊपर पड़ी।

“अरे...यहाँ कोई पड़ा हुआ है। यही है क्या?” नवाब साहब का एक आदमी भोला शरद की ओर बढ़ते हुए फिर बोला, “ये जिंदा भी है?”

उसने उसके मुँह की पट्टी निकाली और हाथ खोंलने के लिए खम्भे के दूसरी तरफ गया जिस तरफ दोनों लड़के छिपे हुए थे। बौखलाए समीर और निनाद पहली बार असफल हो रहे थे। शरद का हाथ आज़ाद हो चुका था। तभी बंदूक से गोली चलने की आवाज़ आई और भोला वहीं ढेर हो गया। उसके साथ आये बाकी के चार लोग तुरंत अन्दर आये। उन लोगों ने दीवार की आड़ लेते हुए किसी सिद्धहस्थ की तरफ उस दिशा में फायर खोल दी। समीर और निनाद सर पर पैर रख के वहाँ से भागे। शरद खुद को बचाने के लिए पूरी तरह से खुद को समेट कर खम्भे के पीछे छिप गया था।

नवाब साहब द्वारा भेजे गए बाकी के चार लोग जिनके नाम पिंटू, राजस, महेंद्र और बलेसर था।

महेंद्र, ज़मीन पर पड़े अपने साथी की तरफ भागा और उसके अलावा बाकी के तीनों उन लड़कों के पीछे।

महेंद्र ने गले के पास हाथ लगा कर उसकी नब्ज़ चेक की। उसके प्राण पखेरू उड़ चुके थे। उसने उसकी कमर से बंदूक निकाल ली और शरद को

अपने पीछे आने को कहा। शरद बहुत मुश्किल से चल पा रहा था। महेंद्र भी उस ओर ही बढ़ा जिस ओर उसके साथी गए थे। शरद पूरे दम के साथ उससे कदम मिलाने की कोशिश कर रहा था। वहाँ से निकलकर वह रेजीडेंसी के अन्दर पहुँचे जहाँ पिंटू, राजस और बलेसर भी आस-पास ही चमकती मोबाइल लाइट के साथ दिख गए।

“किधर गए?” महेंद्र ने पूछा।

“रेजीडेंसी में ही कहीं हैं!” चौकन्नी निगाहों से इधर-उधर देखते हुए राजस ने कहा।

“उनके पास मेरी गन है।” शरद दीवार का सहारा लेते हुए बोला।

“कितनी गोलियाँ हैं उसमें?” महेंद्र ने पूछा।

“पता नहीं, मैंने चेक नहीं किया था।”

“मेरी नहीं थी,” शरद ने कहा तो उन्होंने उसे सवालिया निगाहों से देखा, “मुझे कहीं से मिल गयी थी। ” शरद ने सफाई दी।

“कितने लोग हैं?” पिंटू ने सीधा सवाल पूछा।

“2 लड़के हैं। 14-15 साल के, लेकिन उनको बच्चे मत समझना। साइको हैं साले।”

अपने साथी की मौत पर नवाब साहब के आदमियों का खून खौल रहा था। लेकिन वह चुपचाप अपना काम करके यहाँ से निकलना चाहते थे, जैसा की उन्हें निर्देश था। बाहर निकलने का सिर्फ एक ही रास्ता था। बायीं ओर की टूटी हुई चारदीवारी। महेंद्र ने राजस और पिंटू को छिपकर उस रास्ते पर निगरानी रखने को कहा ताकि वह बाहर न जाने पायें। वह फिर शरद से मुख़ातिब हुआ।

“माल कहाँ है?” महेंद्र ने पूछा।

“माल?” इस स्थिति में ये प्रश्न सुनकर शरद को भी समझने में कुछ पल लगा।

“तेरी यादाश्त भी गयी क्या?”

"अच्छा! हाँ! आने वाला था। यहीं आने वाला था।"

"आया क्यों नहीं?"

"शायद आया हो। लेकिन मुझ तक नहीं पहुँच सका हो। कल से तो मैं यहीं पड़ा हुआ हूँ।"

"कौन है? उसका नाम, पता, नंबर दे।"

"वह तो नहीं दे सकता।" शरद ने कहा तो महेंद्र को एक पल के लिए अपने कानों पर विश्वास नहीं हुआ।

"क्या? क्या कहा तूने?"

"उसके बारे में कुछ नहीं बता सकता। प्राइवेसी की बात...."

महेंद्र अपनी बंदूक की नली शरद के मुंह में घुसेड़ते हुए बोला।

"प्राइवेसी के चोदे। पीतल भर दूंगा तेरे अन्दर। हमारा बंदा मर गया और साले तुझे प्राइवेसी की पड़ी है," आँखें लाल करते हुए महेंद्र कुछ पल रुका और फिर चिल्लाया, "बता?"

"अ...अरुणेश, अरुणेश सिंह नाम है।"

तभी महेंद्र का फ़ोन बज उठा। कॉल नवाब साहब का ही था।

"हेल्लो!"

"माल मिल गया?"

"नवाब साहब यहाँ मामला गंभीर है।" और अगले तीस-पैंतीस सेकंड में उसने अबतक की घटनाओं का सारांश बता दिया।

"तो माल कहाँ है?" उधर से नवाब साहब चीखे।

"कोई अरुणेश सिंह है। वह ही देने वाला था। यहाँ से निकलकर उसे देखते हैं आप चिंता मत कीजिये।" उधर से कॉल कट हुआ।

महेंद्र बलेसर के साथ रेजीडेंसी की छानबीन करने के लिए निकला। शरद के लिए मुसीबत अभी टली नहीं थी। बड़ी मुश्किल से दर्द को घोंटते हुए वह भी उनके पीछे-पीछे चल रहा था।

सबने अपने फ़ोन की लाइट बंद की। रौशनी के नाम पर सिर्फ आज का पूरा चाँद था, लेकिन दौड़ते-भागते बादलों से वह बार-बार पर्दानशीं हो रहा था। महेंद्र और बलेसर ने रेजीडेंसी का चप्पा-चप्पा छान मारा। घंटों बीत गए लेकिन अभी तक उनका पता नहीं चला। कुछ ही देर में भोर होने वाली थी लेकिन अभी भी महेंद्र और उनके आदमियों पर खून सवार था।

उधर दोनों लड़के इनके साथ लुका-छिपी खेल रहे थे।

राजस को कब्रिस्तान के तरफ जाती हुई दो परछाइयाँ नज़र आयीं। उसने तुरंत महेंद्र को कॉल किया।

"दोनों कब्रिस्तान में हैं।"

"तू नज़र रख सालों पे। इनकी भी कब्र वहीं बनायेंगे।" कहकर महेंद्र ने फ़ोन कट किया और दबे पाँव भागता हुआ वहाँ पहुँचा।

"उस ऊँचे टीले के पीछे थे। उसके बाद से तो वहाँ कोई हरकत नहीं हुई।" हाथों से इशारा करते हुए राजस ने कहा।

"दायें तरफ से मैं और बलेसर बाएँ ओर से तुम दोनों जाओ। परछाईं भी दिखे तो फायर कर देना। भोर होंने वाली है। ज्यादा टाइम नहीं है अपने पास।"

"और इसका क्या करें? भाग गया तो?" बलेसर ने कहा, तब महेंद्र का ध्यान इस ओर गया।

"तू हमारे पीछे साथ आ।"

"भैया मुझसे चला भी नहीं जा रहा। मैं कसम से कहीं नहीं जाऊँगा," शरद ने कहा।

"साँसे चल रही हैं न? पूछ नहीं रहा बता रहा हूँ। एक आदमी तेरे चक्कर में मर चुका है। तुझे मारने में मुझे ज्यादा सोचना नहीं पड़ेगा।"

मरता क्या न करता! शरद फिर उनके पीछे हो लिया। दोनों गुट अलग-अलग होकर उस ऊँचे कब्र की तरफ पहुँचने लगे। शरद की धड़कनें उसके क़दमों से तेज़ चल रही थीं। दोनों तरफ से उस जगह को घेरा जा रहा था।

पूरी सावधानी के साथ। एक निश्चित दूरी पर पहुँच कर महेंद्र और बलेसर ज़मीन पर लेट गए। शरद को कुछ भी समझ नहीं आया वह बस उनकी देखा-देखी लेट गया। कब्रों के बीच से साँपों की तरह रेंगते हुए आगे बढ़ने लगे। विपरीत दिशा में दूर गेट पर लगी लाइट की हल्की रौशनी उस ऊँची कब्र की छाया उस जगह को अँधेरा कर रही थी, जहाँ लड़के छिपे हुए थे। दूसरी तरफ से राजस और पिंटू भी उसके करीब पहुँचकर बगल वाली कब्र के आड़ में बंदूक ताने तैयार थे। महेंद्र ने बालेसर को कब्र के करीब भेजा और खुद थोड़ी दूरी पर शरद के साथ रुका ताकि लड़के अगर भागने की कोशिश करें तो तीसरी तरफ़ से उन्हें अपने निशाने पर रख सके। अब इंतजार था महेंद्र के इशारे का। उसने हाथ ऊपर उठाकर पाँचों उँगलियाँ दिखाईं। राजस और पिंटू ने बंदूक पर अपने हाथ कस लिए। इधर से बलेसर भी उस कब्र के करीबा पहुँच चुका था। महेंद्र की उँगलियाँ एक-एक कर बंद होने लगीं। वह ऐसी जगह था, जहाँ से वह दोनों इसे देख सकते थे। उँगलियाँ बंद होते-होते अंत में मुट्ठी बन गयीं।

तभी मौसम ने शंखनाद किया और बादल एक भयंकर गरज के साथ बरस उठे।

इधर से बलेसर, उधर से राज और पिंटू कब्र की आड़ से हल्का-सा निकल कर उस खास जगह पर गोलियाँ बरसाने लगे।

चूँकि नवाब साहब के आदमी ऐसे कामों में लगे ही रहते थे, इसलिए वह पूरे प्लान के साथ आये थे। बंदूक से निकलती गोलियों की आवाज़ साइलेंसर घोंट देती थी। इसके आलावा बिना साइलेंसर वाले बंदूकों से आस-पास का माहौल दहल उठा।

ब्रिटिश रेजीडेंसी की देख रेख करने वाला आदमी जो वहाँ रहता था, इस आवाज़ से बुरी तरह डर गया। उसने पुरानी खिड़की खोलकर बाहर की तरफ झाँका। लेकिन गेट की रौशनी में झलकती बारिश की बूंदों के अलावा उसे कुछ न दिखा। उसने खिड़की और दरवाज़े बंद किये और फर्स्ट फ्लोर पर अपने कमरे में चला गया।

इधर तमाम गोलियाँ झोंक दिए जाने के बाद कब्रिस्तान में फिर से मौत-सा सन्नाटा फ़ैल गया। थोड़ी देर तक सब अपनी जगह पर ही लेटे रहे। पिंटू ने अपना फ़ोन निकाला और फ़्लैश लाइट जलाकर उस ओर देखा। वह जगह खाली थी। वहाँ कोई नहीं था। ये देख कर राजस का दिमाग घूम गया। उसने अपने साथियों को आवाज़ दी।

"बेहेनचोद यहाँ तो कोई है ही नहीं।"

ये सुनकर महेंद्र का दिमाग ठनका वह अपने बालों को पीछे करते हुए हाथों की कंघी बना कर उसका पानी निचोड़ते हुए उठा और कब्रों की आड़ से होता हुआ उस जगह पहुँचा। वहाँ उस कब्र पर गोलियों के सिवा और कुछ नहीं दिखा। राजस और पिंटू भी छिपते-छिपाते वहाँ पहुँचे।

"तू तो बोल रहा था कि यहीं छिपे हुए हैं?" महेंद्र, राजस के ऊपर बरसना चाहता था लेकिन समय के लिहाज ने उसे रोक लिया। राजस ने सर झुकाए बातों को ऊपर से जाने दिया।

तभी किसी के कराहने की आवाज़ आयी। पिंटू ने मोबाइल का फ़्लैश उस ओर किया। बगल वाली कब्र के पास बलेसर अपना कंधा पकड़े तड़प रहा था। वहाँ से खून निकल रहा था। बच्चों की बंदूक से निकली गोली ने उसे अपंग कर दिया था। राजस उसके कंधे से बह रहे खून को रोकने की कोशिश कर रहा था कि तभी सनसनाती हुई एक गोली और बलेसर के सीने में समा गयी। ज़ाहिर था गोली सामने से चली थी। अगले ही क्षण महेंद्र, राजस और पिंटू उसके विपरीत दिशा में कब्र के बगल में लेट गए। इस अचानक की अफरा-तफरी में पिंटू के हाथों से उसका मोबाइल छूट गया और बलेसर के बगल में जा गिरा। उसकी रौशनी सीधे उसके ऊपर जा रही थी। सीने से बहता खून बारिश की बूंदों के साथ ज़मींन को लाल करता हुआ फैलने लगा था। वह तीनों आतंकित थे और बच्चे शातिर और हरामी। शरद अपनी जगह से रेंगते हुए उस कब्रिस्तान से बाहर के लिए रास्ता ढूढ़ रहा था। वह इतना डरा हुआ था कि सर उठाकर कब्रिस्तान का रास्ता भी देखने का साहस न कर सका। कब्रिस्तान की उबड़-खाबड़ ज़मीन बारिश से भीग चुकी थी। मुशलाधार बारिश ने देखने का दायरा और कम कर दिया। तेज़ हवा ब्रिटिश

रेजीडेंसी की खिड़कियों और छेदों से सनन-सनन निकल रही थी। तभी उस डरावने माहौल में एक आवज़ गूंजी।

“शरद को छोड़ के चले जाओ। वरना सब मरोगे,” बच्चों ने बाप बनते हुए एक साथ आवाज़ दी।

महेंद्र को ये बात सीधे आत्मसम्मान पर जा लगी। नवाब साहब के लिए उसने बड़े से बड़े काण्ड किये थे। अब तक उसके दो आदमी बड़ी आसानी से मारे जा चुके थे। जीत रहे प्रतिद्वंद्वी की धमकी सीधा दिल में जा लगती है। महेंद्र का खून खौल उठा। जवाब में पिंटू चिल्लाने ही वाला था कि महेंद्र ने उसके मुहँ पर हाथ रखा।

“चुप कर भोसड़ी के। चिल्ला के लोकेशन बता दे!” कहते हुए महेंद्र ने उसके मुहँ से हाथ हटाया, “अभी हमें पता है वह किधर हैं।” महेंद्र ने कहा।

समीर और निनाद यही चाहते थे कि महेंद्र एंड कंपनी को उनका लोकेशन पता चल जाए।

“राजस, उस वाले कब्र के पीछे शरद था। देख वहाँ है कि नहीं, ढूँढ उसे। पिंटू तू साथ आ।” दोनों रेंगते हुए अहिस्ता-अहिस्ता उधर आगे की ओर बढ़ने लगे। ये पश्चिम का किनारा पकड़े दक्षिण की ओर बढ़ने लगे। राजस बायीं ओर बढ़ा जहाँ शरद को होना था, लेकिन शरद वहाँ नहीं था।

महेंद्र और पिंटू कुहनियों के सहारे आगे की ओर बढ़ रहे थे। बंदूक उनके हाथ में थी और सजगता इतनी की एक हरकत पे भी गोली चल जाए।

उधर समीर और निनाद पूरब के किनारे को पकड़कर रेंगते हुए, उनकी विपरीत दिशा दक्षिण में जाने लगे। जिधर शरद के होने का अनुमान था।

राजस, शरद को ढूँढने में लगा हुआ था। शरद थक-हारकर एक कब्र के आड़ में लेट गया। वह प्यासा था। आसमान की ओर मुँह बाए अपनी प्यास बुझाने की कोशिश कर रहा था। राजस को उसका पैर दिखा। वह शरद के पास पहुँचा। शरद की इन्द्रियाँ अपनी शक्ति खो रही थीं। उसे राजस के वहाँ आने का भान तक नहीं हुआ। उसने जैसे ही शरद के कंधे पर हाथ रखा वह अप्रत्यासित रूप से चौंक गया। वह एकाएक चीख पड़ा। राजस ने चुप करने

के लिए उसके मुँह पर हाथ रखा। चीख की आवाज़ तो दब गयी लेकिन दबे पाँव लगभग उनके करीब पहुँच चुके समीर और निनाद के कानों तक आवाज़ पहुँच चुकी थी।

वह बस कुछ ही गज की दूरी पर थे। इधर महेंद्र और पिंटू दूसरे छोर पर पहुँच चुके थे।

समीर और निनाद को पता था कि बंदूक में छः गोलियाँ होती हैं, जिसका इस्तेमाल उन्होंने कर लिया था।

"निनाद, चाकू निकाल। बंदूक में गोली नहीं है," समीर ने बोला।

निनाद ने बैग से दो चाकू निकाल लिए, जो कांटेदार और धारदार चाकू था वह समीर ने ले लिया। दूसरा निनाद ने अपने पास रखा। समीर ने बंदूक अभी भी अपने पास रखा हुआ था, हाथी के दिखाने वाले दाँत की तरह। वह दोनों उस कब्र के पास पहुँचे, जिसके ठीक दूसरी ओर शरद और राजस थे। राजस को लगा कि समीर और निनाद दक्षिण की तरफ हैं। इसलिए वह कम चौकन्ना था और शरद की हालत चौकन्ना रहने जितनी नहीं थी।

"कौन हैं ये लड़के? तेरे पीछे क्यों पड़े हैं?"

"साइको हैं सालें। जो औरत मेरी टैक्सी में मरी थी। एक उसका सौतेला लड़का है और दूसरा उसके भाई का।"

"क्या?" राजस के लिए ये बात चौंकाने वाली थी, "तो...तो ये उसका बदला ले रहे हैं?"

"नहीं-नहीं, इन्होंने ही मारा है उसे, ड्रग्स वगैरा देकर।"

"इनके पास ड्रग्स कहाँ से आये? ड्रग्स तो तू बेचता है।"

"मुझे जो देता है वह इनमे से एक का बाप है।"

"ए...एक मिनट...मैं समझा नहीं!"

"भईया यहाँ से मुझे निकाल दो। बाकी की राम कहानी बाद में सुन लेना।" अशक्त होते हुए शरद ने हाथ जोड़कर राजस से कहा।

"यहाँ से तो तभी निकलेंगे जब उन दोनों का काम तमाम हो जायेगा।"

इन दोनों की फुसफुसाहट वाली बातचीत दूसरी ओर बैठे समीर और निनाद सुन रहे थे। दोनों तैयार थे। समीर ने निनाद के कान में कहा।

"तू लेफ्ट से जा और मैं राईट से जाऊँगा। मन में दस तक काउंटिंग करनी है। 11 पर अटैक करना है," समीर निनाद को समझा रहा था, "एक...दो...तीन....' इसी टाइम गैप के साथ काउंटिंग करनी है। समझा?"

"हाँ, भईया ठीक है।"

"उसके पास बंदूक होगी। सिर्फ एक मौका होगा हमारे पास। तैयार?" समीर चाकू पर अपना हाथ कसते हुए बोला।

"तैयार।" निनाद एक लम्बी सांस खींचते हुए बोला।

"काउंटिंग...........स्टार्ट।"

दोनों निर्धारित दिशा की ओर से कब्र के दोंनो छोर से दूसरी ओर जाने लगे।

एक...दो...तीन...चार...पाँच...छः...सात...आठ...नौ...दस।

दोनों ने दस तक का इंतजार किया। उनकी काउन्टिंग बिल्कुल परफेक्ट थी। निनाद जिस तरफ से निकला उधर शरद था और समीर जिधर से निकला उधर राजस।

समीर ने बिजली की रफ़्तार में राजस की गर्दन पकड़ी और चाकू गले के बीचो-बीच दबाव के साथ जमा दी। निनाद, शरद की ओर बढ़ा और झुककर जैसे ही चाकू लगाने को हुआ उसका पैर घास पर फिसल गया और वह गिर पड़ा। चाक़ू उसके हाथ से छूटकर दूर जा गिरा। समीर ने खाली बंदूक शरद की तरफ तान दी। बिगड़ता हुआ मामला लगभग संभल रहा था। निनाद फ़ौरन उठा और अपनी चाक़ू उठा ली।

राजस का हलक सूख चुका था। चाकू की नोक उसके गले के उस हिस्से पर थी जहाँ एक हल्का सा दबाव भी उसका काम तमाम कर सकता था। वह मूर्तिवत हो गया था।

निनाद, शरद की तरफ बढ़ रहा था। शरद कुछ सोच रहा था और सोचते हुए अपनी उँगलियों पर गिन रहा था। निनाद उसके पास पहुँचा तब तक उसने गिनती पूरी कर ली थी। समीर के बंदूक से छः की छहों गोलियाँ खर्च हो गयीं थी। इससे पहले की निनाद शरद तक पहुँचता। शरद वहाँ से उठा और भागने लगा। निनाद भी उसके पीछे भागा। समीर को परिस्थिति अपने अनुकूल होती हुई नहीं दिख रही थी। शरद इस समय उस 15 साल के बच्चे से मुकाबला करने की स्थिति में नहीं था। उसने अपनी सारी ऊर्जा भागने में लगा दी। अँधेरे में होती बारिश से पूरा माहौल मातमी हो चुका था। तभी एक चीख वातावरण में गूंज गयी। समीर ने चाकू राजस के गले में उतार दिया था। भयावह चीख सुनकर शरद ने भागते हुए ही उस कब्र की ओर देखा जिधर राजस और समीर थे। तभी उसका पैर किसी चीज़ से टकराया और वह मुँह के बल जा गिरा।

महेंद्र और पिंटू को ये आवाज़ पहचानने में देर न लगी। वह आवाज़ की ओर अपनी आशंका दूर करने के लिए भागे। राजस के गले से खून की एक फुहार फूट पड़ी। जिसके छींटे समीर के ऊपर भी पड़े। लेकिन कुछ ही देर में बारिश ने उसे धो दिया। राजस वहाँ तड़पता रहा। समीर निनाद की दिशा में भागा।

शरद घिसटता हुआ पास के टूटे हुए कब्र की तरफ गया और उसकी आड़ में छिपने की कोशिश करने लगा। निनाद चाकू लिए आसपास ही मंडरा रहा था। समीर उसके पास पहुँचा।

"कहाँ गया?" समीर ने निनाद से पूछा तो शरद को अंदाज़ा हुआ कि वह दोनों उससे सिर्फ कुछ गज की दूरी पर ही हैं और किसी भी क्षण ये उनकी गिरफ्त में हो सकता था। समीर के पास अब राजस की बंदूक भी थी। समीर और निनाद ठीक शरद के बगल से होकर गुज़रे। अन्दर होने की वजह से शरद उन्हें नहीं दिखा।

"आसपास ही है कहीं," निनाद फुसफुसाया।

शरद जिस टूटी हुई ऊँची कब्र के पास छिपा था, उसकी किनारे की एक दिवार टूटी हुई थी। बचने के लिए शरद को फिलहाल एक ही रास्ता दिखा, कब्र के अन्दर जाना। अंदर जाते हुए वह ज़मीन की सतह से करीब एक फुट

अन्दर चला गया। उसकी पीठ में कुछ चुभा। यह 1857 में वहाँ हुए युद्ध में मारे गए किसी व्यक्ति के कंकाल की उँगली थी। बारिश का पानी अन्दर भर रहा था। निनाद और समीर कब्र के ठीक सामने आकर खड़े हो गये। शरद उनके पैर साफ़-साफ़ देख सकता था।

“मुझे डर लग रहा है।” कांपती आवाज़ में निनाद ने कहा।

“डर लग रहा है तो घर चला जा। लेकिन मैं उसे मारकर ही लौटूंगा। तीन और बचे हैं। सावधानी से साथ में काम किया तो इस को भी मार देंगे। इसकी वजह से कितना परेशान हुए हैं हम। ये बच गया तो तुझे लगता है कि ये हमें चैन से रहने नहीं देगा?”

निनाद चुप रहा।

महेंद्र और पिंटू तेज़ी से उस ओर भागे थे। वहाँ पहुँचकर जो नज़ारा उन्होंने देखा, वह देखकर दोनों काँप गये। राजस तड़पते हुए अपनी अंतिम साँसें गिन रहा था। महेंद्र ने हिम्मत करके गले में लगे खंजर को बाहर निकाला। राजस की तड़प अचानक से बढ़ गयी और फिर वह शांत हो गया।

“इसका गन भी उनके पास है,” महेंद्र ने पिंटू से कहा।

राजस, महेंद्र के मौसी का लड़का था। इस पेशे में महेंद्र ही उसे लेकर आया था। महेंद्र एक टक उसकी ओर देखे जा रहा था।

“भईया...भईया....” पिंटू ने महेंद्र के कंधे पर हाथ रखते हुए कहा।

महेंद्र ने राजस के चेहरे पर हाथ फेरा और उसकी आँखें हमेशा के लिए बंद कर दी और खंजर उठा लिया।

दोनों गुस्से में फिर से निनाद और समीर को ढूँढने लगे। समीर ने बंदूक चेक किया। उसमें एक गोली बची थी। कब्र में पानी भरता ही जा रहा था। कब्र के बाहर निनाद और समीर थे। शरद के लिए आगे कुआँ पीछे खाई वाली परिस्थिति थी।

महेंद्र और पिंटू ने एक किनारे से शुरू किया और बहुत ही सावधानी से आगे बढ़ते हुए उन्हें ढूँढने लगे। समीर और निनाद को सिर्फ ये पता था कि वह किस दिशा में हैं। लेकिन कहाँ हैं ये पता नहीं था।

करीब 10 मिनट बीत गए। किसी को कुछ भनक नहीं लगी कि कौन कहाँ है? बारिश कम हुई। समीर और निनाद अभी भी वहीं थे। महेंद्र और पिंटू ख़ाक छान रहे थे। तभी समीर को उनके घसीटकर चलने की आवाज़ सुनाई पड़ी।

"कुछ सुना?"

"हाँ!"

"हमारे आस-पास ही हैं वो दोनों।"

चौकन्ना होकर निनाद ने हरकत की। उसका पैर एक छोटे से गड्ढे में चला गया, जिसमें पानी भरा था। उसकी आवाज़ से महेंद्र और पिंटू को उनके होने की जगह पता चल गयी। वह रुक गए। थोड़ी देर तक दोनों अपनी जगह पर मूर्तिवत हो गये। समीर अब अपना धैर्य खोने लगा था। रात निकली जा रही थी। उसे बेचैनी हो रही थी जैसे किसी साँप ने काटा हो उसे।

"निनाद, यहाँ से दौड़कर उस सामने वाली कब्र तक जा।"

"क्या? क्यों?"

"जितना कह रहा हूँ उतना कर। समझा?" समीर ने सख्ती से कहा। यूँ तो निनाद उसकी बात आँख बंद करके मान लेता था। लेकिन यहाँ उसे जान का खतरा था। समीर उसे चारा बना रहा था। उसके दिमाग में न जाने क्या चल रहा है। ठंडे खून वालों का खून जब खौलता है तो वह ज्यादा खतरनाक होता है।

"मैं नहीं जाऊँगा। मुझे घर जाना है अब।"

"ठीक है तो जा," समीर ने सपाट चेहरे से कहा।

निनाद ने बोल तो दिया था। लेकिन उसे खुद समझ नहीं आया कि क्या करना है। थोड़ी देर बाद वह चुपचाप उठा और खुद को बचाते हुए झुककर कब्र की आड़ से निकल कर दूरी कब्र तक पहुँच गया। समीर ने पास में पड़ा पत्थर उठाया और निनाद को दे मारा।

पत्थर उसके पीठ पर लगा। इस अप्रत्यासित चीख से वह दर्द के मारे चिल्ला उठा। और उसका चिल्लाना ही था कि महेंद्र और राजस उसकी ओर भागे। समीर ने भी अपनी जगह बदली। महेंद्र जल्दी ही उस जगह पर पहुँच गया जहाँ निनाद था। निनाद घिर चुका था। महेंद्र उसकी ओर बढ़ रहा था। जमीन पर पड़ा निनाद पीठ के बल पीछे की तरफ जाते हुए हाँथ के खंजर को हवा में इधर-उधर भांज रहा था। महेंद्र ने बड़े कौशल पूर्वक उसका हाथ पकड़ लिया और उससे खंजर छीन कर उसकी छाती पर बैठ गया। राजस आसपास नज़र रखे हुए था। शरद अब भी कब्र में था। हालाँकि बारिश रुक चुकी थी लेकिन आसपास का इकठ्ठा पानी उस कब्र में भर रहा था। शरद के मुंह के अलावा पूरा शरीर पानी में था। इंच-दर-इंच पानी ऊपर आ रहा था और मौत करीब।

“तेरा जोड़ीदार कहाँ है?” गुस्से में निचले होंठ को भींचते हुए महेंद्र ने पूछा। निनाद की हालत ऐसी थी जैसे वह बोलना ही भूल गया हो। वह सिर्फ हाथ छुड़ाने की कोशिश कर रहा था।

“बोल हरामी? बोल?” कहते हुए महेंद्र ने उसके बायीं हथेली में खंजर दे मारा जो हथेली को चीरता हुआ ज़मीन में समा गया।

निनाद दर्द से चिल्ला उठा। महेंद्र ने बेरहमी से घुमाते हुए वह खंजर बाहर निकाला। निनाद दर्द के मारे रोने लगा। महेंद्र ने एक ज़ोरदार मुक्का उसके मुँहपर मारा। निनाद की नाक टूट गयी। चीखना चिल्लाना अब भी जारी था।

यहाँ बदले की आग में लापरवाही कर दी थी महेंद्र ने। सनसनाती हुई दो गोलियाँ सीने के आरपार हुई। पिंटू को इस बात की भनक तब लगी जब महेंद्र लुढ़ककर निनाद के ऊपर जा गिरा। पिंटू विद्युत् गति से गन ताने पीछे की ओर मुड़ा। समीर उसके पॉइंट ब्लैंक पर खड़ा था। उसने पहले से ही पिंटू की तरफ बन्दुक तानी हुई थी। दोनों ने ट्रिगर खींच दी। खट, की आवाज़ के अलावा बन्दूक से कुछ और नहीं निकला। दोनों की गोलियाँ ख़त्म थीं।

कब्र में पानी लगभग भर चुका था। शरद की सिर्फ नाक ऊपर थी। निनाद की कराहती आवाज़ माहौल को डरावना बना रही थी। पिंटू और समीर की नज़रें मिलीं। दोनों एक दूसरे की अगली हरकत को भाँप गए। समीर ने भागने की कोशिश की लेकिन पिंटू ने उछलकर उसे दबोच लिया। समीर पूरी तरह से उसके कब्ज़े में था। पिंटू ने दो-चार मुक्के उसकी पेट में दे मारे। समीर के मुँह से खून आने लग गया था। जो लार में सनकर मुँह से बाहर आ रहा था और उसके भीगे शर्ट को लाल रंग से रँग रहा था।

कब्र में पानी भर चुका था। जब साँस बंद होने लगी, तो शरद को उससे बाहर निकलना पड़ा। मारपीट के दौरान ही समीर और पिंटू की नज़र उस ओर गयी। शरद वहाँ से निकल कर ऑफिस की तरफ बढ़ने लगा जहाँ गार्ड इस बरसाती अँधेरी रात में कब्र से आती चीखती-चिल्लाती आवजों से इस कदर डरा हुआ था कि उसने हनुमान जी से प्रार्थना करते हुए कसम उठा ली थी कि अगर वह आज यहाँ से बच गया तो ये नौकरी छोड़ देगा। घायल होने की वजह से शरद के लिये चलना मुश्किल हो रहा था।

इधर पिंटू पागलों की तरह समीर को पीट रहा था। समीर ज़मीन पर असहाय गिर पड़ा। पिंटू अब उसे अपने जूतों से ठोकर मार रहा था। पर मजाल की समीर के मुंह से एक चीख भी निकली हो।

पिंटू ने एक टूटे हुए कब्र के पत्थर का एक टुकड़ा दोनों हाथों से सर के ऊपर उठाया और समीर के मुंह को निशाना बनाया।

"तेरी लाश तक पहचान में नहीं आएगी भोसड़ीवाले," कहकर वह पत्थर फेंकने वाला ही था कि उसके कमर के अन्दर एक खंजर घुसती चली गयी। खंजर, जिसपर निनाद के दाहिने हाथ की पकड़ थी। और बाएं हाथ के बीच में एक सुराख़ बना हुआ था, जिससे खून बह रहा। पिंटू के हाथों का बैलेंस बिगड़ा और पत्थर उसके हाथ से छूटकर उसी के ऊपर जा गिरा। समीर रोल होते हुए तेज़ी से अपनी जगह से हटा। उसी जगह पिंटू धराशायी हुआ।

शरद अब तक ऑफिस के दरवाजे पर पहुँच चुका था।

"तू ठीक है? हाथ दिखा " समीर ने निनाद से पूछा।

"आह..." निनाद ने हाथ ऊपर किया।

समीर ने बैग से पट्टी निकाली और हाथ पर पट्टी बांधकर एक इंजेक्शन दूसरे हाथ से लगाया।

निनाद नज़र झुकाए हुए था। उसको समीर से शिकायत थी लेकिन अभी शायद उसका मौन रहना ही बेहतर लगा। दोनों की नज़र फिर ऑफिस की तरफ गयी। वह तेज़ी से उस ओर बढ़े। भोर हो चुका था।

गेट बंद था। शरद ने दरवाज़ा खटखटाते हुए कब्र की तरफ देखा। समीर और निनाद हाथों में खंजर लिए उसकी ओर तेज़ी से आ रहे थे। लड़के क्या थे मौत ही थे। शरद ने ऑफिस के बाहर रखा हुआ गमला उठाया और ऑफिस के बड़े से दरवाजे में लगे काँच पर दे मारा। काँच टूटकर बिखर गया। शरद वहाँ से अन्दर चला गया। जगह काफी बड़ी थी। अन्दर बने कमरों के दरवाज़ों पर ताले लटक रहे थे। तेज पीली रौशनी ने उजाला कर रखा था। ऊपर जाने वाली सीढ़ी के ठीक नीचे ही पॉवर पॉइंट था। शरद ने फ्यूज निकालकर लाइट बंद कर दी। शरद फर्स्ट फ्लोर की तरफ भागा, जहाँ सिर्फ एक दरवाजा था जिसके बाहर ताला नहीं था। लेकिन वह अन्दर से बंद था। शरद ने दरवाज़ा खटखटाया।

दरवाजे की खटखटाहट से वहाँ काम करने वाला आदमी जो दुबककर एक किनारे बैठा हुआ था और डर गया। शरद ने उसे आवाज़ दी।

"कोई है अन्दर? अन्दर कोई है?"

अन्दर से कोई आवाज़ नहीं आयी। इधर समीर और निनाद उसी टूटे हिस्से से अन्दर घुसे। ऊपर अभी भी शरद दरवाज़ा खुलवाने की कोशिश कर रहा था। वहाँ काम करने वाला आदमी डरा-सहमा चुपचाप अन्दर बैठा हुआ था। उसे लगा की कोई मुसीबत में है पर ये मुसीबत वह अपने सर नहीं मोलना चाहता था। उसे डर था कि जो भूत शरद के पीछे पड़ा है वह कहीं उसे भी न मार दे। ये सोचकर वह शांत ही रहा।

निनाद सीढ़ियाँ चढ़ते हुए गिर गया। समीर उसे वहीं रुकने को कहकर ऊपर जाने लगा। निनाद सीढ़ी के नीचे ही बैठ गया।

"कौन है?" कमरे के अन्दर से आवाज़ आयी।

समीर को ऊपर आता देखकर शरद ने दरवाज़ा खटखटाना बंद कर दिया और मुँह दरवाज़े के पास लाकर उसने कहा।

"मेरे पीछे कुछ लोग पड़े हैं। वह मुझे मारना चाहते हैं। मुझे बस एक नंबर पर कॉल करना है। वर्ना ये मेरी जान ले लेंगे। बदले में तुम्हें जो चाहिए दूंगा।"

अब शरद का आखिरी बचाव सिर्फ जान थी। समीर सीढ़ियों से ऊपर की ओर आ रहा था। फोन की खातिर अब भी वहाँ खड़े रहना शरद के लिए जानलेवा था। वह छत की तरफ भागा। तब तक समीर फर्स्ट फ्लोर पर पहुँच चुका था।

कमरे के अंदर के आदमी ने दरवाजा खोलने में देरी कर दी थी, क्योंकि अब उस जगह शरद नहीं समीर था। जोकि शरद के पीछे छत पर जा रहा था। समीर ने एक हाथ से खंजर पीछे छुपा कर हाँफते हुए बेबस लाचार जैसा चेहरा बना कर कहा।

"भईया फ़ोन?" दूसरे हाथ से उसने फ़ोन माँगा। उस घबराये आदमी के अन्दर अभी दोनों की आवाज़ में अंतर ढूँढने की क्षमता नहीं थी। उसने समीर के हाथ में फ़ोन रखते हुए पूछा।

"य...य...ये सब कैसे हुआ? क...कौन तुम्हारे पीछे पड़ा है।"

"पता नहीं कौन लोग हैं भईया," समीर ने घबराने का नाटक करते हुए यूँ नंबर डायल करने का बहाना करते हुए फ़ोन हाथों से छोड़ दिया।

वह आदमी नीचे झुककर फ़ोन उठाने लगा। समीर उसके गले पर पीछे की तरफ से ताबड़तोड़ वार करने लग गया। वह वहीं ढेर हो गया। खून सीढ़ियों से बहकर नीचे जाने लगा।

शरद छतपर पहुँच चुका था, लेकिन वहाँ छत बंद करने के लिए कोई दरवाज़ा नहीं था। शरद पानी की टंकी के पास गया और पानी से मुँह धोकर पानी पिया। पैर की पट्टी को और टाइट किया और कसकर बाँधा। पास में

पड़ा बाँस का एक डंडा उठाया जो आधा सड़ा हुआ था। वह सीढ़ी के ठीक बाहर खड़ा हो गया। समीर जैसे ही ऊपर आया। शरद ने पूरा दम भर कर उसकी पीठ पर वार किया। समीर थोड़ी दूरी पर जा कर गिरा। उसके हाथ से खंजर छूट गया। बाँस एक ही वार में टूट गया। शरद खंज़र की तरफ बढ़ा। समीर ने खुद को बड़ी मुश्किल से सँभालते हुए उसके ज़ख्मी पैर पर किक मारी। शरद दर्द से चिल्लाया और गिर पड़ा। समीर घीसटता हुआ खंजर की तरफ बढ़ने लगा तो शरद ने उसका पैर पकड़ लिया। वह आगे नहीं बढ़ पा रहा था। यह संघर्ष अभी चल ही रहा था कि निनाद ऊपर पहुँचा। उसने टूटा हुआ बांस उठाया और शरद की पीठ पर मारा। शरद रोल होकर उस जगह से हट गया। उसके साथ समीर भी घूम गया। बाँस फर्श पर लगकर टूट गया। समीर का पैर उसने अभी भी पकड़ा हुआ था। निनाद ने आगे बढ़ कर इस बार शरद की पकड़ से समीर को आजाद कराया। समीर लगातार पैर छुड़ाने की कोशिश में दूसरे पैर से शरद पर हमला कर रहा था। निनाद के चोट खाए हाथ पर शरद ने हाथ मारा। वह कराहने लगा। मौका देखकर शरद ने उसे दबोच लिया। उसने एक हाथ से निनाद की गर्दन को हाथों का फंदा बनाते हुए पकड़ रखा था। दूसरे हाथ से समीर का पैर। शरद का बल बँट चुका था। समीर का पैर उसकी गिरफ्त से छूट गया। समीर ने तेज़ी से खंजर की तरफ बढ़कर खंजर उठा लिया। तब तक शरद ने बल जुटाकर दोनों हाथों से निनाद को जकड़ लिया और उसे घसीटकर छत के किनारे ले आया।

“आगे बढ़ेगा तो इसको फेंक दूंगा मैं,” शरद ने निनाद को किनारे की तरफ धकेलते हुए कहा।

समीर रुक गया।

“चाकू नीचे रखकर मेरी ओर सरका और वहाँ दूसरे किनारे पर जाकर खड़ा हो जा। मेरी वैसे भी फटी पड़ी है। फेंक दूंगा इसको नीचे।”

समीर ने उसे खा जाने वाली ढीठ नज़रों से देखा। निनाद उसका मतलब समझ रहा था। शरद ने उसके हाथ के जख्म को कुरेदा। निनाद रो पड़ा।

“भईया, सच में फेंक देगा। पीछे हट।”

शरद ने थोड़ा और प्रभावी होने के लिए निनाद को बाहर की तरफ़ किया।

ये देखकर समीर ने चाकू फर्श पर रखकर शरद की तरफ सरका दिया और छत की दूसरे ओर जा कर खड़ा हो गया। शरद ने बिजली की फुर्ती के साथ चाकू उठाई और निनाद के गले पर लगा दी। समीर बस एक टक यह सब देख रहा था।

शरद निनाद के साथ सीढ़ियों की तरफ बढ़ा और उतरते हुए फर्स्ट फ्लोर पर गया। वहाँ ऑफिस में काम करने वाला आदमी मरा पड़ा था। बगल में उसका फ़ोन था। शरद ने फ़ोन उठाया। समीर भी सीढ़ियों तक आ चुका था। वह ऊपर के मोड़ पर खड़ा था। शरद के दिमाग में एक आईडिया आया। उसने समीर को रूम के अंदर जाने को कहा। समीर की मज़बूरी थी उसकी बात मानना। उसके चहरे पर बेबसी से पैदा हुई हत्यारी कुंठा सिर्फ एक मौके के लिए तरस रही थी। वह कमरे में जाकर खड़ा हो गया। शरद ने निनाद को भी अन्दर की और धक्का दिया और बाहर से कुण्डी लगा दी और सीढ़ियों से नीचे उतरने लगा। पैर सीढ़ियों पर पसरे खून पर फिसल गया और शरद गिर कर लुढ़कता हुआ नीचे आया। हाथ का खंजर छूटकर किसी कोने में जा गिरा। थोड़ी देर वह अचेत पड़ा रहा। थोड़ी देर बाद जब होश में आया तो उसने अपने भाई शाश्वत को कॉल लगाया।

“हेलो?” शाश्वत की आवाज़ उधर से आयी। जैसे वह इसी फ़ोन कॉल का इंतजार कर रहा हो।

“भईया, मैं शायद मरने वाला हूँ।”

“श....शरद....कहाँ हैं तू?”

“माँ की कसम मैंने किसी को नहीं मारा है। बस...बस यही बताना था। शायद मेरी वजह से आपको लोगों की.....,” थकी हुई आवाज़ में रुक-रुक कर शरद बोल रहा था।

"तू है कहाँ पहले मुझे जगह बता। हम कोई रास्ता निकाल लेंगे।" रुँधे हुए गले से शाश्वत ने कहा। शायद उसे भी लग रहा था कि अब देर हो चुकी है।

"मुझे चाकू लगी है। ब्लड लॉस....," शरद की साँसें ऊपर खिंचने लगीं, "जेल नहीं जाना मुझे।"

"शरद....शरद मेरी बात सुन। तू है कहाँ?"

"ब्रिटिश रेजीडेंसी," इसके बाद शरद के मुँह से आवाज़ नहीं निकली।

"शरद...शरद....शरद सुन रहे हो...," शाश्वत चिल्लाता था, उसकी आवाज़ सुनकर वसुधा उठ गयी।

शाश्वत ने गूगल किया। इंद्रा नगर से ब्रिटिश रेजीडेंसी करीब 14 किलोमीटर दूर थी। करीब एक घंटा और शरद की जो स्थिति लग रही थी। शायद देर से पहुँचना जान लेवा हो सकता था। उसने 100 नंबर डायल किया।

इधर कमरे में खलबली मची हुई थी। समीर दरवाजे को तोड़ने की कोशिश कर रहा था। जो ज्यादा मुश्किल काम नहीं था। वह इतना कमजोर था, जितनी किसी सरकार में जनता होती है। दरवाजा टूट गया। आवाज़ शरद के कानों तक पहुँची। वह घिसटता हुआ वहाँ से बाहर निकलने लगा।

समीर सीढ़ियों से नीचे आया। निनाद उसके पीछे-पीछे था। उसे शरद जाता हुआ दिखा। समीर ने बिना किसी देरी के बैग से सिरिंज निकाली और उसमें जानलेवा दवा भर ही रहा था कि पुलिस के वैन की आवाज़ सुनाई दी।

"पुलिस की गाड़ी है, आवाज़ सुन रहा है?" आवाज़ की तरफ इशारा करते हुए समीर ने कहा।

"तो अब क्या करेंगे?" दहशत में निनाद लगभग रोते हुए बोला।

"मैं पहले इसे मारूंगा। इसकी जान लिए बिना तो नहीं जाऊँगा।" बदले की नज़र से शरद की तरफ देखते हुए समीर ने कहा तो उसकी आँखों में फिर अंगार उतर आये, "तू जाना चाहे तो जा सकता है।"

निनाद हर बार की तरफ फिर थोड़ा असमंजस में था। समीर ने फिर कहा।

"ज्यादा सोच मत जा। तू भाग जा," कहकर समीर शरद की ओर भागा जो जमीन पर खुद को खींच रहा था।

निनाद अपनी जगह पर मूर्तिवत खड़ा रहा। वह तय कर रहा था।

इंस्पेक्टर गौरव कुछ पुलिस वालों के साथ ब्रिटिश रेजीडेंसी में घुस चुका था। पुलिस को शरद दिखाई दिया। वह उसकी ओर तेज़ी से बढ़ने लगे। समीर ने सिरिंज को दाँतों में फसाया और ऑफिस के गेट से बाहर निकलते हुए अपने टीशर्ट को फोल्ड किया। पुलिस वहाँ से करीब 100 मीटर दूर थी। समीर को वहाँ देखकर माजरा उन्हें कुछ समझ में नहीं आया। लेकिन जब समीर शरद के पास पहुँचा और उसके हाथ में इंजेक्शन देने की कोशिश करने लगा तो पुलिस वाले दौड़ते हुए उसकी तरफ बढ़े। शरद भी मछली की तरह छटपटाते हुए उससे बचने की कोशिश कर रहा था। समीर नाकाम हो रहा था। पुलिस वाले करीब आ रहे थे। समीर भी जल्दबाजी में काँपने लगा। इंजेक्शन उसके हाथ से छूट कर गिर गया। भागता हुआ निनाद रुक गया। उसने बैग से दूसरा इंजेक्शन निकाला और दवा भर कर समीर के पास पहुँचा। समीर ने शरद को जकड़ लिया। दाहिने हाथ में इंजेक्शन पकड़े निनाद ज़हर को उसके शरीर में इंजेक्ट करने को तैयार था। भागते हुए ही एक पुलिस वाले ने अपनी बंदूक निकाली। और निनाद को निशाना बनाने लगा। निनाद ने सिरिंज को शरद की बाँह में चुभो दी। पुलिस वाले ने गोली चला दी। एक झटके के साथ निनाद ने पूरी इंजेक्शन शरद के शरीर में खाली कर दी। और दूसरे ही पल गोली उसके सीने में समा गयी। वह वहीं निढाल होकर गिर पड़ा।

गेट के बाहर रास्ते पर एक कार बार-बार गुज़रते हुए अन्दर झाँक रही थी। वह कार शाश्वत की थी।

शरद की चेतना जाती रही। समीर ने निनाद की ओर देखा। उसके सीने में सुराख़ बन चुका था। समीर को जैसे सदमा लग गया हो। पुलिस ने सबसे पहले समीर को गिरफ्तार किया। पूरे लखनऊ पुलिस का कान गर्म करने

वाले शरद की स्थिति नाज़ुक थी। उसे और निनाद को एक ही एम्बुलेंस में डाल कर हॉस्पिटल ले जाया गया। उस पूरी जगह को क्राइम सीन घोषित कर पुलिस जाँच-पड़ताल करने लगी। पुलिस को बहुत आसानी से महेंद्र, राजस, बलेसर, भोला और ऑफिस में काम करने वाले कर्मचारी की लाश के साथ बंदूकें और खंजर भी बरामद हुआ। पिंटू में जान बाकी थी। उसे भी अस्पताल भेजा गया। फॉरेंसिक वाले आये और बहुत सावधानी से उन्होंने हर एक सबूत को इकठ्ठा किया और जाँच के लिए लैब में भेज दिया। ऑफिस के बाहर और अन्दर लगे सीसीटीवी कैमरे की फुटेजे भी निकाली गयी।

15

पुलिस की एक टीम निनाद, शरद और समीर को लेकर हॉस्पिटल पहुँची। शरद और निनाद को एमरजेंसी वार्ड में तुरंत भर्ती कराया गया। समीर की स्थिति ठीक थी, लेकिन निनाद को अगले 10 मिनट में ही मृत घोषित कर दिया गया। सर पर चोट लगने की वजह से पिंटू की हालत नाज़ुक थी। शरद की स्थिति का अभी कुछ पता नहीं चल पाया था। पुलिस ने ऑक्सीजन लगाकर उसके कुछ ब्लड टेस्ट किये इसी दौरान उसके घावों पर मलहम पट्टी की गयी। उसका खून काफी निकल चुका था। शरद को स्पेशल वार्ड में रखा गया था, जिधर पुलिस के और डॉक्टर्स के अलावा किसी का जाना निषेध था।

पुलिस की दूसरी टीम अरुणेश और रजनीश सिंह के घर पहुँची। उनको उनके बेटों के बारे में बताया गया। निनाद के मरने की खबर सुनकर अरुणेश की पत्नी ममता रोते-रोते बेहोश हो गयी। अरुणेश और रजनीश को जब ये पूरा मामला पता चला तो वह विश्वास न कर पाए। उनके घरों की, खास कर के समीर और निनाद के कमरों की तलाशी ली गयी। जहाँ से कुछ मेडिसिन्स। ऑपरेशन करने वाले सर्जिकल और कुछ इंस्ट्रूमेंट्स बरामद हुए।

इधर शाश्वत सिंह भी हॉस्पिटल पहुँचा। पुलिस से बातचीत के दौरान उसने बताया की कल, “भोर में शरद ने मुझे कॉल किया था। इधर-उधर की

बातें कर रहा था। मुझे लगा की उसने शराब पी रखी है इसलिए मैंने फ़ोन कट कर दिया और सीधे पुलिस को कॉल किया।"

"लेकिन तुम तो उसके भाई हो। फिर भी पकड़वा दिया? इतनी इमानदारी बची है अभी लोगों में?" इंस्पेक्टर ने शाश्वत से क्रॉस क्वेश्चन किया।

"एक्यूज़ मी!!" सीरियस होते हुए शाश्वत ने कहा तो गौरव उसकी खुद्दारी के सामने सकपका ज़रूर गया।

"आई मीन, आई एप्रीशीएट इट।"

शाश्वत ने इस बात का कोई जवाब नहीं दिया। उसने जो भी किया था उसके पीछे उसकी एक पूरी प्लानिंग थी। उसी समय डॉक्टर शरद के रूम से बाहर आया। शाश्वत ने पूछा।

"डॉक्टर साहब, कैसी तबियत है अभी?"

"ब्लड में पॉइज़न था। सही समय पर ट्रीटमेंट शुरू हो गया वरना मामला बिगड़ सकता था। ब्लड लॉस भी हुआ है। खून चढ़ाना पड़ेगा।"

"मैं मैचिंग डोनर हूँ। मैं दे सकता हूँ।"

"ठीक है मैं नर्स को भेजता हूँ।"

"अभी बोलने की स्थिति में है?" इंस्पेक्टर ने अपने मुद्दे की बात की।

"कम से कम 24 घंटे," कहकर डॉक्टर चला गया।

शाश्वत का ब्लड टेस्ट किया गया। और भी खून निकाल कर शरद को चढ़ाया गया।

पुलिस ने जाँच-पड़ताल करने के बाद निनाद की लाश अरुणेश सिंह को सौंप दी। उसका अंतिम संस्कार किया गया। अरुणेश दुखी था। बहुत दुखी। लेकिन दुख से ज्यादा वह डरा हुआ था। उसके डर का कारण था शरद का जिंदा पकड़ा जाना।

क्राइम स्पॉट से मिले सबूतों ने मामला थोड़ा उलझा दिया था। कब्रिस्तान में जितने कत्ल पिछली रात हुए थे, उनके कुछ सबूत बारिश की वजह से मिट

चुके थे। फिंगर प्रिंट्स धुल चुके थे। लेकिन जब महेंद्र को मारा गया था तब बारिश रुक चुकी थी। उसके बाद के सारे सबूत मौजूद थे। महेंद्र को जिस बंदूक से गोली मारी गयी थी। उसपर समीर के हाथों के निशान थे। चाक़ू को जब ऑफिस के एक कोने से बरामद किया गया तो उस पर महेंद्र, समीर और शरद, तीनो की उँगलियों के निशान पाए गये। जो पत्थर पिंटू के सर पर गिरा था उस पर पिंटू के ही उँगलियों के निशान थे। ऑफिस की देखभाल करने वाले कर्मचारी की पीठ पर समीर की उँगलियों के निशान पाये गये। चूँकि वह ऑफिस की रिहायसी जगह थी, इसलिए वहाँ सीसीटीवी कैमरा नहीं थे। ऑफिस के बाहर रिकॉर्ड हुए सीसीटीवी फुटेज में शरद को भागते और समीर, निनाद द्वारा खंज़र लेकर उसका पीछा करते हुए भी देखा गया।

पूरी घटना के एक मात्र गवाह पिंटू को अभी होश नहीं आया था। डॉक्टर ने 48 घंटे तक इंतजार करने को कहा था। उसके बाद कोर्ट में समीर और शरद की पेशी होने वाली थी। अभी तक गुनाह बटे हुए थे। कुछ के इल्ज़ाम समीर के ऊपर थे तो कुछ के शक शरद के ऊपर। एक मात्र ऑय विटनेस को होश नहीं आया था।

समीर मौन साध चुका था। उसने एक शब्द भी अपने मुँह से नहीं निकाला था। रजनीश सिंह उससे मिलने के लिए बेताब थे, लेकिन पुलिस ने उन्हें उससे दूर रखा। समीर को नाबालिग होने की वजह से जुवेनाइल पुलिस यूनिट को सौंप दिया गया।

शरद के ऊपर ड्रग्स बेचने और सेवन करने के लिए सेक्शन 27 (NDPC), सेक्शन 302(मर्डर), सेक्शन 332 (पुलिस पर हमला), सेक्शन 307 (हत्या की कोशिश) और बिना लाइसेंस के हथियार रखने पर आर्म एक्ट 25 के तहत मुकदमा दर्ज किया गया।

वहीं समीर के ऊपर सेक्शन 302 (मर्डर), सेक्शन 307 (हत्या की कोशिश) और मेडिसिन चोरी के इलज़ाम में सेक्शन 379 के तहत मुकदमा दर्ज किया गया। डॉक्टर ने बताया कि समीर मानसिक रूप से बीमार है। परीक्षण के लिए एक मनोवैज्ञानिक को बुलाया गया। समीर ने एक शब्द भी नहीं बोला। पूरे समय वह सिर्फ अपने नाख़ून से दूसरे हाथ को खुजलाता

रहा। हाथ पर नाखूनों के निशान बन गए। मनोवैज्ञानिक ने उससे बात करने की बहुत कोशिश की, लेकिन समीर ने अपनी नज़र तक ऊपर नहीं की।

अपनी रिपोर्ट में उसने मेंशन किया कि समीर मानसिक रूप से बीमार है और इस समय गंभीर सदमे में है।

दिन बीतता गया। हॉस्पिटल के बाहर मीडिया वालों का जमावड़ा था। वह इस घटना से सम्बंधित कोई भी खबर मिस नहीं करना चाहते थे। पुलिस अपनी पुरानी गलती को सुधारने के लिए बढ़ा-चढ़ाकर स्टेटमेंट दे रही थी।

समीर और निनाद द्वारा किये गए काण्ड को मीडिया "माँ का बदला" बता रही थी। जनता ने भी इस खबर को सीधा दिल पे लिया। गनीमत था कि पुलिस होश में थी और मामले को लॉजिकली देख रही थी।

पुलिस का ध्यान पुराने कुछ केस पर गया। पिछले कुछ महीनों में जितनी औरतों की मौत हुई थी। उनके बॉडी में वही ज़हरीली दवा पायी गयी जो समीर के बैग से बरामद हुई थी। कुछ के शरीर पर खंज़र के हल्के निशान पाए गए थे जो संभवतः डराकर काबू करने के दौरान लग गए होंगे। जाँच के बाद पुलिस ने कन्फर्म किया कि ये निशान भी उसी हथियार से किये गए हैं।

इसी आपाधापी और सबूतों की ख़ाक छानने में लखनऊ पुलिस लगी रही। दिन बीता, रात हुई। रात गहराई। पुलिस अभी भी पूरी तरह चौकन्नी थी। शाश्वत घर जा चुका था।

एक लड़का केतली लिए हाज़िर हुआ। पुलिस वालों को चाय देता हुआ अन्दर गया और सबको चाय देने के बाद बाहर आया और चला गया।

रात के तीन बज रहे थे। शरद को हल्का-हल्का होश आने लगा था। उसने आँखें खोली तो देखा कि वह एक व्हिलचेयर पर था और कहीं जा रहा था। जिसे एक वार्ड बॉय धकेल रहा था। आस-पास निगरानी के लिए खड़े पुलिस वाले इधर-उधर बैठे सो रहे थे। ये उसी चाय का कमाल था, जिसमे बेहोशी की दवा थी। स्पेशल वार्ड से निकल ही रहा था कि सिक्यूरिटी रूम में बैठे सिक्योरिटी वाले की नज़र उस स्क्रीन पर गयी। उसने दुबारा

देखा और चौंक पड़ा। तुरंत उसने उस फ्लोर पर मौज़ूद सिक्योरिटी गार्ड को सूचित किया। वो स्पेशल वार्ड की ओर भागे। खबर तुरंत इंस्पेक्टर गौरव को भी दी गयी जो सिगरेट की तलब से हॉस्पिटल के बाहर गया था। वह आदमी व्हीलचेयर के साथ इमरजेंसी एग्जिट से सीढ़ियों की तरफ निकल गया। कण्ट्रोल रूम में बैठे आदमी ने गाइड किया की वह सीढ़ियों की तरफ गए हैं। व्हीलचेयर वहीं पड़ी हुई थी। वहाँ कोई सीसीटीवी कैमरा नहीं था। सिक्योरिटी गार्ड नीचे की तरफ भागे। वह सीढ़ियों से होते हुए नीचे की तरफ पहुँचे। हॉस्पिटल के पिछले दरवाजे की तरफ एक तेज़ आवाज़ करती पिकअप गाड़ी निकली। सिक्योरिटी वाले को वहाँ खाली एम्बुलेंस खड़ी दिखी। उसने ड्राईवर से चाभी ली और उस पर सवार होकर पीछे लग गया। इधर भागते हुए इंस्पेक्टर गौरव स्पेशल वार्ड में पहुँचे। सारे पुलिस वाले वहाँ सो रहे थे। उधर सिक्योरिटी गार्ड्स को ट्रैफिक कम होने की वजह से उसे चेज़ करने में केवल दस मिनट ही लगे। और जब पिकअप रुकी तो पता चला कि वह खाली है। सिक्योरिटी गार्ड्स को लगा कि वह शक के बिनाह पर इसके पीछे लग गए थे, लेकिन ये भी साजिश थी। ड्राईवर ने बताया कि उसके हाथ में चोट लग गयी थी, इसलिए बैंडेज बंधवाने आया था।

इस दौरान इंस्पेक्टर गौरव पूरे हॉस्पिटल की ख़ाक छान चुका था। हॉस्पिटल्स के डॉक्टर और कर्मचारी इसमें उनका पूरा साथ दे रहे थे। किसी को पता नहीं चला कि आखिर में वह गए कहाँ। तभी इंस्पेक्टर का दिमाग ठनका। वह भागता हुआ कण्ट्रोल रूम में पहुँचा।

"टैरेस पर सीसीटीवी है?" इंस्पेक्टर गौरव ने गार्ड से पूछा।

"सर, टेरेस पर सीसीटीवी कौन लगाता है?"

इंस्पेक्टर का शक सही था। शरद और उसकी मदद कर रहा आदमी वहीं मौजूद थे। हॉस्पिटल से उसके सामने वाली नौ मंज़िली इमारत पर केबल बाँधा जा चुका था।

इधर गौरव लिफ्ट की तरफ भागा। हॉस्पिटल 10 मंज़िल का था। लिफ्ट भरी हुई थी। अलग-अलग फ्लोर पर जाने वाले लोगों ने बटन पहले से

दबाये हुए थे। गौरव सीढ़ियों से ऊपर की तरफ भागा।

केबल से सरक कर दूसरी बिल्डिंग पर जाना था। शरद चूँकि घायल था इसलिए उसका लटक कर जाना संभव नहीं था। एक केबल के टुकड़े को मोड़ कर झूले के जैसा बनाया हुआ था। शरद उसपर बैठने ही वाला था कि किसी के क़दमों की आवाज़ तेज़ी से ऊपर आती हुई सुनाई दी। शरद के साथ के आदमी ने आनन-फानन में उसे जल्दी से झूले पर बैठा कर तार केबल में फँसा कर, उसे दूसरी मंजिल की तरफ धकेल दिया। शरद सरकते हुए दूसरी बिल्डिंग की तरफ जाने लगा। इंस्पेक्टर गौरव टैरेस के दरवाज़े पर पहुँचा जो बाहर से बंद था। उसने दरवाज़े के सबसे ऊपर बने जाली से बाहर की तरफ से छत पर झाँका। शरद दूसरी बिल्डिंग पर पहुँचने ही वाला था। उसके साथ वाले आदमी ने भी स्टील की एक मुड़ी हुई अन्कुसी फंसाई और सामने वाले बिल्डिंग की तरफ सरक गया। गौरव ने दरवाजे को धक्का-मारा, लात मारी लेकिन वह लोहे का दरवाज़ा खुलने का नाम नहीं ले रहा था।

इंस्पेक्टर गौरव दूसरी बिल्डिंग पर जाने के लिए नीचे की तरफ़ भागा। इस दौरान उसने सिक्योरिटी गार्ड इन्चार्ज को फ़ोन किया और ये बात बताई। वह तुरंत एक्शन में आये।

इधर शरद और उसके साथ का आदमी दोनों सुरक्षित पहुँच गये। शरद अभी भी हॉस्पिटल की ड्रेस में था। दोनों लिफ्ट से नीचे उतरे। सामने एक कार खड़ी थी। उस आदमी ने सीधा डिग्गी खोली और शरद को अन्दर जाने को कहा। बिना किसी सवाल के शरद अन्दर चला गया। वह आदमी खुद फ्रंट सीट पर जाकर बैठ गया, जिसके ठीक बगल में ड्राइविंग सीट पर शाश्वत बैठा था। और पीछे उसकी बीवी वसुधा और बेटी राग बैठी हुई थी। शाश्वत ने गाड़ी आगे बढ़ा दी।

सिक्योरिटी गार्डस और इंस्पेक्टर गौरव जब तक वहाँ पहुँचे तब तक बहुत देर हो चुकी थी।

कुछ किलोमीट दूर जाने के बाद जब लगा कि वह सुरक्षित हैं। शाश्वत ने गोमती नदी के ब्रिज पर कार रोकी और पीछे आकर डिग्गी खोली। शरद ने शाश्वत को देखा तो नज़र नहीं मिला पाया। शरद निकल कर बाहर आया। शाश्वत ने डिग्गी बंद की और एक तरफ खड़ा हो गया। शरद अपराधी की

तरह सर झुकाए खड़ा था।

उसने डिग्गी वाले मिरर के ज़रिये गाड़ी में अन्दर देखा तो पाया कि वसुधा और राग झाँक रही थीं। राग, शरद को बहुत दिनों बाद देखकर अचानक उत्तेजित हो गयी।

"चाचू" उसने जोर से चिल्लाया। अगले ही पल वसुधा ने उसे चुप कराया। उसे ऐसा लगा जैसे उसने कोई गलती कर दी हो।

"ये बड़े भाई होने की शायद अंतिम क़िस्त थी जो मैंने आज पूरी कर दी।"

शरद के पास कहने को शब्द नहीं थे। बस आँसू थे। शाश्वत ने कहना जारी रखा।

"वो वहाँ जो गाड़ी खड़ी है," शाश्वत ने एक पुरानी अल्टो 800 की तरफ इशारा करते हुए कहा, "ये उसकी चाभी है।" कहकर शाश्वत ने उसे एक चाभी सौंपी।

"तुम्हें माँ की कसम हैं, जो मेरे मरने से पहले लखनऊ आये तो," कहकर शाश्वत ने उसके हाथ में चाभी थमाई और बिना किसी देरी के ड्राइविंग सीट पर आके बैठ गया और कार स्टार्ट की। आँख के एक कोने से आँसू का कतरा निकला, जिसे शाश्वत ने अंगूठे से पोंछते हुए गाड़ी आगे बढ़ा दी।

शरद वहीं खड़ा रह गया। अकेले...बिल्कुल अकेले।

इंस्पेक्टर गौरव ने पुलिस स्टेशन फ़ोन किया और तत्काल मदद की माँग की। उस जगह के आसपास नाका बंदी होने लगी। पुलिस की गाड़ी के सायरन की आवाज़ गूंज उठी। सोते हुए लखनऊ का वह इलाका नींद से जाग उठा। पुलिस चप्पे-चप्पे को छान रही थी। गौरव ने एग्जीक्यूटिव मजिस्ट्रेट से शूट ऐट साईट के आर्डर की मांग की।

शरद ब्रिज के किनारे आ गया और गोमती नदी को देखते हुए आँखों से बहते पानी को पोंछ रहा था। पानी की कल-कल करती आवाज़ और ठंडी हवा इस समय शरद के दिमाग में पैदा हुए मौसम से बिल्कुल विपरीत थे। उसे नहीं पता था कि यहाँ से निकल कर कहाँ जायेगा। नवाब साहब का भी

साथ वह खो चुका था। अब जो करना था खुद करना था। लेकिन इस पूरे घटना क्रम के दौरान हुए सांसत से वह बिना पारितोषिक लिए नहीं निकलना चाहता था। लेकिन उसे बिल्कुल अंदाज़ा नहीं था कि एक और मुसीबत उसके रास्ते में आ चुकी है।

पुलिस सायरन की आवाज़ जब करीब आते हुए सुनाई दी तो शरद तेज़ी से कार की तरफ बढ़ा और स्टार्ट की। पुलिस की गाड़ी तेज़ी से उसके बगल से होकर गुज़री। शरद ने सर नीचे किया। इस समय ब्रिज पर रुकी हुई कार देख कर पुलिस वाले ने जीप रोकी।

“इस समय रात को कौन है?” एक पुलिस वाले ने उतरते हुए कहा।

“कार चालू है। चल के देखते हैं,” कहते हुए दूसरा पुलिस वाला भी उतरा और शरद की तरफ बढ़ने लगे।

पास पहुँच कर एक पुलिस वाले ने अपने फ़ोन का फ़्लैश ऑन किया और मिरर के शीशे पर चिपका दिया। अन्दर बैठा शरद उन्हें दिखा। दोनों पुलिस वाले ने एक दूसरे को देखा। फिर एक झपटकर कार का दरवाज़ा खोलते हुए बोला।

“ये वही हरामी है।”

शरद ने गाड़ी गेयर में डाली और तुरंत आगे बढ़ा दी। हालाँकि दरवाज़ा खुल चुका था। अचानक रफ़्तार देने पर गाड़ी थोड़ी लड़खड़ाई। पुलिस वाला झटका खाकर थोड़ी दूरी पर गिरा। कार ब्रिज के रेलिंग से टकराई। उसका दरवाज़ा टूट कर अलग हो गया। शरद ने तब तक उसे साध लिया था। उसने कार भगा दी। पुलिस वाले अपने रफ़्तार से उसके पीछे लग गए।

इंस्पेक्टर गौरव को ये खबर दी गयी। पूरी पुलिस उसी ओर भागी। शरद आसमान से गिरकर खजूर पर अटक गया था।

शरद पेशेवर ड्राईवर था। पुलिस की गाड़ी चला रहा चालक शरद के पैंतरों से परेशान हो रहा था। चोर-पुलिस खेलते हुए 15-20 मिनट हो चुके थे। सब इंस्पेक्टर ने कमर से बंदूक निकाली और शरद को निशाना बना

कर तान दी। शरद ने साइड मिरर से जैसे ही देखा। उसने गाड़ी को सामने की गली में मोड़ दिया। पुलिस की गाड़ी भी उनके पीछे भागी। वह एलडीए कॉलोनी थी। गाड़ी में बैठा एक आदमी लगातार इंस्पेक्टर गौरव को अपनी लोकेशन बता रहा था। गौरव तेज़ी से उसके करीब बढ़ रहा था। कॉलोनी की छोटी और संकरी सड़के भूलभुलैया थी। शरद के यहाँ आने का मकसद था। उसने कार को और रफ़्तार दी और पुलिस की आँखों से भटकता हुआ फेज -2 सेक्टर H की तरफ कार मोड़ दी। थोड़ी देर बाद कार की आवाज़ आनी बंद हो गयी।

एक पुलिस वाले ने इंस्पेक्टर गौरव को बताया,

"सर एल.डी.ए कॉलोनी में कहीं छुपा हुआ है। लेकिन कहाँ है ये पता नहीं," ये सुन कर गौरव फूट पड़ा।

"आँख है की गधे की.... ? सालों उस पर नज़र तक नहीं रख पाए।"

"सॉरी सर, हम ढूँढ रहे हैं उसे।"

"ढूँढना ही पड़ेगा," गौरव ने चिल्लाते हुए कहा, "मैं पहुँच रहा हूँ।"

गौरव ने फ़ोन कट किया और ड्राईवर से बोला।

"और तेज़ ले।"

अगर शरद हाथ से निकल गया तो इंस्पेक्टर गौरव सस्पेंड हो सकता था। उसके माथे का पसीना इस बात का गवाह था। उसने तुरंत शाश्वत को फ़ोन लगाया, जो मेले में बैठा सर्कस देख रहा था। कुछ घंटी बजने के बाद उसने फ़ोन उठाया तो गौरव ने बोला...

"हेल्लो?"

"बधाई हो? तुम्हारा भाई फिर से भाग निकला।"

"ये तो शर्म की बात है इंस्पेक्टर। एक आरोपी भी नहीं संभाल पाए तो लखनऊ कैसे संभालेंगे?"

"इतना तो मुझे मालूम है कि तुम इसमें शामिल हो। अकेले का काम तो नहीं हो सकता ये।"

"वो तुम पता लगाओ इंस्पेक्टर। एंड एक्सयूज़ मी, इट्स फॅमिली टाइम इंस्पेक्टर," कहकर शाश्वत ने कॉल कट किया। उसकी बीवी वसुधा उसकी ओर देख रही थी और वह सरकस की ओर जहाँ वही आदमी केबल पर चल रहा था, जिसने शरद को हॉस्पिटल से भगाया था।

शरद गाड़ी से उतर कर बाहर आया और किसी का घर ढूँढने लगा। एक दरवाज़े को देख कर उसकी आँखें चमकी। वह घर के अंदर जाने का रास्ता ढूँढ रहा था। दरवाजे खिड़कियाँ सब बंद थीं। शरद को पहले फ्लोर की बालकनी दिखी। बड़ी मुश्किल से पिलर के सहारे ऊपर तक गया और ग्रिल पकड़ कर छत पर उतरा। छत की सीढ़ी पर टीन के एक टुकड़े को लकड़ी की पाटी पर ठोकर बनाया गया दरवाज़ा था। शरद ने दरवाज़े को उठा कर किनारे फंसी अंकुसी से निकल कर किनारे रख दिया। वह नीचे की ओर बढ़ा। 1BHK का मकान था, जिसकी दीवारों की सफाई भी नहीं हुई थी। शरद कमरे में पहुँचा। वहाँ एक औरत आठ साल की बच्ची के साथ सो रही थी। शरद हॉल की तरफ गया। वहाँ एक अधेड़ उम्र का आदमी लुंगी पहने एक तख़्त पर चैन से सो रहा था। शरद ने पूरे घर का जायज़ा लिया। वह कुछ ढूँढ रहा था। उसने घर की अलमारियों से लेकर किचन के डब्बे तक को चेक कर लिया, लेकिन उसे कुछ नहीं मिला। तभी शरद को पुलिस की गाड़ी की आवाज़ सुनाई दी। कॉलोनी में खड़ी कार्स के बीच में ही शरद ने अपनी कार भी पार्क की थी। उसके पास समय कम था और लखनऊ छोड़ने के लिए ये काम ज़रूरी था जो वह अभी कर रहा था। उसने किचन से चाकू उठाया और कमरे में आ गया। कमरे की लाइट उसने ऑन की। अचानक से लाइट आँखों पर पड़ने की वजह से औरत की नींद खुल गयी। उसने आँखें मीचते हुए अलसाई आवाज़ में कहा...

"बंद करिए लाइट। बार-बार लाइट ऑन करते हैं जैसे चोर घुस गया हो घर में।"

शरद ने बच्ची के बगल में बैठते हुए कहा।

"भाभी...भाभी...घुस गया है चोर।" अपरिचित आवाज़ सुनकर वह औरत चौंकी और शरद की ओर देखा। शरद ने चाकू को बच्ची के पास ही

रखा हुआ था। औरत का मुँह सूख गया। इससे पहले की वह चिल्लाती, शरद बोल उठा...

"हल्ला नहीं। बिल्कुल नहीं। चुपचाप आया हूँ, चुपचाप चला जाऊँगा। बिना किसी को कोई नुकसान पहुँचाये," शरद ने अश्वस्त करते हुए कहा।

वह औरत डरी सहमी कभी शरद को तो कभी अपनी बच्ची को देख रही थी।

"मत डरो। पति को बुलाओ। और कोई चालाकी नहीं।"

कठपुतली की तरह वह औरत उठ कर हॉल में गयी और अपने पति को जगाया। वह अपनी बीवी के साथ कमरे में आया। ये वही टैक्सी ड्राईवर था जिसने आरोही को अपनी टैक्सी से ये कहते हुए उतार दिया था कि उसका पेट ख़राब है। नसीर, शरद को देखते ही हकलाने लग गया।

"त...तुम...य...यहाँ क्या कर रहे हो?"

"मुझे पेट ख़राब होने की दवाई चाहिए।"

"क्या बकवास है ये? मेरी बच्ची के पास से हटो," कहते हुए नसीर उसकी ओर बढ़ा।

शरद ने कुछ नहीं कहा बस चाकू उठा कर बच्ची के गले के पास लगा दिया। नसीर अपनी जगह पर रुक गया।

"देख शरद, हम एक ही कंपनी के लिए गाड़ी चलाते हैं। आपस में कोई दुश्मनी नहीं है। फिर क्यों कर रहा है ये सब?"

"उस रात तूने उस औरत को अपनी गाड़ी से क्यों उतारा था?"

"क्योंकि मेरा पेट ख़राब था।"

"क्योंकि तुझे उसके गले का हार मिल गया था। और इससे पहले कि उसे इसका एहसास होता तूने उसे गाड़ी से नीचे उतार दिया।"

"हार? कैसा हार? क्या बकवास है ये?" नसीर ने एक सुर में बोला। उसकी बीवी उसकी तरफ देख रही थी। तभी पुलिस की गाड़ी के गुजरने की आवाज़ सुनाई दी।

"मेरी बात ध्यान से सुन। पुलिस ने बहत्तर केस डाले हैं मेरे ऊपर। एक-दो और केस लग जाये तो मुझे हर्ज़ नहीं होगा। भाभी समझाओ इसे।" धमकाते हुए टाइट आवाज़ में शरद ने कहा तो आवाज़ सुनकर बगल में सो रही बच्ची भी जग गई। शरद ने चाकू को चद्दर के ऊपर डाल दिया। वह उठकर बैठ गई। अपने बगल में अनजान चेहरे को देख कर बच्ची ने पूछा...

"ये कौन है?"

"ये तुम्हारे दूर के मामू हैं," नसीर ने तपाक से कहा।

"तुम सो जाओ। हम लोग बात कर रहे है," शरद ने बच्ची के सर पर हाथ रखते हुए कहा।

बच्ची वापस लेट गई लेकिन आँखें बंद नहीं की। कभी अंजान चेहरे को तो कभी अपने मम्मी-पापा को देख रही थी।

शरद ने नसीर की तरफ देखते हुए इशारा किया। नसीर ने घर में लगे एक ईंट को हटाया और अन्दर छेद में रखी हुई एक पोटली निकाली। शरद के इशारे पर उसने वह पोटली उसकी ओर उछाल दी। शरद ने पोटली खोली। उसके अन्दर वह हार रखा हुआ था, जिसे शरद भी पहली बार देख रहा था। ये हार ही बस हारे हुए शरद की अब तक झेली यांत्रणा का मूल्य था। लेकिन उसका एक छोटा हिस्सा गायब था।

"बाकी का कहाँ है?"

"म...मैं वह भी जल्दी लौटा दूँगा। मैंने खुद की टैक्सी खरीद ली और इसके लिए कुछ जेवर खरीद दिए।" नसीर ने घबराते हुए कहा तो उसकी बीवी का हाथ अपने-आप गले में पहने सोने के नेकलेस पर चला गया।

"तुम इसे छोड़ दो। ये भी ले लो। नेकलेस निकाल के दे दो," नसीर ने अपनी बीवी से कहा।

"नहीं, उसकी ज़रूरत नहीं है। शरद ने उसे रोक दिया।"

बच्ची टुकुर-टुकुर सारी घटना देख रही थी।

इधर पुलिस चप्पे-चप्पे को छान रही थी। इंस्पेक्टर गौरव इस केस का इन्चार्ज था। एक गलती दो बार हो चुकी थी। पुलिस के लोग भी अपनी गाड़ी से उतरकर अलग-अलग गुटों में गलियों को छान रहे थे। कुल आठ पुलिस वाले थे। गौरव के साथ चार पुलिस वाले, जिसमे गौरव के अलावा एक सब इंस्पेक्टर, एक हेड कांस्टेबल और एक कांस्टेबल था। बाकी के चार अलग गुट में थे, जिसमें गोमती नगर थाने के सब इंस्पेक्टर और एक हेड कांस्टेबल और दो कांस्टेबल थे। गौरव ने एग्जीक्यूटिव मजिस्ट्रेट से शूट ऐट साईट का आर्डर ले लिया था। सभी पुलिस वालों को ये सूचित कर दिया गया था कि शरद भागना तो दूर अगर सोचे भी तो गोली मार दी जाए।

किनारे खड़ी कारों की क़तर में से एक कार स्टार्ट हुई। गौरव और साथी पुलिस वाले आवाज़ की तरफ भागे। जब तक वह वहाँ पहुँचे कार क़तार से निकल कर सड़क पर आ चुकी थी। और गलियों में दौड़ गयी। सब इंस्पेक्टर ने गाड़ी ALTO 800 देखकर शरद की कार होने की पुष्टि की। सब उसके पीछे भागे। गौरव ने चिल्लाते हुए शरद को वार्निंग दी।

"शरद, सरेंडर कर दे।"

गली के मोड़ पर गाड़ी स्लो हुई। पुलिस वाले ALTO के और करीब पहुँचे। गाड़ी दूसरी गली में मुड़ी और फिर से रफ़्तार में आ गई। गौरव ने बिना किसी निशाने के गोली चलाई जोकि न जाने किस हिस्से में लगी। पुलिस की दूसरी गुट जो उसकी गली में थी ने सामने से शरद को घेरा। वह बंदूक ताने शूट करने को तैयार थे।

"गाड़ी रोक और उतर जा शरद। वर्ना अगली बार वार्निंग नहीं दूँगा। शूट ऐट साईट का आर्डर है।" सब इंस्पेक्टर सामने से चिल्लाया।

गौरव भी अपने टीम के साथ पीछे से पहुँच चुका था। गाड़ी की रफ़्तार कम हो गई और फिर रुक गयी।

"10 तक गिनूँगा मैं। अगर तब तक बाहर नहीं निकला गोली खायेगा।" गौरव ने वार्निंग दी और फिर काउंटिंग शुरू की।

"1...2..."

दो पर ही कार का दरवाज़ा खुल गया और हाथ ऊपर उठाये वह बाहर निकल आया। गौरव ने काउंटिंग रोक दी। वह आठ बंदूकों के साफ़ निशाने पर था।

गली में हल्की पीली लाइट बिखरी हुई थी।

"हाथ सर के पीछे।" गौरव ने कहा तो उसने ऐसा ही किया।

"अब घुटने के बल बैठ।" उसने फिर गौरव की बात मानी।

गौरव के इशारे पर दो कांस्टेबल उसकी ओर बढ़े, दोनों सतर्क थे। बाकी पुलिस वाले उसकी किसी भी ऊटपटांग हरकत पर शूट कर देने को तैयार थे।

पीछे से पुलिस वाले उसके करीब गए और बड़ी आसानी से एक ने उसका हाथ पकड़ा और पीछे की तरफ कर के हथकड़ी डाल दी। दूसरे ने मुँह के बल ज़मीन पर गिरा दिया। वह पूरी तरह से उनकी गिरफ्त में था। गौरव और बाकी के पुलिस वाले भागते हुए वहाँ पहुँचे। उसे सीधा किया गया। पकड़ा जाने वाला शख्स नसीर था। ये देखकर गौरव का गुस्सा ज़ुबान फूट पड़ा। उसकी आवाज़ पूरे मोहल्ले में गूंज गयी।

"ये कौन है? शरद कहाँ है?"

शरद यहाँ था, एल.डी.ए कॉलोनी के बाहर मेन रोड पर। तेज़ रफ़्तार से भागती रमेश की टैक्सी में। उसका कपड़ा पहने हुए। उसने टाइट ब्रेक मारी। टैक्सी पहिये घिसते हुए कुछ मीटर आगे जाकर रुकी। उसने दूसरी तरफ का दरवाज़ा खोला और उस सीट पर बैठी बच्ची को उतरने को कहा। बच्ची जड़ हो गई, उसे समझ नहीं आ रहा था कि क्या करे?

शरद के पास टाइम नहीं था, उसने इस बार लगभग डाँटते हुए कहा।

"उतरो...।"

बच्ची बुरी तरह डर गयी, वह रोने लगा। शरद अपनी सीट से उठा और निकल कर बाहर दूसरी तरफ आया और बच्ची को निकाल के बाहर किया। और सामने की स्ट्रीट लाइट के पास एक जगह ले जाकर खड़ा कर दिया।

"यहीं रहना कहीं जाना मत। अभी कुछ लोग आयेंगे और तुम्हे घर ले जायेंगे।" शरद ने कहा। तभी उसे पुलिस के गाड़ी की आवाज़ सुनाई दी।

"क्या नाम है तुम्हारा ?"

"ज...ज...ज़ोया" डरी-सहमी बच्ची ने अपना नाम बताया तो शरद एक पल के लिए अतीत में जा पहुँचा।

"ज़ोया...अगर कोई पूछे की मैं किधर गया हूँ तो बोलना की इस ओर।" अपने जाने वाली दिशा की विपरीत उँगली दिखाते हुए शरद ने कहा।

"किधर कहोगी?"

बच्ची ने उसी दिशा में उँगली दिखा दी। शरद मुस्कुराया।

शरद पीछे की ओर मुड़ा और दौड़ते हुए टैक्सी की ओर बढ़ा। शरद ड्राईवर था। उसे पता था कि कौन से नाके पर पुलिस होती है और कहाँ नहीं। शॉर्ट कट के उन रास्तों को भी वह जानता था जो जंगल से होकर निकलते थे। एक बार फिर से उसने गाड़ी को रफ़्तार दी। रफ़्तार से पैदा हुई हवा ने बच्ची के बड़े बाल बीखेर दिए।

ज़ोया नाम अभी भी उसके दिमाग में घूम रहा था। किस्मत कहाँ से कहाँ ले आयी। एक समय था जब शरद के पापा उससे ज़ोया की वजह से लखनऊ छुड़वाना चाहत थे, लेकिन शरद बगावत कर गया था। आज वह खुद लखनऊ छोड़ रहा था। और साथ में उसके पापा और ज़ोया वह दोनों भी पीछे छूट चुके थे...बहुत पीछे।

इन ख्यालों से बहार निकलने के लिए शरद ने टैक्सी के म्यूजिक प्लेयर पर हाथ मारा और एक ट्रैक आधे पर से बज उठा।

तेरी गलियों में न रखेंगे कदम
आज के बाद...
तुझसे मिलने को न आयेंगे हम
आज के बाद...

इधर पुलिस की गाड़ी कॉलोनी से निकल कर मेन रोड पर आयी। नसीर उनके साथ हिरासत में था। वह अपनी बच्ची को देख कर बोल पड़ा।

"साहब, वह रही मेरी बेटी।" पुलिस बच्ची के पास गयी। कांस्टेबल उसकी ओर बढ़ा तो गौरव ने रोक दिया। और खुद गाड़ी से उतर कर उसके पास गया।

"बेटे, जिसने तुम्हें यहाँ छोड़ा वह किधर गया? इधर या उधर ?" फीकी मुस्कुराहट से बड़े प्यार से गौरव ने पूछा।

बच्ची ने शरद के कहे अनुसार उल्टी दिशा में उँगली दिखा दी।

"बच्ची को घर छोड़ों। वहाँ दो पुलिस वाले तैनात करो। नसीर को थाने ले जाओ, स्टेटमेंट लो।" कहते हुए गौरव ने वाकी-टॉकी से उस ओर का सिग्नल घुमाया।

"हेल्लो, शरद तुम्हारी ओर ही गया है, नाकाबंदी टाइट रखना। किसी को जाने मत देना।"

गौरव के चेहरे पर असफलता की धुंध साफ़ देखी जा सकती थी। वह उस ओर रवाना हुआ। इस बार उनसे ड्राईवर को तेज़ चलने के लिए भी नहीं कहा। उसे पता था कि वह हार चुका है। पूरी रात उस इलाके में पुलिस नाके पर चौकन्नी खड़ी रही। पुलिस की गाड़ियाँ इधर-उधर भागती रहीं।

16

सुबह हुई, ख़बर सूरज की रौशनी की तरह लखनऊ में फ़ैल गयी। हर न्यूज़ चैनल पर सिर्फ़ यही ख़बरें थीं।

टी.आर.पी बढ़ाने वाली आकर्षक टैग लाइन्स के साथ एक्सपर्ट्स की राय ली जा रही थी। ट्विटर पर #shame_on_lucknow_police ट्रेडिंग में नंबर वन पर था। विपक्ष ने रूलिंग पार्टी की छीछालेदर कर दी थी। उत्तरप्रदेश में गुण्डा राज की वापसी बताई जा रही थी। प्रशासन को नपुंसक, घूसखोर टाइप उपमाओं से छाना जा रहा था।

गौरव और उनके थाने के पुलिस वालों को सस्पेंड करके उनके ऊपर जाँच बिठा दी गयी। लखनऊ प्रशासन से सवाल पूरी दुनिया पूछ रही थी और जवाब में "शरद जल्द ही पुलिस की गिरफ्त में होगा" के अलावा कुछ नहीं था।

दूसरी तरफ समीर के जुर्म साबित हो जाने पर लोगों के जज़्बात में थोड़ी कमी ज़रूर आयी, लेकिन विश्वास नहीं हुआ। माना गया कि समीर मानसिक रूप से बीमार है। उसने और निनाद ने मिलकर चार औरतों का क़त्ल किया है। इसके अलावा ब्रिटिश रेजीडेंसी में काम करने वाले आदमी का भी कत्ल किया है। पिंटू को होश आने के बाद उसने बयान दिया कि उसके साथी महेंद्र, राजस, बलेसर और भोला का क़त्ल भी समीर और निनाद ने ही किया है।

इस घटना में संलिप्त होने की वजह से गाज नवाब साहब के ऊपर भी गिरी। नवाब साहब के सारे गलत सही काम महेंद्र ही देखता था। उसे नवाब साहब का दायाँ हाथ कहा जाता था। परिणामस्वरूप पार्टी ने नवाब साहब को इस बार विधानसभा का टिकेट देने से मना कर दिया।

अरुणेश सिंह से दवाइयों के वितरण का टेंडर ले लिया गया और कुछ मामूली धाराओं के चक्कर में उन्हें अक्सर कोर्ट जाना पड़ता था।

कानून के हिसाब से 16 साल की कम उम्र के बच्चे द्वारा किये गए अपराधों के लिए सजा का प्रावधान यह है कि उन्हें उम्र कैद या फाँसी की सजा नहीं हो सकती है। लेकिन ये केस अलग था। आरोपी मानसिक बीमार भी था और अपराध भी संगीन था।

3 साल बाद

दिसम्बर अपने अंतिम दिन गिन रहा था। तीर्थन वैली की खूबसूरती अपने चरम पर थी। पूरी वैली बर्फ़ से ढकी हुई थी। देश-दुनिया के कोने-कोने से लोग यहाँ घूमने आ रहे थे। एडवेंचर स्पोर्ट्स से लेकर होटल, कैफ़े का बिज़नेस इन दिनों मुनाफे में था। टूरिस्ट अचानक से होने वाले स्नो फॉल का लुत्फ़ ले रहे थे। स्नो फॉल हटाने वाली ट्रक बार-बार रास्ते से बर्फ को हटा रही थी ताकि लोगों को तकलीफ न हो। रोड के किनारे चाय और मैगी बेचने वालों के छोटे स्टॉल्स पे हमेशा लोगों का जमावड़ा रहता।

रात के करीब 10 बज रहे थे। बाहर स्नो फॉल हर खुली चीज़ को अपने फाहों से ढकते हुए सफ़ेद कर रही थी। 'ग्लान्स ऑफ़ हैवन' रेसॉर्ट के बार में रोज़ की तरह आज भी पार्टी चल रही थी। हीटर ने अन्दर के मौसम को गर्म किया हुआ था। लेकिन वहाँ मौजूद लोगों को गर्मी तीन लड़कियाँ के एक उस ग्रुप से मिल रही थी। जो कार्नर में शराब पीते हुए बिना दुनिया की परवाह किये 'तुम्ही हो बंधू सखा तुम्ही' गाने पर थिरक रही थीं। उन्होंने ही डी.जे को बोल कर ये गाना बजवाया था। थोड़ी देर बाद उनमे से एक लड़की कुर्सी पर बैठ गयी। बाकी के दोस्त अभी भी डांस कर रहे थे। उसने मस्टर्ड येलो कलर की लॉन्ग स्लीव, टर्टल नेक वाली ऊनी जम्पर ड्रेस पहनी हुई थी। सर पर ऊनी टोपी, पैर में लॉन्ग सॉक्स और शूज़।

रात जवान होने लगी। 30 लोगों की कैपेसिटी वाले इस रेसॉर्ट में ज़्यादातर लोग यहीं थे। घड़ी की सुई 12 बजे से नीचे गिरी। लड़कियों के उस ग्रुप के आलावा उस बार में कुछ कपल बैठे रोमान्टिक हुए जा रहे थे। कुछ हंसी ठीठोली में व्यस्त थे। कुछ सोशल मीडिया पर इस खूबसूरसत शाम की तस्वीरें और वीडियोज़ शेयर कर रहे थे। वहीं एक तरफ तीन लड़कों का एक ग्रुप, जो लगातार लड़कियों की तरफ देखे जा रहे थे।

कुर्सी पर बैठी लड़की उठी और बार काउंटर पर आयी। लड़कों के ग्रुप से चलता हुआ मोटा सा, हिपहॉप स्टाइल वाले कपड़े पहने एक लड़का ठीक उसके बगल में आकर खड़ा हुआ। लड़की ने अपनी ड्रिंक आर्डर की।

"ए मार्टीनी प्लीज़।"

"फ्रॉम माय साइड।" लड़के ने लड़की की तरफ़ देखते हुए बारटेंडर से कहा।

"थैंक्स!" लड़की ने मुस्कुराते हुए कहा।

"अभिनव!" उस लड़की की तरफ़ हाथ बढ़ाते हुए लड़के ने कहा।

"नाईस नेम।" लड़की कतई सर्कास्टिक थी।

ये सुनकर लड़के के दोस्त हंस पड़े। अभिनव को शर्मिंदगी फील हुई। बारटेंडर ने भी ड्रिंक बनाते हुए उस लड़के को बेईज़्ज़ती वाली नज़रों से देखा। लड़के के पास इस जवाब पर कोई कम बैक नहीं था। बारटेंडर ने मार्टीनी परोसी। लड़की ने उसे उँगलियों के बीच फसाया और जाने लगी तो लड़के ने उसका हाथ पकड़ लिया।

"तुम्हारा क्या नाम है?"

इससे पहले की लड़की कुछ रियेक्ट करती, काउंटर के पास रीवोल्विंग बार चेयर पर बैठा शख्स इनकी ओर घूमते हुए बोला..

"अ...आँ इट्स नॉट अलाउड हियर।"

"एंड हु द फ़क आर यू?"लड़के ने तपाक से कहा। उसने लड़की का हाथ अभी भी पकड़ा हुआ था।

वह आदमी चेयर से उठा और अभिनव के हाथ से लड़की का हाथ छुड़ा दिया। और ज़बरदस्ती उससे हाथ मिलाने के लिए अपने हाथ में ले लिया। उसने मजबूती से पकड़ बनाते हुए हाथ हिला कर कहा।

“अथर्व कुमार, मैनेजर ऑफ़ दिस रेसॉर्ट।”

ये शख्स कोई और नहीं बल्कि शरद सिंह था। पिछले तीन साल में उसने अपने आप को बिल्कुल बदल लिया था। बॉडी पहले से ज्यादा फिट। चेहरे पर वी शेप की दाढ़ी, गले में मफ़लर, ओलिव ग्रीन टी-शर्ट, ब्लैक पैंट, ब्लैक कलर की लेदर फुल स्लीव जैकेट और ब्लैक लेदर शूज़। एक हाथ में डिजिटल वाच और दूसरे में पुरानी लेडीज वाच जो उसकी माँ ने उसे दी थी।

“तुझे पता हैं मेरा बाप कौन है?”

“बाहर ठंड बहुत है। सारे होटल्स फुल हैं। तुम और तुम्हारे दोस्त रात भर स्नो फॉल झेल नहीं पाओगे।”

वह लड़का इसका मतलब समझ चुका था, इसलिए चुपचाप वहाँ से चला गया।

ये नज़ारा देखकर लड़की इंप्रेस हुए बिना न रह सकी। अथर्व अर्थात शरद बार काउंटर पर वापस आया और एक घूंट में बची हुई शराब ख़त्म की। पैसे पे किये और जैसे ही जाने को मुड़ा, लड़की वहीं खड़ी थी।

“हे, थैंक यू।” लड़की ने मुस्कुराते हुए कहा।

“योर वेलकम।”

“आर्निका पटेल।” हाथ बढ़ाते हुए लड़की ने कहा।

“अथर्व कुमार।” हाथ मिलाते हुए शरद ने बोला।

“और तुम यहाँ मैनेजर तो बिल्कुल नहीं हो!”

इस बात पर शरद हँस पड़ा।

“कैसे पता?”

“तुमने अभी बिल पे किया।”

"हाँ, उन्हें मत बताना।" उन लड़कों की तरफ इशारा करते हुए शरद ने मजाकिया अंदाज़ में कहा।

अर्निका ने अपने मुँह को लॉक करने का एक्शन किया और उस आभासी चाभी को मार्टिनी में डालकर एक घूंट में पी गयी।

शरद इस हरकत पर फिर हँस पड़ा।

"मैं बाहर जा रहा हूँ।"

"मुझे घुटन हो रही है यहाँ। कैन आई ज्वाइन?"

"श्योर!"

"एक सेकेण्ड रुको।" कह कर वह अपने दोस्तों के पास गयी। उनसे कुछ बात की और चेयर पर पड़ा अपना ओवर कोट उठा कर वापस आई।

दोनों बार से बाहर निकले और रेसॉर्ट के अन्दर ही टहलने लगे। शरद ने लड़की से पूछा...

"स्टडी?"

"सी.ए फाइनल इयर। तुम क्या करते हो?"

"ट्रैव्लर हूँ, घूमने का शौक है।"

"ओह्हो!...पैसे कहाँ से आते हैं? अमीर घर से हो?" लड़की ने चुटकी लेते हुए मजाकिए अंदाज़ में कहा।

"नहीं, कमा लेता हूँ इधर-उधर से।"

"इधर-उधर से क्या? मर्डर तो नहीं करते लोगों का।" अर्निका शरद के मज़े ले रही थी। मार्टिनी भी उसके दिमाग पर चढ़ने लगी थी।

"हाँ, करता हूँ। मेरे नाम पे बड़े-बड़े केस दर्ज हैं। हत्यारा अथर्व कुमार।" ड्रामैटिक तरीके से शरद ने कहा, तो अर्निका अपनी हँसी नहीं रोक पायी।

दोनों चलते हुए फाउंटेन के पास आ गए, जो बंद था। अर्निका फाउंटेन के किनारे पर चढ़ गयी और हाथों को हवा में लहराते हुए बैलेंस बनाने लगी। शरद उस चुलबुली लड़की को देख रहा था।

"गिर जाओगी।"

शरद ने जैसे ही कहा अर्निका का बैलेंस बिगड़ गया। शरद ने उसे सँभालने के लिए हाथ बढ़ाया। अर्निका ने उसका हाथ पकड़ लिया।

"तुम पागल हो।" शरद ने कहा।

अर्निका नीचे उतरी। रात के समय ठंडी और बढ़ गयी थी। अर्निका अपने बाज़ुओं को रब कर रही थी।

"ठंडी काफी बढ़ गयी है।"

"मेरा रूम पास में ही है। इन केस इफ यू वन्ना हैव ड्रिंक।"

"मुझे एक बार चढ़ गयी तो ऑफ़ कण्ट्रोल हो जाती हूँ। तुम्हें पता है एक ड्रंक लड़की को कैसे सँभालते हैं।"

"काफी टाइम हो गया किसी को संभाला नहीं!"

"फिर तो ज़रूर चेक करना चाहिए।"

शरद उसे ले के अपने रूम में आया। रूम में पहले से हीटर चल रही। अन्दर का माहौल गरम था। शरद ने टेम्परेचर और बढ़ा दिया। कमरे में सामान इधर-उधर फैला हुआ था। स्नो फॉल शुरू हो चुकी थी। खिड़की से बाहर का नज़ारा दिख रहा था। अर्निका वहाँ जा कर खड़ी हो गयी।

मौके का फायदा उठा कर शरद ने बिस्तर की सिलवटें समेटीं।

"दिस इस ब्यूटीफुल!"

"जस्ट लाइक यू।"

अर्निका वापस पलटी। शरद ने पैग बनाते हुए पूछा।

"सोडा, वाटर या नीट?"

"तुम क्या प्रिफर करते हो?" अपना ओवरकोट निकालते हुए उसने कहा।

शरद मुस्कुराया और शराब की बोतल का ढक्कन बंद करते हुए उसकी ओर देख कर बोला।

"होश में रहना।"

लड़की ने अपनी गर्दन एक तरफ हल्की-सी झुका दी। उसने ऑय कांटेक्ट बरक़रार रखते हुए अपने गले पर हाथ फेरा। छलक कर उँगली में लगी शराब पर शरद ने अपनी जीभ फेरी। और अगले ही पल उसकी ओर तेज़ी से बढ़ा। लड़की ने अपनी ऊनी टोपी निकाल दी। उसके गुंथे हुए बाल किसी झरने की तरह नीचे की ओर गिरे और कन्धों से टकराकर बिखर गए।

शरद तेज़ी से उसके पास पहुँचा और होठों से बड़े पैशनेटली स्मूच करने लगा। अर्निका की पीठ खिड़की के शीशे से चिपक गयी। उसका एक हाथ शरद की गर्दन पर था, दूसरी कमर पर। थोड़ी देर बाद अर्निका ने अपने होंठों को आज़ाद कराया और पीछे की तरफ घूम गयी। वह हांफ रही थी। शरद ने एक हाथ से उसके बाल हटाये और दूसरे हाथ से उसे कमर से पकड़ कर अपनी ओर खींचा। वह अर्निका के गले पर किस करने लगा। अर्निका के दोनों हाथ शीशे पर चिपके हुए थे। शरद ने इसी दौरान अपनी जैकेट निकाल दी। उसने लड़की के ड्रेस की ज़िप नीचे की तरफ़ खींची और ड्रेस को थोड़ा नीचे खिसका दिया। अर्निका की कॉलर बोन और कंधे दिखने लगे। शरद ने वहाँ चूमना शुरू किया। लड़की वापस पलटी। अब वह शरद को डोमिनेट कर रही थी। अर्निका ने शरद की टी-शर्ट उतार दी और यहाँ-वहाँ किस करने लगी। शरद ने उसे कमर से पकड़ा और बिस्तर पर डाल दिया। उसका वन पीस ड्रेस, उसके जिस्म से अलग हो चुका था। उसका जिस्म जिम की तराश थी। शरद का शरीर भी कपड़ों को आज़ाद कर चुका था। अर्निका ने अपने हाथों से शरद का मजबुत कन्धा पकड़ा हुआ था। और अपने लम्बे पैरों से उसके कमर को बाँधा लिया था। दोनों किस कर रहे थे। दोनों की बॉडी गर्म हो रही थी। शरद ने अपनी ठंडी उँगलियों को एक लय में अर्निका के जिस्म पर घुमाना शुरू किया, तो उसकी पीठ बिस्तर छोड़ कर धनुष की तरह तन गई। उसने होंठ भींच लिए। मुँह से एक गर्म 'आह' निकली। अर्निका के नाख़ून शरद की पीठ में गड़ते चले गए। कमरे का मौसम, बाहरी मौसम के सख्त खिलाफ़ खड़ा था। बाहर का मौसम ठंडा था, अन्दर का मौसम गर्म। बाहर सब कुछ जमा हुआ था। अन्दर सब कुछ पिघल रहा था।

अगले दिन सुबह शरद की नींद खुली तो आठ बज रहे थे। लड़की भी उसके बगल में सो रही थी। खिड़की से आती हुई हल्की मीठी धूप उसके चेहरे पर आ रही थी। शरद उठा और पर्दे लगा कर बाथरूम चला गया। करीब आधे घंटे बाद फ्रेश होकर बाथरूम से बाहर आया। अपना सामान समेटा। एक सादे पन्ने पर उसने लिखा।

"मिल कर अच्छा लगा। तुम्हे याद रखूँगा।" लिख कर शरद ने उस पन्ने को सिरहाने के टेबल पर रख दिया और अर्निका का फ़ोन उसके ऊपर रख दिया। पास में ही उसने रूम का की कार्ड रखा और दरवाज़ा बंद करके वहाँ से निकल गया।

बाहर का मौसम अच्छा था। सैलानी घूमने के लिए निकल चुके थे। शरद एक कैफ़े में गया और एक कार्नर की कुर्सी पर बैठ गया। शरद ने एक ग्रिल्ड सैंडविच और कैपचिनो कॉफ़ी आर्डर की और लैपटॉप खोल कर बैठ गया। शेयर मार्किट खुल चुका था। शरद ने ट्रेडिंग शुरू की। लखनऊ से भागने के बाद यही उसका पेशा था। किसी भी एक जगह पर ज्यादा समय तक वह नहीं ठहरता था। नई पहचान और लुक की वजह से उसे पहचाना जाना मुश्किल था। वह बड़ी एकाग्रता से जैपनीज़ कैंडल पर नज़र गड़ाए हुए था। मार्केट ऊपर जा रहा था। उसकी पिछली रात अच्छी कटी थी। दिन भी अच्छा जा रहा था। कैफ़े में धीमी आवाज़ में अंग्रेजी गाना 'इट्स अ न्यू डे।' बज रहा था।

शरद ने दूसरी कॉफ़ी आर्डर की। थोड़ी दूरी पर दूसरे साइड में बैठा एक शख्स मफिन खाते हुए लैपटॉप में कुछ देख रहा था। टेबल के कार्नर पर रखा उसका चश्मा हाथ से लग कर नीचे गिरा। शरद की उड़ती नज़र उसकी स्क्रीन पर गयी। वह न्यूज़ देख रहा था और न्यूज़ में उसकी ही खबर थी।

शरद ये खबर देख कर हक्का-बक्का रहा गया। उसने तुरंत गूगल पर 'ब्रिटिश रेसीडेंसी मर्डर केस' टाइप किया।

ये ख़बर तमाम न्यूज़ पोर्टल और वेबसाइट्स पर छपी हुई थी। शरद ने न्यूज़ पढ़ना शुरू किया तो पता चला कि 'समीर एक दिन पहले मेंटल हॉस्पिटल से भाग चुका है। साथ में उसकी एक फोटो संलग्न की गयी थी।

जो संभवतः सीसीटीवी फुटेज की स्क्रीनशॉट थी। सर के बाल ट्रिम्ड थे। कंधे मजबूत और उभरे हुए। लम्बाई लगभग छः फीट।

तीन साल पहले घटी ये घटना बीतते महीनों के साथ कैलेंडर में दब तो गयी थी। लेकिन इसकी सुगबुगाहट आज भी शांत नहीं हुई थी।

समीर की वजह से एक बार फिर ये मामला न्यूज़ रूम्स में दोहराया जा रहा था। हर किरदार फिर से प्रासंगिक होने लगे। शरद की कोई खोज खबर न होने की वजह से बार-बार शाश्वत के नाम पर भी थोड़ा बहुत कीचड़ उछल ही जाता था।

शरद ने दूसरे होटल में रूम बुक किया। और बाहर जाना कम कर दिया। उसी शाम होटल के टेरेस पर सिगरेट पीते हुए उसे अरुणेश सिंह का ख्याल आय। एक समय आखिर उसने ही तो उसे मुश्किल समय से निकाला था। वह और बात है कि दोबारा पड़ी मुश्किल की वजह भी अरुणेश ही था। पर शरद उससे ज्यादा दोषी किस्मत को मानता था। शरद को उसके बेटे के मरने का दुःख भी हमेशा रहा। हालाँकि वह इस बात से भी कभी इनकार नहीं कर पाया कि उसने अपने पूरे जीवन में इतने हरामी लड़के कभी नहीं देखे थे। होटल के एक स्टाफ के फ़ोन से शरद ने बिना ज्यादा सोचे समझे अरुणेश को फ़ोन मिलाया।

“हेल्लो?” अननोन नम्बर देखकर अरुणेश ने सवालिए तरीके से अभिवादन किया।

“डॉक्टर साहब कैसे हैं आप?”

“बढ़िया हूँ। पर माफ़ करना पहचाना नहीं!”

“शरद सिंह!”

“तुम तुमने क्यों फ़ोन किया है?” अचानक से ही डॉक्टर साहब का बीपी हाई हो गया।

“मुझे आपके बेटे का अफ़सोस है।”

“मरने के बाद तो पूरी दुनिया सिर्फ अफ़सोस ही करती है।”

“शायद हम गलत धंधा कर रहे थे। हम दोनों ने बहुत कुछ खोया है। ”

"और जाते-जाते भी तुम मेरे लिए एक खूंटा गाड़ गए?"

"सॉरी मैं समझा नहीं।"

"एक रोज़ शमशुद्दीन अली नाम का एक आदमी आया था। लोग नवाब साहब कहते हैं उसे।"

नवाब साहब का नाम सुनकर शरद बिल्कुल नहीं चौंका।

"सॉरी डॉक्टर साहब। जब मौत सर पर हो, तो कोई राज़-राज़ नहीं रह पाता।" थोड़ी देर रुका शरद और पूछा, "वैसे 500 किलोग्राम ड्रग्स का आपने किया क्या?"

"उसे ही सौंप दी," कह कर अरुणेश ने एक गहरी साँस ली और बोला "आज के बाद कॉल मत करना," और कॉल कट कर दिया।

शरद ने अपना सामान पैक किया और होटल से चेकआउट कर लिया। एक चाय की दुकान पर चाय पीते हुए सोचता रहा कि आखिर अब कहाँ जाएगा। तभी एक टैक्सी आकर रुकी। धीमी आवाज़ में भोजपुरी गाना बज रहा था। शरद नास्टैल्जिया में चला गया। सारी घटनाएँ फ़ास्टफॉरवर्ड होते हुए आपबीती की एक स्मरण दे गयीं उसे। तभी उसके फ़ोन पर एक नॉटीफिकेशन पॉपअप हुआ। शरद ने मसेज़ चेक किया।

"हेल्लो शरद..."

अनजाने नंबर से ये मैसेज देखकर शरद को झटका लगा। उसने तुरंत ट्रूकॉलर पर नंबर चेक किया। मैसेज करने वाली का नाम 'अर्निका पटेल था।'

"तुम्हें मेरा नाम कैसे पता?"

"क्रिमिनल सायकोलॉजी में मास्टर्स कर रही हूँ। वहाँ हमें हाल फ़िलहाल में हुए किसी रेलेवेंट केस की स्टडी फाइल बनानी होती है। तुम मेरे सब्जेक्ट थे।"

"तुमने मुझे पहचाना कब? और फिर पुलिस को क्यों नहीं इन्फॉर्म किया?"

"जब हम किस कर रहे थे तभी पहचान लिया था मैंने तुम्हें। और सच बताऊँ तो पुलिस को बताने का भी ख्याल आया था। लेकिन मुझे लगा नहीं

की तुम मर्डरर हो।"

"और ऐसा क्यों लगा तुम्हें?"

"पता नहीं! शायद ज्यादा सोचने का मौका नहीं मिला। सुबह तक रुके होते तो शायद पुलिस को बता देती।"

"शायद?"

"हाँ...शायद...तुम्हें देख कर लगता नहीं कि उत्तरप्रदेश के सबसे बड़े मोस्ट वांटेड हो।"

"एंड आई सी...यू वांट मी टू।" शरद ने जेब से छुट्टे निकल कर चाय के पैसे दिए और टैक्सी में बैठ गया।

"हाहाहा...मिलना चाहोगे दोबारा?"

शरद ने उस मसेज़ को पढ़ा, फिर दोबारा पढ़ा। वह अर्निका से मिलना चाहता था। सेक्स के लिए नहीं बल्कि उस कमी के लिए जिसे उसने सालों से महसूस किया था। कोई बरसों बाद उसकी सच्चाई जानने के बावजूद भी उससे मिलना चाह रही थी। उसने मुस्कुराते हुए उस मसेज़ को एक बार और पढ़ा। फिर मोबाइल को फॉर्मैटकर खिड़की से बहार की तरफ उछाल दिया।

"गाड़ी बेचोगे?" शरद ने ड्राईवर से पूछा।

"अरे नहीं साहब यही तो रोज़ी रोटी है।" ड्राईवर ने कहा

"पैसा चाहिए?" शरद ने शकुनी वाला पासा फेंका।

अबकी बार ड्राईवर बाबूमना न कर पाए। शरद ने उन्हें अगले चौराहे पर उतारा और गाड़ी आगे बढ़ाते हुए गाने की वॉल्यूम थोड़ी तेज़ की...

जब मैं आई सुहाग वाली रात रे
उसने चुम्मा से किया सुरुवात रे
ओ हो हो हो...
चूमऽ ध के
हा..जब मैं आई सुहाग वाली रात रे..
उसने चुम्मा से किया सुरुवात रे..

जिस सफ़र के लिए वह निकला था, वहाँ उसे अकेले ही चलना था। इसी में उसकी भलाई थी। शरद चलता चला गया। वह कहीं भी नहीं ठहर पाया। मीर की तरह वह भी एक दिन सफ़र ख़त्म करके लखनऊ लौटना चाहता था। बस अंतर ये था कि उसे चाहने वाला वहाँ कोई नहीं था।

▪▪▪

लखनऊ अरे तौबा!